瀧本往人
たきもと・ゆきと

劉美瑛——譯

去問哲學家吧！

十九位大思想家教你的生存之道

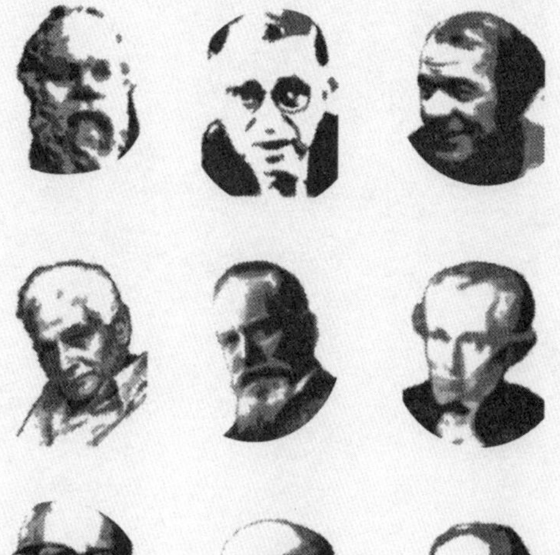

目次

哲學的再建構

哲學的翻轉

現代（戰後）的哲學

二十一世紀哲學（後結構主義）

前言

本書是為了生於二十一世紀的「你」而寫的。

我相信你有積極的欲望，希望自己活得更像自己，希望得到他人的認同，希望瞭解自己、希望能夠在這世上獲得成功，希望得到幸福，希望成為有錢人，希望受到大家的喜愛，希望能夠活久一點，希望更認真地過日子等等。或者你總是抱持著消極的心態，老是感到煩悶，不相信任何事，討厭與人交際，覺得人生很痛苦，什麼都不想做，希望有人來做點什麼等等。

假如以前的哲學家們，現在在這裡聽到生於二十一世紀的我們說出這些煩惱與內心糾葛，不知道他們會做何反應？他們會如何看待我們的問題？他們又會說些什麼呢？所以，筆者揣摩哲學家聽到「世間的意見」後的反應，完成本書。

本書建議你將自己「哲學化」。

這裡所說的「哲學化」，是指生存所需的「磨練思考的能力」。這並不是單純解釋或理解既有的哲學內容，而是提出日常性的哲學問題，幫助我們活得更輕鬆，也就是利用哲學建立「自我」。

本書中總共介紹十九位哲學家。

本書介紹的哲學家在歷史上的位置如下：

①哲學，從蘇格拉底開始。

②支撐近代歐洲社會的是笛卡兒、康德、黑格爾等人的哲學。

③對於近代展開根本的批判的，有馬克思、佛洛伊德、尼采等。

④重新建構二十世紀哲學的，有胡塞爾、柏格森、維根斯坦等。

⑤翻轉二十世紀哲學的，有斯賓諾沙、海德格、梅洛龐蒂等。

⑥二十世紀的哲學是存在主義與結構主義的對立，以沙特與索緒爾、李維史陀的對立為代表。

⑦二十一世紀的哲學始於傅柯、德希達與德勒茲等。

雖然本書的架構與一般的哲學入門書類似，不過，也不全然沿襲固定的哲學教義體系。「近代」之前的哲學，或是歐美以外的哲學很少提及。此外，本書的目的也不在於傳授哲學的知識或技術。

本書是幫助你磨練思考以度過二十一世紀的「實用」書。

這裡所說的「哲學」，指生存在現代的我們「重新檢視」被視為「常識」的想法。本書的目的是「重新檢視」哲學裡的「批判」，而非「否定」或「批判」「常識」。因此，讀過本書之後，如果你的思考方式能夠變得不同於以往的「常識」，本書的目的也就算達成了。

當然，「常識」也是很重要的。只是，囫圇吞棗地全盤接受並不是正確的態度。應該先從各種不同的角度思考，如果到最後還是回到「常識」的想法也沒有關係。

祝願希望各位擁有「常識」以外的觀點，能夠堅強地度過二十一世紀。

凡例

*本文前面的「簡介」包含哲學家的生日、出生地、雙親、學歷、兵歷、職歷、政治、宗教、交友情況、婚姻、家族、病歷、死因、著作、推薦參考書以及關鍵字等。
*每章最後會補充相關人物或是與關鍵字有關的專欄，以拓展讀者的相關知識。
*原文的標示或引用、參考文獻等均割愛。如果想進一步瞭解相關知識，請閱讀簡介中所列的「主要著作」或「參考文獻」等。
*人名的原文標示在內文中一律統一，不過書籍名稱則沿用之。

特別附錄❶ 一目了然！

本書整理的**哲學流派**

哲學的再建構

維根斯坦
符號邏輯學

柏格森
生命論

胡塞爾
現象學

震撼世界的哲學

佛洛伊德
精神分析

尼采
格言集

馬克思
經濟學

支撐近代的哲學

近代哲學的完成

黑格爾
哲學的終點

近代哲學（唯心論）開始

康德
德意志唯心論

笛卡兒
歐洲理性主義

近代哲學（懷疑論）開始

哲學的開始

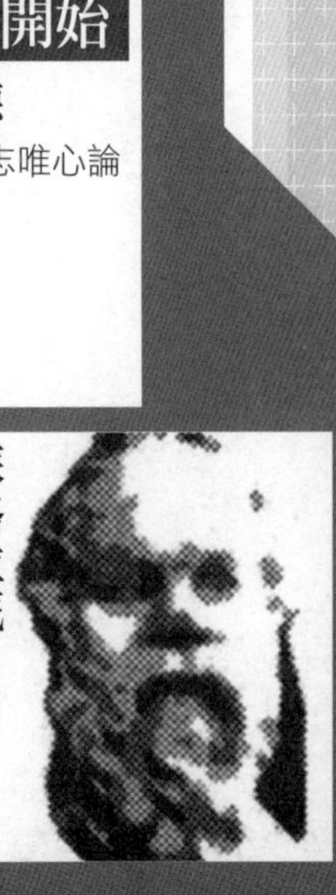

蘇格拉底
產婆術

二十一世紀哲學（後結構主義）

德希達

德勒茲

傅柯

現代（戰後）的哲學

結構主義

索緒爾

語言學

李維史陀

文化人類學

VS

存在主義

沙特

文學・評論

哲學的轆轤

海德格

此在分析

梅洛龐蒂

互為主體性

斯賓諾沙

泛神論

本書整理的哲學家壽命表

附上主要著作的出版年分、死因

★是成功指數（顯示世俗認定哲學家的成功程度）

哲學家 生歿年	死亡時的年齡	死因	主要著作
馬克思 1818 - 1883	64歲	無法確認	49歲《資本論》
維根斯坦 1889 - 1951	62歲	攝護腺癌	32歲《邏輯哲學論》
黑格爾 1770 - 1831	61歲	霍亂	37歲《精神現象學》
傅柯 1926 - 1984	57歲	敗血症	40歲《詞與物》
索緒爾 1857 - 1913	55歲	喉癌	死後《普通語言學教程》（由學生編纂出版）
尼采 1844 - 1900	55歲	腦出血	39歲《查拉圖斯特拉如是說》
笛卡兒 1596 - 1650	53歲	肺炎	41歲《方法導論》
梅洛龐蒂 1908 - 1961	53歲	冠狀動脈阻塞	37歲《知覺現象學》
斯賓諾沙 1632 - 1677	44歲	肺炎	死後《倫理學》

*死亡時的年齡以實歲計算

Karl Marx
○致力於著作與政治活動。得到恩格斯的援助過著流亡的生活
○父親是律師，生活比較富裕

★☆☆☆☆

G. W. F. Hegel
○大學教授
○平凡的中產階級家庭

★★★★★

Ferdinand de Saussure
○學術世家。少年時期就因語言學的論文而獲得極高評價
○其理論革新了近代語言學並且成為現代思想的基礎

★★★☆☆

René Descartes
○過著專心著作與隱居生活
○父親是高等法院的法官

★★☆☆☆

Baruch de Spinoza
○磨製鏡片技師
○父親是有錢的商人

★★☆☆☆

Ludwig Wittgenstein
○園藝師、中學老師、大學講師
○父親是歐洲大富豪

★★★☆☆

Michel Foucault
○大學教授
○父親是醫生

★★★☆☆

Friedrich Nietzsche
○年輕時就擔任大學教授，後來因病臥床
○父親是牧師

★★☆☆☆

Maurice Merleau-Ponty
○大學教授（最年輕進入法國最高學府的人）
○父親是海軍士官

★★★☆☆

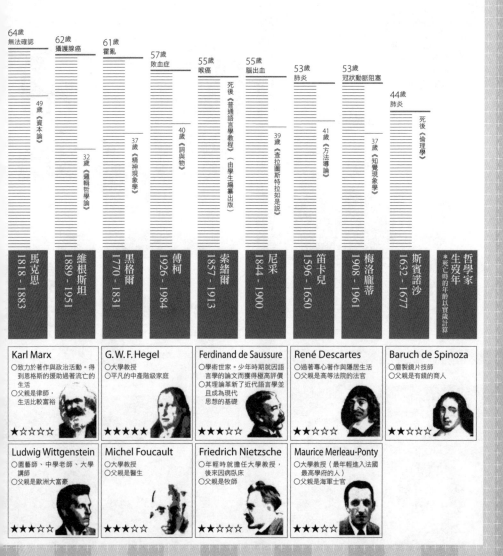

姓名	生卒年	死亡年齡／死因	代表作
李維史陀	1908 -	2009年1月仍在世	53歲《野性的思惟》
海德格	1889 - 1976	86歲 心臟麻痺	38歲《存在與時間》
佛洛伊德	1856 - 1939	83歲 口腔癌	43歲《夢的解析》
柏格森	1859 - 1941	81歲 支氣管炎	30歲《時間與自由意志》
康德	1724 - 1804	79歲 自然死亡	57歲《純粹理性批判》
胡塞爾	1859 - 1938	79歲 肺炎	41歲《邏輯研究》
沙特	1905 - 1980	74歲 肺水腫	38歲《存在與虛無》
德希達	1930 - 2004	74歲 胰臟癌	37歲《書寫與差異》
蘇格拉底	469 BC - 399 BC	70歲 獄中死亡	死後《蘇格拉底的申辯》（柏拉圖）
德勒茲	1925 - 1995	70歲 自殺	47歲《資本主義與精神分裂症：反伊底帕斯》（合著）

Claude Lévi-Strauss
○大學教授
○父親是畫家

★★★☆☆

Sigmund Freud
○開業醫生
○父親是毛製品商人

★★★★☆

Immanuel Kant
○大學校長
○父親是馬具工人

★★★★★

Jean-Paul Sartre
○當代最具影響力的知識分子
○父親早逝，摯愛的母親再婚

★★★★☆

Socrates
○無業，在街頭不斷找人辯論
○父親是石匠

★☆☆☆☆

Martin Heidegger
○大學校長
○父親是看守教堂的職員

★★★★★

Henri Bergson
○大學教授
○父親是音樂家

★★★★☆

Edmund Husserl
○大學教授
○父親經營舶來品店

★★★☆☆

Jacques Derrida
○大學教授
○中產階級家庭

★★★☆☆

Gilles Deleuze
○大學教授
○父親是工程師

★★☆☆☆

本書整理的哲學家契合度心理測驗

請回答YES／NO，並且找出與你契合的哲學家

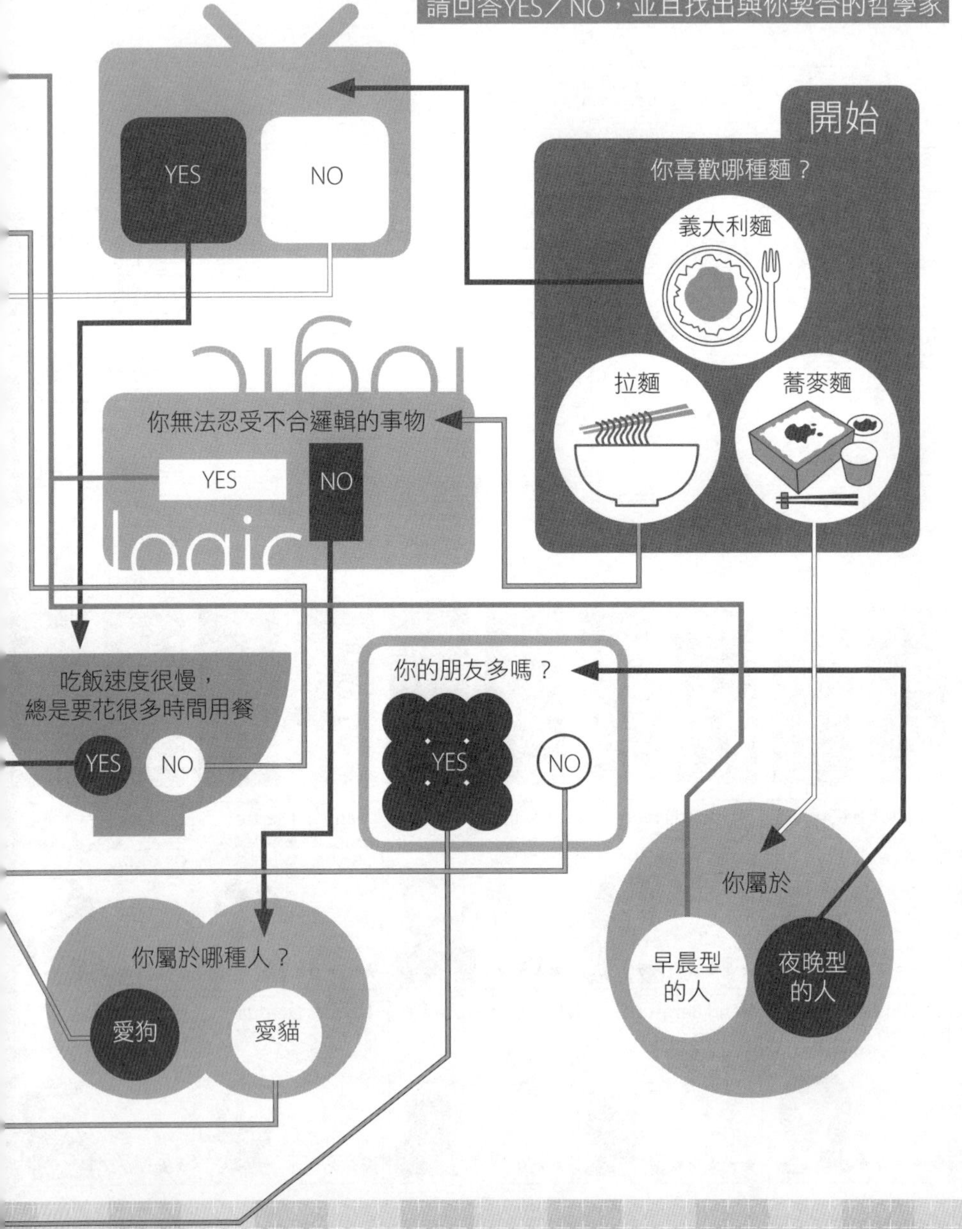

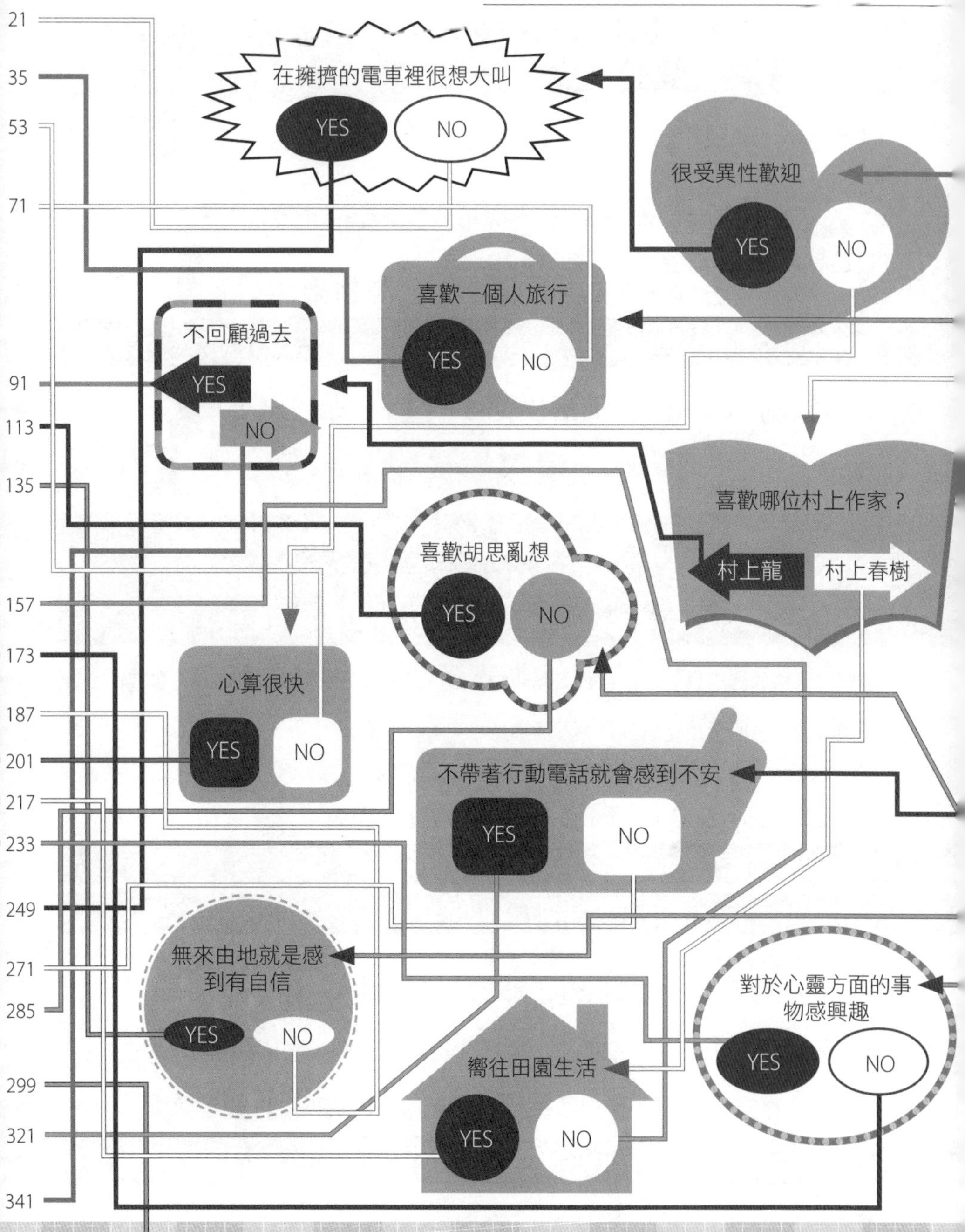

21
35
53
71
91
113
135
157
173
187
201
217
233
249
271
285
299
321
341
在擁擠的電車裡很想大叫
YES
NO
很受異性歡迎
YES
NO
喜歡一個人旅行
YES
NO
不回顧過去
YES
NO
喜歡哪位村上作家？
村上龍
村上春樹
喜歡胡思亂想
YES
NO
心算很快
YES
NO
不帶著行動電話就會感到不安
YES
NO
無來由地就是感到有自信
YES
NO
對於心靈方面的事物感興趣
YES
NO
嚮往田園生活
YES
NO

特別附錄4

第二目錄

特別附錄 5

「哲學家性格圖表」

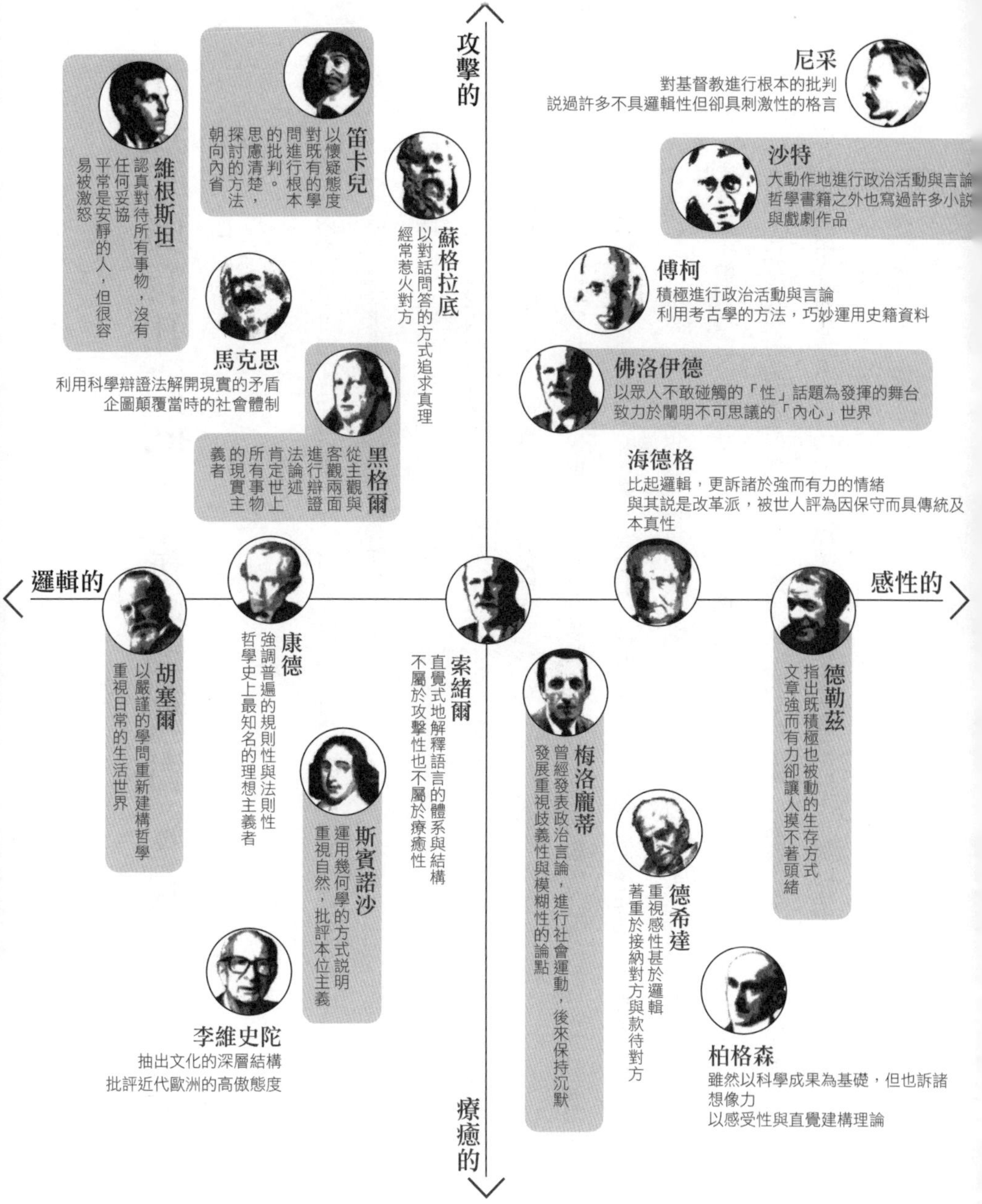

攻擊的
療癒的
邏輯的
感性的
尼采
對基督教進行根本的批判
説過許多不具邏輯性但卻具刺激性的格言
沙特
大動作地進行政治活動與言論
哲學書籍之外也寫過許多小說與戲劇作品
傅柯
積極進行政治活動與言論
利用考古學的方法，巧妙運用史籍資料
佛洛伊德
以眾人不敢碰觸的「性」話題為發揮的舞台
致力於闡明不可思議的「內心」世界
海德格
比起邏輯，更訴諸於強而有力的情緒
與其説是改革派，被世人評為因保守而具傳統及本真性
維根斯坦
認真對待所有事物，沒有任何妥協
平常是安靜的人，但很容易被激怒
笛卡兒
以懷疑態度對既有的學問進行根本的批判。
思慮清楚，探討的方法朝向內省
蘇格拉底
以對話問答的方式追求真理
經常惹火對方
馬克思
利用科學辯證法解開現實的矛盾
企圖顛覆當時的社會體制
黑格爾
從主觀與客觀兩面進行辯證法論述
肯定世上所有事物的現實主義者
胡塞爾
以嚴謹的學問重新建構哲學
重視日常的生活世界
康德
強調普遍的規則性與法則性
哲學史上最知名的理想主義者
索緒爾
直覺式地解釋語言的體系與結構
不屬於攻擊性也不屬於療癒性
斯賓諾沙
運用幾何學的方式說明
重視自然，批評本位主義
李維史陀
抽出文化的深層結構
批評近代歐洲的高傲態度
梅洛龐蒂
曾經發表政治言論，進行社會運動，後來保持沉默
發展重視歧義性與模糊性的論點
德希達
重視感性甚於邏輯
著重於接納對方與款待對方
德勒茲
指出既積極也被動的生存方式
文章強而有力卻讓人摸不著頭緒
柏格森
雖然以科學成果為基礎，但也訴諸想像力
以感受性與直覺建構理論

〈推薦序〉

在無知與有知之間——哲學與教育

楊植勝（台灣大學哲學系助理教授）

通俗的哲學書籍在高不可攀、雅不可耐的所謂「哲學」，以及想要認識哲學的人之間提供了一條通道。對我來講，這和哲學教師一樣。

我認識一些哲學教授或研究者，除了手裡寫艱澀的論文，嘴上也只說一般人聽不懂的話語。我自己呢？從我開始學哲學以來，一直無法決定哲學要脫離群眾，以免流於庸俗比較好，還是要走進庶民，以免形成封閉的學術圈子比較好。

並非「最早的哲學家」，但卻是哲學之父的蘇格拉底，他的形象是從他站在雅典的廣場與人對話談論哲學問題建立起來的。從表面上看，他與群眾站在一起；但是從他被全體雅典公民投票表決處以死刑來看，他的思想最多也只被幾個圍著他的年輕人所瞭解；大部分的公民並不。蘇格拉底不是不曾與這些公民對話。但是我們從柏拉圖寫的《蘇格拉底的申辯》（*Socrates' Apology*）看到，正是這些對話惹來對他的怨恨，埋下判他死刑的遠因。對於大部分的雅典公民而言，蘇格拉底與現在對於大眾而言的很多哲學工作者似乎沒什麼不同——都同樣不知道他或他們在說些什麼！

蘇格拉底之死的教訓，對作為一個哲學工作者的我而言，就是哲學即便不願意像政治一樣地擁抱群眾，也不能拒人於千里之外，堅持只能由別人來聽懂他說的話，卻完全不肯由自己去改變說法——說一般人聽得懂的話。這樣的哲學再好，總有遭遇像蘇格拉底命運的時候。

哲學不要與社會相隔離，哲學教育很重要。教育的一環是哲學的教師：他們要說學生聽得懂的話；讓聽課的人聽懂哲學。教育的另一環是通俗的哲學書籍：它們要寫一般人看得懂的句子；讓讀書的人讀懂哲學。一個學圈多多少少具有封閉性，但是經由哲學教育的兩環，這個圈子可以跟社會大眾交流。

教育是一個從無知到有知的過程；哲學也是。我甚至認為，哲學就是教育！哲學一詞在古希臘文 φιλοσοφία 的字義是「愛知識」或「愛智慧」——而不是「知識」或「智慧」——古希臘那些「有知識的人」或「智者」（sophists）恰恰與自稱只是「愛知識的人」或「愛智者」（philosopher）的蘇格拉底形成明顯的對比。「愛知識」之於「知識」，多了一個「愛」（philos）字，顯豁了哲學的意義：哲學不是「知識」或「智慧」，不是一個靜態的名詞、一個狀態，或一個結果；哲學是「愛知識」或「愛智慧」，是一個動態的名詞、一個活動，或一個過程。英語從哲學這個名詞philosophy衍出動詞philosophize（哲學化、變得哲學），並且用它的動名詞philosophizing來表達哲學的動態性與教育性其實是不必要的；因為「愛知識」或「愛智慧」本身就是動態的；哲學本身就是哲學教育。捨去教育，哲學只剩一個空洞的名詞。

人都活在無知與有知之間。誠然，在《蘇格拉底的申辯》裡，蘇格拉底宣稱人是無知的；只有神才有知。但是他的無知並非如字面表示的那麼簡單。首先，他「知道」人的無知與神的有知；而一個人一定要有所知，才能夠評判無知與有知。其次，就在《蘇格拉底的申辯》裡，我們看到他無法證明得爾魄（Delphoi）的神廟說他比別人「更有知」（σοφώτερον, sophoteron，這是σοφία的形容詞σοφός; sophos的比較級，即wiser），因而是全雅典「最有知」（σοφώτατον; sophotaton，這是σοφός, sophos的最高級，即wisest）的神諭有錯。如果人的無知就像數字0一樣簡單，如何還有「更有知」與「最有知」之分？在柏拉圖後來的另一部早期的作品《美諾》（Meno）裡，蘇格拉底也反駁了自己無知的說法：藉由「知識回憶說」的提出，蘇格拉底證明了人早已「有」知；無知只是尚未回憶起來而已。最後，到了柏拉圖成熟時期的作品《會飲》（Symposium），蘇格拉底的說法轉為人既非無知，亦非有知，而是在無知與有知之間。

在《會飲》裡，蘇格拉底說他的女老師狄歐替瑪（Diotima）教導他說，愛神「欸若」（Eros）是天神「播柔」（Poros）與人類「北尼亞」（Penia）之子。「播柔」的希臘文意思是豐富、完滿，「北妮亞」的意思是貧窮、缺乏。愛神作為兩者之子，使他兼具兩者的特點，而處於豐富與貧窮、完滿與缺乏之間。在知識智慧方面，他也處於「有知」（sophia）與「無知」（amathia，即ignorance）之間。正因如此，他用其一生「愛知」（φιλοσοφων）。狄歐替瑪的論點是，完全地有知與完全地無知都不會愛知。因為，首先，沒有神會「愛知」或「想要變成有知」，因為祂已經有知——已然有知，不需要再變成有知。其次，無知者也不會愛知或想要變成有知，因為他以為他已經足夠（ikanos，即enough, satisfactory, or sufficient）——無知無識，如井底之蛙，不知道世上有他所不知之知。所以作為哲學家的愛知者，固然不是完全的有知者——像全知全能的神——但也不是完全的無知者；只有位在有知與無知之間的人才會知其無知，並且愛知。

在哲學教學的過程中，我經常碰到——尤其是來自自然科學學系的學生——的一個問題是：「你講了這麼多的哲學家的思想（或這麼多的哲學理論），對每一種思想（或理論）又分別指出它們有什麼問題。我為什麼要學這些有問題的思想或理論？它們不是早就被淘汰了嗎？你為什麼不立即告訴我正確的思想或理論？」簡言之，如果哲學是追求真理，哲學老師為什麼不立即告訴我真理？

我的答覆是：因為哲學是「追求真理」而不是「真理」；或說因為哲學是「愛知識」而不是「知識」；或者更好說，因為哲學所追求的真理本身包含了「對真理的追求」，正如我們所愛的知識本身包含了「對知識的愛」。如果哲學所追求的真理不包含「對真理的追求」，那麼「對真理的追求」本身就是不真的；如果我們所愛的知識不包含「對知識的愛」，那麼「對知識的愛」本身就是無知的。科學，至少是自然科學，研究科學的對象，並且與它的對象分別。哲學卻不然：哲學，以及哲學的研究者都不能置身於研究的對象之外。正如生活的意義必須在生活的過程裡思考，真理必須在追求真理的過程裡理解，哲學知識必須在愛知識的過程裡獲得。

在這個意義下，哲學的知識與真理必須在哲學史或哲學的理論討論裡理解，因為哲學包含了哲學史與哲學理論的討論。本書即以介紹哲學家的方式寫成。它特別的一點，在於介紹的十九位哲學家裡，只有一位古代的哲學家——蘇格拉底；與他年代最接近的另一位哲學家——近代哲學之父笛卡兒——相隔幾乎兩千年！原因也許和這本書的「實用性」有關——讓人安然地「度過二十一世紀」。用這個實用的理由，本書提供了一條哲學的通道，讓我們進入西方哲學的堂奧！

哲學的出發點

Chapter One

蘇格拉底
Socrates

再也受不了不懂裝懂

「無知之知與靈魂鍛鍊」

世間任性的想法

＊自己最瞭解自己。

＊你知道我哪些事情？

＊你說你為我而擔心。但是，你有那麼偉大嗎？

父母、老師、前輩、上司、情人、朋友等，我們生活在各式各樣的人際關係之中。在這當中，有許多事不如己願，對於世間上也有許多不滿。因此，「自己」成為最後退守的城堡。雖然別人做些什麼與自己無關，但是對於自己的事怎麼也不肯讓步。因為，自己最瞭解自己。或許你會這麼說。

不過，如果是二千五百年前生於希臘雅典的哲學家蘇格拉底，他也許就會說：「雖然你自己可能沒注意，不過你在不知不覺當中錯失了最重要的事。」

只要一聽到哲學家，一般人腦中浮現的印象，就是撰寫艱澀難懂書籍的人。不過，蘇格拉底卻不曾寫過任何一本書，留下來的只有他的學生柏拉圖所寫的對話錄。蘇格拉底不從事著作，只是不斷地找人發問，不斷地與人辯論直到他自己理解為止。而他做這些，都是為了更深入瞭解自己。

在現今這個時代，每個人看起來都好像很重視「自己」。然而，事實上真是如此嗎？蘇格拉底認為瞭解自己本身是從「無知之知」開始的。也就是說，人必須先發現自己什麼都不知道，然後才能立於瞭解自己的起始點上。

本章將透過「無知之知」與「靈魂鍛鍊」等關鍵字，為「受不了不懂裝懂」的你，介紹蘇格拉底的思考方式與生存方式。

蘇格拉底 Socrates (Σωκράτης)

西元前四六九年－西元前三九九年

代表古希臘的哲學家。是最早的哲學家，也是哲學家的典範。

出生
希臘，雅典。

雙親
父親為石匠，母親為助產士。繼承了中產階級程度的家產。

學歷
沒有接受過專業訓練的教育。

兵歷
三度從軍，均為重裝步兵。

職歷
專心於哲學。

政治
因涉嫌擾亂共同體的秩序而受到審判。

宗教
因信仰其他新的神明而非共同體所信奉的諸神，而遭受審判。

交友
有柏拉圖以及其他眾多學生。

婚姻．家族
擁有贊蒂佩與米爾德等兩名妻子，共有三子。

死因
被判死刑（服毒死亡，七十歲）。

著作（蘇格拉底本身沒有留下著作，以下列舉的是記錄他的言行之著作）
柏拉圖《蘇格拉底的申辯．克利陀．斐都》
柏拉圖《饗宴》
色諾芬（Xenophon）《回憶蘇格拉底》

參考文獻
田中美知太郎《ソクラテス》（岩波新書，一九五七年）
荻野弘之《哲学の饗宴　ソクラテス・プラトン・アリストテレス》（ＮＨＫライブラリー，二〇〇三年）
納富信留《哲学者の誕生》（ちくま新書，二〇〇五年）

關鍵字
「無知之知」、「對話方法」、「靈魂鍛鍊」、「説真話」

「哲學家」誕生

我們總認為哲學是非常遙遠而深奧的學問，與我們毫不相干。當然，以結果而言，或許哲學也確實位於那樣的高度。不過，看待哲學的重點在於出發點。發問是哲學的起點，這對你而言可是一點也不遙遠。在你的內心之中一定也存在著「哲學」，至少也會是哲學的嫩芽。

本書的目的是在世間發掘哲學嫩芽，提供你與哲學對話的契機。本書並不打算描繪哲學的整體樣貌，或許這與一般所謂的正統哲學不一樣。不過，在本書中，你將會與各式各樣的哲學家相遇。

首先登場的哲學家，是蘇格拉底。他在不曾有人經過的未開發土地上，憑靠著自己的力量前進。沒錯，他就是哲學之父。在哲學還沒有任何固定的規則、說法、陳述內容或是主題時，蘇格拉底創立了哲學。喔，不，應該說他本身就活在哲學之中。

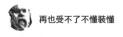

蘇格拉底的發問一定撼動了很多人的內心。本書所說的「哲學」，指的就是這樣的「力量」。簡單說，就是認真地看待生存與思考的問題，正因為這點才造就了後來「哲學」的形成。

現在，只要提到蘇格拉底，人家就會給他一個「哲學家」的封號。因此，無論他說什麼、做什麼，大家都會以「啊，因為他是哲學家嘛」的態度，而接納他。不過，當時的雅典人可不這麼想。除了蘇格拉底的學生之外，其他的人大概都認為蘇格拉底只是個古怪的人。他只會讓所有的人對於自己的處境感到不安，所以大家對他總是感到厭煩。

例如，假設你被人指摘「你很無知」。大部分的人都會反駁：「我才沒有」，或是對說出這話的人感到討厭。就算對方說的是事實，自己也不想被人挑明了說。這是一般人的心態。但是，有一個人卻毫不忌諱地率先說出：「我很無知」，那就是蘇格拉底。

愚者的勝利——發現「道理」

事情發生的開端是，當時希臘人信奉的神祇發出「蘇格拉底是雅典最有智慧的人」之神諭。奇怪了，為什麼這麼愚蠢的我，會是最有智慧的人呢？聽到神諭的蘇格拉底認為其中一定有什麼誤會。世上知名的智慧之士多得是，例如掌握人心的政治家、腦中記得許多故事內容的作家，或是擁有他人所沒有的特殊技能的工匠等。蘇格拉底認為這些人才是真正有智慧的人。雖然神諭這麼說，但是蘇格拉底卻無法理解。於是，他直接找這些人談話，也就是找他們「對話」。

當他一一拜訪這些人之後，發現他們都只是假裝自己知道事情的真理，那些都只是表面上的假象，實際上他們根本什麼都不懂。而且，他們不僅對於自己的無知毫不自覺，就算是被蘇格拉底明白指出這點，也不願意承認。他們這樣的舉止，就如同「國王的新衣」一樣。

當然，那些人確實擁有某些「知識」、「技藝」或是「才能」，也確實很厲害。然而，就算他們擁有這些，卻也說不出個道理來，他們無法說出任何依據或意義。如果確是如此，就等於沒有「智慧」。蘇格拉底如此認為。

蘇格拉底並不像上述那些人擁有什麼東西，他只知道自己是無知的。毋寧說，他打算向擁有「某些東西」的人學習「智慧」。光是這點，說得出自己無知的蘇格拉底，就比那些人有遠見。而且，他也能夠問出「為什麼」。這點非常重要。蘇格拉底認為擁有世間「智慧」的人，與自己的差異就在於此。

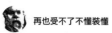

但是，沒有人願意理解蘇格拉底的想法。以往堅持類似說法的人都被稱為智者（Sophist），不過他們追求的是「辯論術」，他們的目的只是想以自己的想法說服對方。蘇格拉底認為自己與那些被稱為智者的人不同，他認為不斷發問很重要，這就是「愛（Philos）智慧（Sophia）」，也就是「哲學」（Philosophy）。

蘇格拉底總是在眾人面前「發問」。簡單說，就是他總是在眾人面前駁倒對方。也因此他遭到眾多的憎恨與敵意，最後終於被告上法庭，然而蘇格拉底認為他是被懷抱敵意的人誤解。如果自己有任何責任，那就是讓很多人內心感到困惑與羞愧。因此，他完全不打算停止「發問」。

但是，對於被如此指摘的人而言，被蘇格拉底問倒，就如同自己的信念或常識遭到否定一樣。就算自己覺得蘇格拉底所言正確，但是由於自己一生所仰賴的基礎遭到動搖，當然會對蘇格拉底產生不信任感與敵對的態度。假如你批評別人不懂裝懂，直指對方「什麼都不懂！」的話，對方一定會感覺不舒服。不過，蘇格拉底承受這樣的情緒與壓力，同時也追求位於前方的真實。這樣的態度正是哲學的態度。

不畏懼死亡

蘇格拉底指出：「不知道，就明白說不知道。」當他接受死刑判決面對自己的死亡時，也是抱持相同的態度。他說，恐懼死亡就等於雖然自己不清楚死亡，卻以為自己知道死亡。

關於死亡，什麼都不知道但是卻「感到害怕」，這樣的想法非常愚蠢。沒有人知道死亡是怎麼一回事，或許死亡是好事也說不定。但是，為什麼大家會感到害怕呢？蘇格拉底提出了這樣的質疑。

在法庭上辯論時，本來他應該請求撤回所有的告訴，請對方原諒自己所做的一切，拚命祈求原諒才是。但是，蘇格拉底卻表現得毫不在意。他反而為雅典市民的未來感到憂心，不斷主張自己只是在「磨練自己的靈魂」而已。最後，蘇格拉底還是因腐化雅典青年的罪名，而被判死刑——由於拚命地發問，蘇格拉底成為哲學的始祖。

磨練靈魂

蘇格拉底的言行舉止始於清楚知道自己的無知，這包含了先「理解自己」與「瞭解」的行為。「認識你自己」這句話，來自於當時希臘人所信奉的神祇（德爾菲神殿的神諭）。

但是，這不單單是「瞭解自己」而已，在這之前還有「磨練自己的靈魂」之人生課題。自覺自己的無知，更進一步追求真理的態度，並非只有「認識」自己本身而已，還包含了鍛鍊靈魂的「實踐」，以及為了讓自己活得更好所提出的問題。

「磨練自己的靈魂」並非模糊地、差不多地注意自己就好，必須認真投入才行。另外，也不是自問自答就夠了，還要在與他人的互動中、在他人的發問中磨練自己。

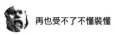

「磨練自己的靈魂」，絕對不是自己獨自一人的「自我探索」。「自我探索」一詞，暗指從一開始就尋找「自己」所處的位置，只要找到這個答案就好了。但是，這樣的作法看不到磨練、追求的態度。蘇格拉底想要探求的是「真理」，而非「蘇格拉底自己」。若想要探求，就必須經過相當的鍛鍊與實踐過程。

磨練自己的靈魂必須賭上自己的性命追求真實。面對他人，就算被對方嫌棄也一定要發問。

說真話

對於蘇格拉底而言，最重要的事並非駁倒他人，而是磨練自己的靈魂。也就是為了這個緣故，他才要拚命找人對談。這樣的行為稱為「Parrhesia」（說真話）。「Parrhesia」是希臘語，指就算冒著危險也要講真理。蘇格拉底在法庭上面對審判的態度，正是說真話的態度。如果被發現了內心中的真理，而我們卻只是抱持著「我這麼認為」的態度，這就不是說真話。

只要活著的一天，就一定要不斷透過說真話鍛鍊靈魂。這不是要求回顧過去，而是發揮純真的熱情的無償責任。而且，這不是一個人內心遵守的人生格言，以結果來說，這也是對於他人或共同體都有用的態度。

因此，蘇格拉底強調，如果想成為政治家、統治都市國家來關懷他人靈魂的人，首先就應該先關照自己的靈魂，不關心自己的人不適合擔任統治者。在這裡，蘇格拉底堅定地表明專心磨練自己的靈魂，應該先於關懷他者與共同體。雖然這裡提的是政治家，不過就算與他人處於各種不同立場，也都能夠適用這樣的說法。

蘇格拉底的對話方法，並不是說服他人接受（或是認同）自己的主張，而是著重在向對方「提問」，然後「傾聽」對方的主張。基本上，這個「無知之知」的重要性，在於「傾聽」的方法。正因為什麼都不知道或是什麼都不清楚，所以想從對方那邊找到答案，而不是因為「知道」什麼而說。這就是說真話的原點。

因此，雖然說真話就是「誠實說話」，不過並不是單方面地「毫無隱瞞地說出」。蘇格拉底主張的說真話，需要密切的一對一的關係，而不是像政治家那樣對著大眾說話。另外，這樣的對話是導引對方說出想說的話，而不是以自己的言行舉止為主角。因此，對方會一邊被蘇格拉底引導，一邊說出自己的事情。

這裡必須注意一點。坦率說話或是傾聽對方說話，後來發展為基督教文化以及精神分析中的「自白」形式。一般人總以為這兩者是相關的東西，不過其實兩者並不相同。對於說真話而言，最重要的是能夠闡述自己想法的羅各斯（logos，指邏輯與語言），與自己的生存方式有著緊密的連結關係。

總之，就算乍看是偉大的人物，我們也必須不斷檢驗他的偉大。不是檢驗他的學歷、成就或是外表，甚至也不是世人的評價，而應該檢驗那人是否擁有與其偉大相稱的「說話方式」與「內容」。因此，蘇格拉底認為自己的申辯中，必須具備與自己的生存方式不矛盾的語言與邏輯。

罪犯的蘇格拉底

如何？讀到這裡，或許你對於蘇格拉底已經有點「認識」了。也許你會覺得他很了不起。不過，不管怎麼說，蘇格拉底在當時的共同體制度下，只不過是一個「罪人」而已。在當時，他不僅信奉雅典娜以外的神，又誘惑年輕人。即便他現在被大家尊崇為「哲學始祖」，但是與他同時代的人大多譴責他，這也是不爭的事實。哲學家不見得就是好人，蘇格拉底也不見得就是聖人。因時間、地點的不同，善惡的定義也就不盡相同。

寫到此，「裝懂」不知不覺地潛入。無論身在何處，你都要提醒自己永遠避開這個誘惑。

柏拉圖（Πλάτων，雅典，西元前四二八／四二七－西元前三四八／三四七）哲學家，蘇格拉底的學生。記錄蘇格拉底的言行之後，自己也發展理型學說（Idea）。柏拉圖設立了學院（Academy），學生有亞里斯多德等人。著作有《國家》、《蒂邁歐》等。

比起速讀，「記憶術」更厲害●柏拉圖的豐功偉業

當我們想到重要的事情時，總是會趕緊用紙筆記錄下來或是輸入電腦裡。不過，在蘇格拉底的時代中，記在腦子裡比寫下來更重要。這也就是所謂的「口傳」文化、「傳承」文化。「記憶」（*Mnemosyne*）中，最重要的是「技藝」（*Techné*）。身在現代的我們確實是無法想像，不過當時的人腦子裡都記憶了大量的事情。只要想想古希臘的《奧德賽》（*Odyssey*）或是日本愛奴族所留下的《英雄傳記》（*Yukar*）就知道他們的厲害程度了。

也因此，蘇格拉底沒有留下任何著作，也就不是一件奇怪的事了。蘇格拉底不僅認為留在書面上的語言是「死掉的語言」，而且他也只關心親身實踐的對話。這點是他與學生柏拉圖的不同點。

柏拉圖破壞了這樣的傳統，而創造新的傳統。他記錄了蘇格拉底的種種，透過「書寫」的行為進行哲學的傳播。這是柏拉圖所創立的模式。透過柏拉圖的記錄，我們才得以理解蘇格拉底的提問。無論如何，「透過柏拉圖，蘇格拉底才得以存在」，也唯有透過柏拉圖，我們才能夠充分領略到蘇格拉底「發問」的氣勢。柏拉圖書寫記錄，同時也能夠從「記錄」中產生「問題」，是位稀有的人物。

受到美型男誘惑的蘇格拉底●古代同性戀的種種

蘇格拉底的罪狀除了褻瀆雅典神明之外，還有一項是對於他自己的學生做出必須負責任的行為。這個學生是名為阿爾基比亞迪斯的年輕人。據說他相貌俊美，既聰明又勇敢。不過，唯一的缺點是缺乏道德觀念。一般人認為他可能是蘇格拉底的情人或學生，因此對蘇格拉底追究相關責任。

在這裡希望各位不要產生誤解。這裡雖然提到「情人」的問題，但是也不至於因同性戀而遭到處罰。或許今日的我們很難理解這點。不過，少年之間的情愛、同性戀或友情等，在當時而言都是非常重要的事，同時也被認為是自然的情感流露。

而且，真相與世人所想的剛好相反。其實是阿爾基比亞迪斯誘惑蘇格拉底的。事實上，當時蘇格拉底因為「自制心」而沒有理會阿爾基比亞迪斯。而阿爾基比亞迪斯對赴酒宴的蘇格拉底，以及其他的人宣告他的想法。雖然是阿爾基比亞迪斯主動讚美蘇格拉底，但是世人依舊認定是蘇格拉底誘拐阿爾基比亞迪斯。

蘇格拉底的學生柏拉圖特意詳細記載當時的情況，為的就是讓蘇格拉底在法庭上被質詢時，可以洗清誘拐年輕人的罪名。

支撐近代西方社會的哲學

Chapter Two

你還在尋找自我嗎？

「我思，故我在」

笛卡兒
René Descartes

世間模糊的想法

* 我想用自己的方式過日子。但是，我自己的方式又是什麼呢？

* 自己是世界唯一的存在，應該更愛惜自己。

* 很想把一切歸零，賭上自己所有的可能性。

笛卡兒説出「我思，故我在」這句話，至今已經過了四百年。如果他聽到你的想法，一定會大感驚訝：「對於人類而言，最大的依靠還停留在『我』身上嗎!?」

笛卡兒對事物抱持懷疑之心，無人能出其右。其懷疑這世上是否真的存在著確定的事物，他思考到最後的結論是，沒有事情是無可懷疑的。這世上沒有可信賴的東西，這樣的結論會讓人感到惶恐吧。不過，笛卡兒更進一步地探討這個問題，結果發現一個千真萬確的事實，就是「懷疑所有事物」的這件事是確實的。總之，只有竭盡所能懷疑的「我」的「存在」，是不可動搖的「真實」，而這也是懷疑的結果所得到的確信。

越思考就越覺得除了「自己」之外，沒有確定的事物。因此，像你這樣找尋「自我風格」或是「真正的自己」，也是極為理所當然的行為。感到真實性也是很自然的。到目前為止都還好，接下來就是大問題了。你覺得自己總有一天會找到「真正的自己」。但是，這樣的尋找真有可能達成嗎？

本章將透過「我思，故我在」、「方法的懷疑」等關鍵字，為還在猶疑「是否必須尋找自己」的你，介紹笛卡兒之思考方式與生存方式。

笛卡兒 René Descartes

一五九六年三月三十一日－一六五〇年二月十一日

對於近代科學的合理化做出貢獻的數學家、哲學家。

出生

法國，圖爾（Touraine）地區的拉海耶鎮（La Haye）。

雙親

父親是高等法院法官。母親體弱，於笛卡兒一歲時病逝。

學歷

波堤耶大學（Université de Poitiers，法學、醫學）。畢業後為向「世界這本最偉大的書」學習，而出外旅行。

兵歷

一六一八年志願軍官（荷蘭軍隊；沒有實際的戰鬥經驗）。

職歷

一六二〇年離開軍隊，前往北德意志、荷蘭、義大利等地旅行，最後返回法國。一六二八年起隱居荷蘭，同時開始執筆著作。

政治

因無神論者而遭受非議，也被禁止出版著作。

宗教

天主教（耶穌會）。在荷蘭宗教中心烏特列支市（Utrecht）市議會的缺席審判中被判有罪，但執行遭到阻止。

交友

霍布斯（Thomas Hobbes）、帕斯卡（Blaise Pascal）。另外，一六四三年起與伊莉莎白女王開始一生的書信往來。

婚姻．家族

一六三四年妻子海蓮娜產下一子（兒子佛朗西尼於六歲時，因罹患猩紅熱去世）。

病歷

因身體羸弱經常咳嗽。

死因

應瑞典女王克莉絲蒂娜（Drottning Kristina）的邀請，一六四九年停留在斯德哥爾摩，不久即因肺炎而客死異鄉（五十三歲）。

著作

《方法導論》（*Discours de la méthode*），一六三七年

《沉思錄》（*Meditationes de prima philosophia*），一六四一年

《引導天賦的規則》（*Regulae ad directionem ingenii*），一七〇一年

參考文獻

小泉義之《デカルト＝哲学のすすめ》（講談社現代新書，一九九六年）

野田又夫《デカルト》（岩波新書，一九六六年）

斉藤慶典《デカルト「われ思う」のは誰か》（ＮＨＫ出版，二〇〇三年）

關鍵字

「我思，故我在」、「方法的懷疑」、「良知」、「身心二元論」

「我」的發現

或許有人會認為上一章所提到，蘇格拉底一心追求的「磨練自己的靈魂」，就是這裡所講的追求「自我風格」。不過，蘇格拉底所追求的是「靈魂的鍛鍊」，而不是「自我風格」。他不曾思考過「我」或是「主體」的區別，「蘇格拉底」曾經存在，但不是「我」。

發現「我」的，是生於四百多年前，約日本江戶時代初期的笛卡兒。那麼，笛卡兒是否就是「尋找自我」的始祖呢？其實這樣的說法也不完全正確。笛卡兒的目的，是看清楚世上是否存在著確定的事物。他找尋的是確實性，也就是「真理」。事實上，這個真理是以「我」為據點。確實的「我」會出現，但並不是必須尋找的對象。那麼，「我」是如何被發現的。

懷疑一切事物

笛卡兒認為，要得到確定性，也就是得到「真理」的步驟，必須先排除先入為主的觀念，懷疑所有的一切，對於所有顯現的對象都抱持懷疑的態度。

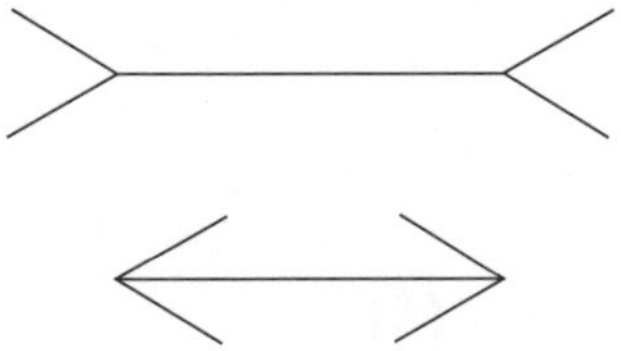

首先，要懷疑的是「感覺」。一般而言，人們總是認為自己看到或感覺到的是絕對正確的。不過，笛卡兒認為不應該依賴感官所得到的任何印象，因為看到或感覺到的經常是「錯覺」。例如，兩條一樣長的線條並列但兩端的箭號方向相反，箭頭朝向外側的線條看起來就感覺比較長。簡言之，自己所下的正確判斷不見得就是正確地掌握了世界。相反地，也可以說只要注意避開這樣的錯覺，就可以信賴自己的感覺。不過，笛卡兒認為，由於我們追求的是在任何場合都可以確實依靠的事物，以及沒有條件限制的事物，因此不能依賴感覺。

其次要懷疑的，是「現實」。事實上，第一個懷疑的「感覺」與「現實」有重複的部分。因為實際看到的東西既是「感覺」，同時也是「現實」。不過，如果你以為自己現在正在經驗的事情，也就是連感覺都掌握到的就是「現實」，你就會有點明白笛卡兒懷疑「現實」的用意了。對於「現實」，笛卡兒懷疑「現實」與自己所想的，說不定都是「作夢」。到底是夢還是現實，有時候也無法斷定，如果自己能夠證明不是在作夢，當然就沒有問題。不過，笛卡兒認為由於證明需要證據，所以也不是確定的。

第三，笛卡兒懷疑「數學」，他懷疑過他最想擁護的東西。我們很自然地認為數學的真理在數學體系中確實成立，不過一旦新的真理被發現，我們以往相信的真理就立刻崩潰了。因此，令人意外地，笛卡兒並未把數學另當別論，而是與世上許許多多約定的事物等同視之，視數學為「不確定事物」。

就像這樣，笛卡兒非常謹慎地強調我們最信賴的「感覺」、「現實」或是「數學」等，都有各自的陷阱。總之，可以斷定的是，由於連我們最能確信的事物都不確定，所以「所有的事物」也都不確定。

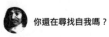

不可懷疑「你正在懷疑」

不過，如果以我們的立場來看，可能會想知道既然笛卡兒如此地抱持懷疑精神，那麼接下來他對於世界是由上帝構成真理的說法，以及上帝的存在也會存疑吧。但是，笛卡兒的想法並非如此，笛卡兒特意不提最值得信賴的上帝或宗教。最後他把「信仰」與「學問」上的討論切割開來，可以說由於把「信仰」從「知識」分割開來，而讓「知識」自由發展。

無論如何，後來的哲學或科學上的討論，對於該如何解決笛卡兒所保留的信仰問題而傷透腦筋。即便如此，在這裡最重要的是笛卡兒得到第一個結論，那就是對於任何事都能夠懷疑，實際上所有的事物也都是不確定的。而這項結論又導出第二個結論，也就是實際上我們不可能懷疑「懷疑」是「存在」的。當然，重要的是這第二個結論。

如果更進一步深入探討，顯然可以假設「懷疑」分為「懷疑的行為」與「懷疑的主體」。不過，笛卡兒對於這兩者的分別，並沒有提出明確的解釋，反而是後來的哲學家清楚提出「主體」的說法。雖然近代哲學把「主體」放置在一個不可動搖的「起源」位置，但是這也是後來的發展，笛卡兒只是表明對於「我的存在」感到「驚訝」而已。

總之，如果以笛卡兒有名的「我思，故我在」，來掌握笛卡兒的思想，就會得到「我」是從一開始就存在的結論。不過，這個說法中最重要的是「思考＝懷疑」，而非「我的存在」，始終強調的是「懷疑（我）」的存在。結果，探討自然科學之際，作為不可動搖的「確信」或是「根據」的「懷疑的我」，以副產品的形式形成。也因此我們知道，「尋找自我」的罪魁禍首並不是笛卡兒。

經過這樣的過程之後，笛卡兒終於要進入主題了。透過建立不可動搖的基礎，笛卡兒創立了統合幾何學與代數的解析幾何學，並且構思量化所有事物的「普遍數學」（Mathesis Universalis）。事實上，笛卡兒的主要著作《方法導論》本身就有一個冗長的標題，「在折射光學、氣象學、幾何學等學問中，為正確引導理性、探究學問的真理而寫」。由此可知，這本書正是自然科學體系中所有學問的基礎。

這樣的說明或許會讓人以為是哪本哲學入門書，不過不能在這裡就結束，接下來才是重要的部分。事實上，笛卡兒對於他所依據的程序產生兩個疑問：一個是「瘋狂」的定位，另一個是關於「我」的涵蓋範圍。接下來即將討論這兩個疑問。

瘋狂與主體——我瘋狂，故我不存在

笛卡兒在《方法導論》中說明，由於「錯覺」、「幻想」以及「其他定理」，所以「感覺」、「現實」與「數學」不是確實的事物。不過，幾乎在同一個時期，他在另一本著作《沉思錄》中，也對「錯覺」、「幻想」、「理性—瘋狂」等，抱持懷疑的態度。總之，「理性」取代了數學的位置。

例如，感覺會因為模糊的狀況而產生錯覺。相反地，任何人也可能同時擁有會產生錯覺的主體存在的確實性。還有作夢，就算夢境的內容荒誕無稽，卻也無法抹滅睡覺的主體確實存在的事實。簡言之，錯覺是暫時的錯誤，作夢只要醒來就會回到現實狀態。「思考」或是「我思考」的主體，既可能會作夢也可能產生暫時的錯覺。但是，問題在於第三個登場的「瘋狂」，笛卡兒認為「思考」或是「我思考」的主體不可能帶著瘋狂的因素。

我們可以從新的「B定理」指摘「A定理不對」。但是，「瘋狂的主體」無法說「我瘋了」。如果我說了，這話的內容就是「正確」的，那麼，我就不是處於瘋狂的狀態。基本上我們無法說我剛剛是瘋狂的，現在是正常的。如此一來，錯覺與作夢等，就是不同次元的事物，也是笛卡兒所說的瘋狂。因為這樣，所以「我思考」就成為「沒有瘋的人」的特權。所謂「特權」指確定瘋狂的人無法做出「我思考」的行為。也就是說，為了讓「我思，故我在」這句話成立，所以在「我瘋狂」的情況下，我既不能明說「我瘋了」，「我存在」也等於不成立。從一開始，「瘋狂」就被「懷疑的主體」屏除在外。

作為科學性觀察主體的「我」

以另一種角度來看，笛卡兒的「我」應該不能指進行科學性觀察的主體。自己可能會瘋狂，也可能正處於瘋狂狀態，笛卡兒所假設的主體不是被這些不安定感糾纏的人。因此，這個「我」與極為普通的「主體」不能等同視之。因為只有完全理性的主體才是正確的存在，不正確的事物就會遭到排除。不過，這點跟近代科學的「客觀性」，以及科學技術的「處理」正統化有關。

也因此，笛卡兒可以說是劃分瘋狂與理性的人物。笛卡兒自己本身進行的，是「思考的我」的自問自答，所以可以宣稱「我思考」的這個行為是正確的。即便如此，或許我們也可以說，這樣的真理觀本身其實也是一種異常的存在。例如，蘇格拉底不像笛卡兒那樣進行內心的思考，他認為真理存在於對他者與世界發言的行動中。然而，笛卡兒放棄透過對話的行動來獲得真理，也就是放棄說真話，並在心中（主體的觀念之中）形成真理。這樣的想法衍生為後來的哲學常識。

不過，雖然我們可以說笛卡兒否定、放棄哲學或思考中「瘋狂」的存在，但這樣的說法也是有點問題。如前所述，笛卡兒的主要目的，最終還是確立普遍數學。提出理性、主體、人類或是思考等，都只是確立普遍數學的手段而已，而不是他最早的目的。因此，就算後人封鎖了思考中彌漫「瘋狂」的可能性，也不應該把責任全都歸咎在笛卡兒身上。

那麼，哪方面的看法才是正確的呢？或許你會想要討論這個議題。不過，建議你還是停止這樣的想法。笛卡兒等歷史人物的評論不在本書的討論之列。重要的是，當我們討論這類的議題時，我們受到笛卡兒的影響有多大？還有，根據笛卡兒的思想進行討論的同時，不是進行彙整，而是瞭解如何掌握瘋狂與理性之間的關係。排除瘋狂究竟會帶來什麼影響？只要把討論的重點放在這裡就好。

對於某些人而言，或許「瘋狂」正是他的「自我風格」也說不定。

別人能夠理解我嗎？

接下來，我們從別的角度來探討「我思考」的「我」吧。針對笛卡兒「我思，故我在」這句話，他說「我在」的根據從何而來呢？

笛卡兒以後的近代哲學從懷疑「主體」開始進行討論，質問「我」指的是誰？總之，這個「我」是被用來當作一個專有名詞。也就是說，「自我＝我＝瀧本」，如此而已。無法以山本、佐藤等代替。

最後，笛卡兒確定「我」是確實的事物之後，對於「我」的探討就告一段落，毫無牽掛地沉溺於數學與氣象學等學問。但是，如果這個「我」只限定於那個產生「懷疑」的笛卡兒本人的話，那又會如何呢？也就是說，如果被提起的只是笛卡兒個人的「我」的話，那會變成怎樣呢？對於任何人而言，「我思」都是可以理解而且不知不覺地就變得很清楚。但是，或許這也可以視為只適合笛卡兒的特別說法吧。

這個想法的起點，其實非常的簡單。懷疑世上的一切，到目前為止都還跟笛卡兒一樣。視所有的事物為虛構、不確實、可疑的這種想法，與笛卡兒一樣。不過，不是「我」，而是只有與他人無關的「自己本身」才是不能懷疑的。這在哲學上稱為「唯我論」（Solipsism），「唯我論」認為在這世界上只有自己是不能懷疑的。其他的一切可能是附屬品，也可能是虛構的。這是利用笛卡兒的方法論，懷疑笛卡兒未曾懷疑到的事物。

總之，除了笛卡兒之外，所有人的「我」完全無法套用。如果這樣思考，那麼寫這些內容的瀧本的這個「我」，連笛卡兒的「我」也無法說明。像這樣的「懷疑」也可能成立。

「我」指的是誰？

不過，如果這麼想，接下來對於笛卡兒所說的話，就聽得出「帶點瘋狂」的成分了。因為笛卡兒並不只在內心如此想而已，他以有人會閱讀他的文章為前提而出版著作。在這當中，明明他者是存在的，但是這個應該存在的他者，卻只不過是笛卡兒創造出來的虛擬產物。也就是說，笛卡兒與自己虛構的對象說話，叫喊著：這世上只有「我」在這裡！這不正是瘋狂的行為嗎？

喔，不。事實上，這個「瘋狂」才是笛卡兒懷疑的結果。當然，我們不會認為自己以外的他者不存在這世上。只是，我們不得不說，如果像笛卡兒那樣從根本懷疑所有事物，他對於自己以外的他者也只能抱持懷疑的態度。至少，他很難毫無疑惑地接受普遍性的「我」之實際存在。

別人不存在這世上，「存在」的只有「自己」而已。會提出這種問題的，只有笛卡兒。「我」不會只是指「自己」而已，結論是：「我思考」的「我」可以應用在任何人身上。

另一方面，如果從唯我論來看，「我在」可能指的只是一個人而已。簡單說就是，如果「自己」死了，所有的一切也將結束。笛卡兒所說的「我」如果死了，「我在」的證據也會跟著消失。

即便如此，笛卡兒在方法上的懷疑，也可以運用在他以外的其他人。就算他所謂的「我在」消失，其他的人也是「我」，可以懷疑所有「我思考」的內容，也可以發現「我在」。只是，雖然任何人都可以對於他人的存在存疑，但只有「自己」存在無法懷疑。嚴格來說，「我在」的「我」，指的就是「自己」。

所謂「懷疑的我」，並不是說世界上有很多人同時懷疑也同時「我在」。說到底，只是單獨的「自己」懷疑，單獨的「自己」「存在」而已。「自己」是特別的「自己存在」，與「他人存在」之間具有決定性的差異。因此，並不是任何人都可以說「我」存在與否，而是不得不注視特別存在的「自己」。

為什麼我無法得到他人的理解

但是，就算展開這樣的討論，到最後也只是說明了所有人都是共同的「自己」而已。如此一來，本來「他人」無法理解的「自我特有性」，現在他人也都可以理解了。至此就陷入了矛盾狀態。不過雖說如此，最重要的是只有自己與他人完全不同地存在的這種感覺、不可思議等，只能說是一種奇蹟。不可否認的，這樣的思考，或許他人也感受到完全相同的感覺。或者應該說，即便如此「更要」強調自己的特有性。

很遺憾地，這樣的思考在對他人說明的時候，卻完全改變成與其他人共通、共有的東西。本來提出的「只有自己與別人不同」的問題，絕對無法說明。這是逃避不了的宿命，此與第十章維根斯坦「語言遊戲」的想法類似。只要使用語言，就不得不依賴語言的本質，也就是不得不依賴其社會性。他人或社會從一開始就包含在內，無論使用多少「專有」的名詞，也還是無法涵蓋全部。

就像這樣，講述只有特有的「我」存在的不可思議現象時，就必須使用語言。但

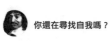

是，透過與他者共同使用的語言卻無法談論「只有我」的世界。結果是，由於方法上的懷疑，「懷疑的主體」這種被視為普遍性的東西成為殘渣，而被置放一旁。這樣好嗎？仔細想想，這也是無可奈何的事。就算有自己的特有性，但是只要以「語言」講述，或許就無法談論真正的部分。無法否認的是，雖然一邊抱持著這樣的預感，但是不知道為什麼，一邊還是想告訴「他者」，正是有特有的「我」存在，世界才得以成立。

把你科學化的我

還有一點，讀笛卡兒的思想時，要把重點放在對於笛卡兒而言的哲學是什麼？應該注意的是「我思，故我在」的「我」，指的是誰？以一句話來說（極端來說），「我＝自然科學家・技術專業者」。笛卡兒是利用「哲學」，而不是研究「哲學」。以近代科學技術為知識中心，並且極力推動科學技術合理化的笛卡兒，不僅批判哲學，也改寫了哲學。

笛卡兒認為必須懷疑（＝必須以自然科學的方式探討）世界或自然等所有觀察對象。他丟出如此的強迫觀念的同時，從上帝或法律等其他種種現象來說，這個懷疑的主體（＝探討的學者）更具有確實性，也是不可侵犯的存在。在主張實行近代科學的原則正當性這點上，這種對於懷疑的主體的看法，應該是值得關注的。

總之，可以說哲學因笛卡兒而暫時結束，或者說，由於笛卡兒的緣故，獨立出來的「懷疑的主體」與實驗．觀察對象的「被懷疑的世界」被區分開來的思考方式，也從此開始。

一直以來不斷追尋的「我」，不知不覺成為「自然科學家」、「觀察」的人。於是，「我的風格」就成為科學家的風格。把單方面凝視對象作為主要的存在，假設這指的就是「我」的話，那也離我們平常生活太遠了。你所期望的「我的風格」到哪裡去了呢？

學問無用論？●培根的「知識就是力量」

法蘭西斯．培根（Francis Bacon，一五六一－一六二六年，英國）生於歐洲文藝復興後期。他批評自中世紀以來的學問與神學結合的現象，他認為學問＝知識必須更具現實效力。透過使用歸納法，從個別經驗＝知識（實驗與觀察）導引出一般命題（法則），而這成為英國經驗論的思考與自然科學觀念的背景。此外，培根與笛卡兒一樣，以自己的母語（英語）留下文章記錄，因而成為英國近代哲學之父。

培根提出的「知識就是力量」，正如字面上的意思一樣。自然科學與應用自然科學而發展的技術隱藏著非比尋常的可能性，因此一定要加以推動！培根想說的，不過是如此而已。在現今，這樣的態度是極為平常的。不過，在培根生長的那個年代之前，所謂的學問以哲學、神學、邏輯學、數學、音樂以及天文學為主要科目（人文科目），而不是像現在以「工學」（機械藝術）類的實用科學為主。培根提倡進行「工學」這類解釋自然、活用自然等，對於人類有幫助的學問。在那樣的時代，可說是劃時代的創舉。

叱喝充滿臆測的世間！●培根的「偶像」（Idola）

文藝復興時期的學問重視「類似」，與近代的學問不同。例如，某種東西與某種東西的形狀類似，因此將兩者結合。透過這種結合的連鎖而得到歸納結果，培根徹底批判這樣的作法。他指出，如果透過「類似」構成知識的話，將會陷入四種Idola的陷阱。拉丁語的Idola指迷惘，也就是偶像、偏見或是幻影的意思。

首先是「洞穴偶像」，相信與雙親或學校教導內容類似的事物。其次是「劇場偶像」，相信與知識（學問）上任意建立的理論類似的事物。「洞穴偶像」形成的原因是來自於個人的性格或環境，「劇場偶像」則是由無數個學說或是錯誤的論證建立而成。

除此之外，還有兩個堅信事物都是相互類似的觀念。一個是「種族偶像」，人類的知性有時候會勉強把毫無關係的事物連結一起，或是強制套用，或是視為類似。另一個是「市場偶像」，因語言而產生混淆，毫無分別地把相同名稱套用在不同性質的事物上。種族偶像是因人而產生的，市場偶像則是因人類不適當地使用彼此的語言而產生的。

就像這樣，由於把以前的知識分類為不同的偶像屬性，而建立近代知識發展的基礎。

支撐近代西方社會的哲學

Chapter Three

還沒發現敵人的真面目？

「規定與理想界」

康德

Immanuel Kant

世間認真的想法

* 真的很想追求理想的自己，
過得純潔、正確而美麗。

* 但是，所謂生存就是接受
矛盾與無理。

* 成為大人之後，更必須看清現實嗎？

每天都會發生各式各樣的事情。內心交雜著各種情緒。每個人都有各自不同的狀況，有時也想辯解些什麼。如果籠統地以普遍論來解釋的話，無法整理出什麼來。光說些理想論也沒什麼用。有的人會這麼想。

但是，生於二百年前的近代哲學中心人物康德對於這樣的態度，就會勇敢地斥責：「不可以這樣！」康德認為就算在現實中無法實現，在心中也要堅持這是絕對正確的想法。人類能力最崇高的部分，就在於勇於提出理想。

康德的哲學被稱為「德意志唯心論」（Der Deutsche Idealismus）或是「唯心主義」（Idealism）。有時會被批評是紙上談兵，完全沒有改變現實的能力，也經常被不管三七二十一地堅持「一定是這樣！」的強烈主張所駁倒。但是，康德對你提出正確的言論，主張不應該被外表或眼前的事物束縛。要堅持理想、看清楚本質，堅持認真生存。例如，他說：「無論在什麼樣的情況下都不應該說謊。」但是，我們總是有不得不說謊的時候。這時你該怎麼辦呢？

本章將透過「規定」與「理想界」等關鍵字，為「還沒察覺敵人的真面目」而苦惱的你，介紹康德的思考方式與生存方式。

康德 Immanuel Kant

一七二四年四月二十二日－一八〇四年二月十二日

出生
出生於東普魯士的首都哥尼斯堡（Königsberg，現俄羅斯加里寧格勒）。終生未曾離開出生地。

雙親
十一個小孩中排行老三。體弱的父親為馬具工人，於康德二十二歲時去世。母親於康德十四歲時去世。

學歷
接受他人幫助而得以入學。哥尼斯堡大學畢業（神學→自然學）。

兵歷
無。

職歷
擔任哥尼斯堡大學哲學教授（一七七〇－一七八六年）。哲學之外也教授地理學、自然學、人類學等科目。一七八六年起擔任該校校長。

政治
雖然出版和平論，卻不曾進行過任何政治活動。著作因審查結果遭國家禁止出版，不過也遵從指示。

宗教
親近理性信仰的基督教教義，不過沒參加禮拜。

交友
除了英國商人之外，也喜歡與各類的朋友共進晚餐。不喜歡深入交往，特別是與學者保持距離。

婚姻．家族
終生單身，似乎對於愛情不感興趣。

病歷
非常注意健康。死前半年因衰老而臥病在床。

死因
自然死亡（七十九歲）。最後一句話是「這樣就好」。

著作
《純粹理性批判》（*Kritik der reinen Vernunft*），一七八一年
《實踐理性批判》（*Kritik der praktischen Vernunft*），一七八八年
《判斷力批判》（*Kritik der Urteilskraft*），一七九〇年
《論永久和平》（*Zum ewigen Frieden*），一七九五年
《答何謂啟蒙》（*Beantwortung der Frage: Was ist Aufklärung*），一七八四年

參考文獻
石川文庫《カント入門》（ちくま新書，一九九五年）
熊野純彥《カント 世界の限界を経験することは可能か》（NHK出版，二〇〇二年）
中島義道《カントの自我論》（岩波現代文庫，二〇〇七年）

關鍵字
「現象界與理想界」、「物自體」、「規則＝定言令式」

從思考的我到行動的我

由於笛卡兒提出「思考的我」是不可動搖的，所以你才能夠得到「我」。不過，這個「我」是「思考的我」，還不是實際活著的整體的「我」。這個「我」是有條件限定的。即便如此，「我」還是成為「主體」。也就是說，還是有可能以「主人翁」的身分活躍在這世上。

康德的思考在此登場。康德從「人類」的角度重新組合笛卡兒的「我」。不只注重「思考的我」，另外也把「行動的我」、「創造的我」視為「我」的重要一面，因而開拓了「我」的領域範圍。一般而言，「思考的我」屬於形上學或認識論（Epistemology）；「行動的我」屬於道德或實踐論；「創造的我」則發展為藝術或是美學。在這裡，我們鎖定「行動的我」，討論「行動的我」是如何被導引出來，人們又是如何看待「行動的我」。

你已經發現「我」了。但是，你還看不見世界與他人。為此你感到不安，你也不知道他者是敵是友。或者你只能把他者統統視為朋友或一律視為敵人。然後，你暫且先把所有的他者都視為敵人。然而，所謂敵人又是什麼呢？

科學改變人類

康德生於十八世紀，約等於日本江戶時代中期，八代將軍吉宗進行享保改革的時候。在萊布尼茲、牛頓大展光芒，自然科學領域中不斷有人提出各種法則的時代裡，康德正值青年期。康德最早是專攻神學，到了三十歲左右開始以天文學為中心進行研究。這時在哲學的領域中，休謨對笛卡兒提出批判，展開極為徹底的懷疑論，在當時蔚為話題。

笛卡兒以後的哲學以休謨為首，對於人類的認識是以被動的態度接受世上的事物。這樣的理解已經化為常識了。這時的哲學區分主觀與客觀，在某種意義上主觀處於絕對的位置，同時客觀自身（也就是與主觀無關）也存在著。

相對於這樣的觀念，休謨針對人類的知性或是知識提出以下的想法。他認為人類的所有知識都不確實，就算是自然科學的知識也一樣。雖然在這個時間點萬有引力定律被認為是正確的，但是或許明天也可能被其他的定律推翻。所有的知識都無法脫離可能性。而且，我們不能保證昨天與今天獲得這類知識的主體，也就是人類會是同樣的人。從經驗論來說，也無法證明睡一覺醒來之後，存在仍具有連續性。

笛卡兒認為自己成功地將不可能懷疑的「我思考」置於主體的位置。針對這點，休

享保改革：江戶幕府時代的八代將軍德川吉宗（在任一七一六－一七四五）所進行的一連串改革。改革內容包括讓將軍親政制度復活，透過增加年貢的徵收與儉約令以穩定幕府的財政狀況。另一方面也獎勵商品作物。

萊布尼茲（Gottfried Wilhelm Leibniz，德國，一六四六－一七一六），哲學家、科學家。提出預定和諧說（Harmonia Praestabilita）。認為單子的多樣性知覺的精神統一體為了對應他者而預先做好安排。萊布尼茲以此理論為基礎，掌握對世界的看法。

牛頓（Isaac Newton，英國，一六四三－一七二七），科學家。發現萬有引力定律、二項式定理。與萊布尼茲相競做出微積分學上的貢獻。著作有《自然哲學的數學原理》（*Philosophiae Naturalis Principia Mathematica*，簡稱Principia，一六八七）。

謨主張從對象或是認識的結果所得到的法則，不見得就是真理。由於瞭解休謨的懷疑論，康德從「獨斷」（Dogmatism）的睡夢中醒來，後來又進行了所謂「哥白尼式的轉變」（Kopernikanische Wende）之思想轉換。

康德以完全相反的方向說明休謨的主張。他認為人類（或是主觀）主動地推動世界，然後自己建立了認識的對象，也就是客觀。所謂認識（對象）指透過主觀的客觀創造。就如同哥白尼翻轉地球與宇宙的關係一樣，康德也翻轉了主體與對象的關係。

在康德之後，費希特、謝林、黑格爾、費爾巴哈以及馬克思等德國哲學家，均繼承了他的思想。總之，或許由於自然法則是人類所需而建立的，所以是不確實的。但是，自然法則並不會因此就沒有意義。從實用性的角度來看的話，可以構成「客觀的真理」。雖然以往人們無限制地認同科學知識，但是透過明確的條件區分，不僅保留了神的空間，同時也清楚地提出人類的執行權利。

另外，以結果來說，相較於以前對於人類以外的事物或物體的分析，康德則是重新定義「人類」自己本身建立的尋求方式。到了二十世紀以索緒爾為始祖的結構主義，以「語言」為主要的分析對象。從康德開始約兩百年間，分析「人類」的哲學或「人文」科學等，成為研究的主流。本書第十六章將會提到結構主義則沒有採取這種把基礎放在「主體」的思考方法。在某種意義上來說，就像是回到笛卡兒的思考方式那

休謨（David Hume，蘇格蘭，一七一一—一七七六），哲學家。提出懷疑論，認為英國經驗論中的感覺或感情都是暫時性的，而且因果關係都是或然率。著有《人性論》（一七三九／一七四〇）等。

費希特（Johann Gottlieb Fichte，德國，一七六二—一八一四）哲學家。受到康德的影響，試圖透過自我進行理性的統合。後來探尋「我等」之主體根源。發表《對德意志民族的演講》，著有《全部知識學的基礎》（一七九四／一七九五）等。

謝林（Friedrich Wilhelm Joseph von Schelling，德國，一七七五—一八五四），哲學家。以唯心論建立有機體自然科學的基礎。著作有《對人類自由本質的研究》（一八〇九）停止自然與道德之間的鬥爭，以及《先驗唯心論體系》（一八〇〇）等。

費爾巴哈（Ludwig Andreas Feuerbach，德國，一八〇四—一八七二），哲學家。超越黑格爾只處理從人類分離出來的理性之哲學思想，統一地從感性掌握自然與人類，發展唯物論。著有《基督教的本質》（一八四一）。

樣，再度追求客觀主義式的論述之可能性。

何謂「理性」

然而，從十八世紀到十九世紀這段期間，由康德、黑格爾等人發展出來的「德意志唯心論」中，使用了感性、悟性以及理性等概念。這些概念意味著什麼呢？或許你不常聽，覺得很陌生。在這裡先稍微整理一下。

德意志唯心論：自康德之後，從十八世紀末到十九世紀中，德國哲學家們的思想傾向。主張人類的理性或觀念是主動運作，以此試圖掌握、建構世界。

首先，這些概念區分了人類所具備的能力。把身為主體的人類作為運作對象的方式，可以大致分為三種。

所謂「感性」就是「五感」，非常直接同時也很模糊的感覺。以英語來說就是「Sense」，艱澀的說法就是「感性」。其實，單純地以「感覺」來理解就可以了，或者也可以說是「感受的方式」。不過，就如同我們說對於美的感受，實際上涵蓋了各種意義。在這裡避開繁複的說法，只是簡單地以「疼痛」、「看見」、「聽見」等感覺來討論。

其次是「悟性」。「悟性」就是歸納感覺資訊，把感覺普遍化的能力。例如，不是單純取得「甜的」、「白色」、「顆粒」、「乾爽」等資訊，而是統合這些訊息並且得出「砂糖」結論的掌握能力。不過，悟性這樣的詞彙太困難，平常幾乎用不到。以英語來說就是「understanding」，也就是瞭解能力、理解力的意思。這樣解釋的話，應該就比較清楚了吧。

接下來是「理性」。如同我們平常說某人失去理性、喪失理智一樣，平常我們會保有理性，但是會因為某種原因而失去該有的關懷。理性或許比較接近良知，不過這裡的理性指的並不是良知。

理性不會滿足於光靠悟性掌握世界的狀態，而會透過個別的悟性更進一步地統合資訊。例如，有系統地說明「世界最終極的源頭為何？」人類的理性能力是非常高階的能力，以英語來說是「reason」。換句話說，「理性」就是把「理由」、「根據」、「道理」等加諸某種意義。當你提問「為什麼」時，能夠回答「那是因為～的緣故」的能力就是理性。

就像這樣，人類所擁有的能力當中，「理性」是崇高而且相當顯著的能力。另一方面，「感性」被視為基礎、生物所擁有的原型能力。不過，悟性也可以適用於貓犬的學習能力，並非人類特有的能力。即便如此，悟性屬於認識對象的主動能力而非被動能力。因此，悟性很難以理解。

康德稱感性或悟性所掌握的對象為「現象界」。在現象界中，感性或悟性所接收的資訊的根本是「物自體」（Ding an sich）。坦白說，「物自體」又是一個難懂的詞彙。既然說到物體，好像跟探討自然科學的方法有關，不過其實完全相反。自然科學所掌握到的與悟性有關，而理性＝物自體則是人類自己想像的世界，也是人類無法直接掌握的世界。不過，人類可以利用「意識」接近這個世界，這就是「理性」的能力。這是相當卓越的能力。不過，我想說的是，總之人類的認識能力無法掌握理想界，但是卻可以運用理性勉強地接觸「理想界」。

雖然康德建立了這樣的三個階段，不過他認為理性並非萬能，因而「為理性加上界限」。提到「理性批判」時，經常有人會誤解理性是沒用的東西而加以譴責。不過，自康德以來，哲學中所說的「批判」指的是「加上界限」的討論。康德的主要著作《純粹理性批判》認為認識對象不是一開始就都存在這世上，而是透過經驗的累積才讓認識變成可能。因著經驗的不同，認識的對象也產生變化。

現象界與理想界

接下來要煩惱的是「現象界」與「理想界」。這到底是什麼？

不用說，世界並不是根據某人的意志而進行運轉。不過，我們可以想像那樣的世界，這個想像的世界就是「理想界」。而且，把理想界化為可能的就是理性。所謂「現象界」就是能夠單純地、平常地掌握的狀況。也就是平常看到的這個世界、感受到的日常生活。另一方面，「理想界」可以說是脫離日常生活的幻想或想像，說得更好聽的話就是思考中出現的念頭。

在現象界中，由於人們各自的不同經驗，對於認識對象的掌握也會產生差異。也就是說，因人種或民族的不同、大人或小孩的不同、男性或女性的不同，以及我跟你的不同，認識對象的樣態就會產生差異。更進一步來說，如果時代不同，對象物也會呈現另一種樣貌。不過，事實上人們可以利用語言歸納各種事物並且加以說明。這就是所謂的經驗。透過語言、概念、關鍵字以及類別等歸納，不直接存在於現象界裡的事物就會出現在這個世界上。

康德的這個認識論，與他所提及的理想界是平行的兩個輪子。事實上，他在大學的授課內容以人文地理與「從實用的角度看人類學」為主。雖然他終生未曾離開現在俄羅斯的商業都市哥尼斯堡一步，卻能夠談論世界的各種現象。而且由於康德這時提出「理想界」的抽象概念，使得後世能夠討論人類共同的普遍道德可能存在的議題。這點深具重要的意義。

無論如何，笛卡兒或是培根等人，認為人類的理性能夠永無止境地運用。相對於此，康德對於理性的限定正是一種「批判」。換句話說，是「加上界限」而非「責難」。

如果從這個角度思考的話，對於我們視為「敵人」的認識對象，只要我們認為對方是「敵人」，那麼對方就只能是「敵人」。當你對於某個人或某個印象賦予敵人的概念時，這個敵人在現實中成為對象的同時，也成為你的想像產物。也就是說，敵人是你創造出來的東西。

自由與規則＝定言令式

在為理性加上界限時，康德將理性限定在「認識」的次元中。根據這樣的限定條件，康德的第二本著作《實踐理性批判》發展「行為」的次元，也就是思考人類的自由。

首先，康德認為現象界的一切事物，都是根據因果法則發生。自然科學研究的就是這個領域，簡單說就是所有的「現象」都能夠合理地說明。在這個領域中，沒有「自由」立足的餘地，這世上的一切都被必然性或是法則性等確實的東西左右。

但是，另一方面來說，人類又具有「自由」，也就是所謂的自發性活動。雖然這點在自然科學中無法說明，但是這樣的自由的存在又是很明顯的。但是，如果是這樣的話，自由又是從哪裡產生的呢？康德假設在「物自體」的世界中，自由確實是存在的。只是，這個自由的定義相當狹窄。以康德的說法是，就算當事人希望理性地採取行動，追求快樂或是滿足欲望等行為，也是因自然、物理性的原因所產生的，也就是屬於現象界的事物。雖然這種行為屬於自發性行為，但不是真正的自由，而是受到因果法則的規範。這個說法後來被佛洛伊德反駁。不過，至少康德沒有把欲求或欲望與自由連結在一起。

在康德的學說當中，與自由有關的僅限於道德行為。在這裡提到的是「定言令式」（Categorical Imperative），也就是「規則」。光是這點就能夠視自由為必然且客觀、與其他目的無關的行為。

具有某種因果關係，也就是具備「如果～的話」之條件，指這是與現象界相關的事物。如果沒有這樣的條件，那就是「自律」（Autonomy），與自由有關。康德認為，確實由於自由在「物自體」中運作，所以遠離塵世。不過，這才是真正的「人性的」、「理性的」作為。

定言令式之外還有假言令式（Hypothetical Imperative）。假言令式與定言令式相反，是被其他的目的或意圖捕捉到而產生的事物。現實中大部分的事物，都是根據假言令式而成立的。

在某個意義上來說，由於康德把說明科學的法則性方法應用在對於人類的認識（＝《純粹理性批判》）、道德（＝《實踐理性批判》）以及美的興趣（＝《判斷力批判》）上，所以不見得其中的表現就是現實的。然而，在道德的次元上，這種非現實性，也就是崇高的理想主義反而不受時代、社會或任何情況限制，而擁有超然的價值與意義。越是在現今混亂的時代，提出這類的道德律應該更具有意義吧。總之，在一般的道德情況之下，我們都說「根據某某條件，不可以做～」，結果就失去遵守這個規則的必然性。在現今的這個時代，價值觀飄浮不定而且模糊不清。最重要的應該是「無論是什麼狀況，都不能～」。讀了康德的思想之後的結論應該是這樣吧。

不過，只有在與現實不同的世界裡才會提到定言令式。在現實生活中不應該將其視為一個問題，倒不如說，這是在我們心（腦）中所描繪的理想界吧。

永遠的和平與眼前的和平

就像這樣，康德的「規則」就很清楚了。「不可以殺人」、「不可以偷別人的東西」、「不可以說謊」等等，這些都是無需條件就必須遵守的規則。簡單說，這些規則在自己說給自己聽時，也都很清楚明白的。但是，康德的規則並不是那麼個人化的東西。

康德在《論永久和平》的論文中，發表了超越國家、民族的世界永久和平，展現了他崇高的理念。康德建議停止常備軍隊，透過法律建立民主國家，然後設置制定國際法的國際和平機構等。康德所提出的這些規則，總是讓人覺得有點脫離現實。但是，反過來說，透過提出終極的理想，我們才可能建構具有目標的「未來」。事實上，正因為這「似乎是無法實現的理念」，因此康德思考像自己這類的人是否可以跟實踐派政治家所說的內容不同，在其他的次元中另外提出「某些」問題。也就是說，與「現象界」切割，為了理性的「理想界」世界的「永久和平」提出某些項目。因為，永久和平不是「自然狀態」，所以應該從無的狀態開始建立起。

康德舉出六項「臨時條款」。例如，未來廢除常備軍隊、不可侵犯獨立國家、禁止對他國採取暴力干涉、禁止為了戰爭發行國債、禁止在和平條約內加入戰爭的因素，以及當任何國家與其他國家戰爭時，在未來和平的條件下，不可以做出可能會影響彼此間信賴關係的敵對行為。

另外，關於「確定條款」，康德提出各國採取共和體制、根據聯邦主義建立國際法，以及世界公民權應該局限於普遍的友善（Hospitality）條件。

特別要注意的是最後一條的臨時條款。在第二次世界大戰中，正是因為參照這項條

納粹黨（國家社會主義德意志勞工黨）：一九二〇年在慕尼黑組黨。希特勒擔任黨主席之後，納粹黨的勢力大為擴張。一九三三年經過投票取得政權並且壓制其他政黨。直到一九四五年第二次世界大戰戰敗為止一直維持獨裁政治的體制。

款，而有了明確譴責納粹黨的理由。因為納粹黨的所作所為，確實造成未來的和平中之無法相互信賴的關係。

為什麼不能說謊？

不過，康德的規則在現實中有時也會引發麻煩的問題。最知名的例子就是，假設你窩藏被納粹黨迫害的猶太人，如果你被訪查的憲兵盤問：「你家裡有沒有猶太人？」而你又不能說謊。請問這時你該怎麼辦？

這時，主張「不可說謊」與主張「必須救人」（或是說「不能眼睜睜地看人被逼上絕路」），兩者應該是相互衝突的。但是，對於這個衝突，康德很清楚而且很嚴肅地表明「不可說謊」絕對是優先考慮的。把人類視為道德存在時，是有加上條件的，而背叛自己本身的義務的最大罪過就是說謊。或許這時你會感到猶豫吧。等等，康德，你那種非現實的說法適當嗎？

不過，我必須再重複一次，康德並不只是一個完全脫離現實的理想主義者。倒不如說，他只能思考非現實的事物，應該從這樣的觀點來理解他才是。我們連不可能的事物都能夠思考。

因此，雖然很矛盾，但是還是應該這麼說。例如，在「不能說謊」但是卻又「必須救人」的時候，我們絕對是應該說謊的。但是，在任何時候也都絕對不能說謊。

康德的規則強調無條件地「必須～」，說起來很類似以前的頑固老頭子，對於一切的藉口或是保留條件完全不可原諒。老實說，雖然不講理的行為會讓人很困擾。但是，在某種的果斷、覺悟或是責任的意義下，對於他者的狀況或是心中完全無關的「斷言」，或許也可能是重大的聲明。因為在現實中，必要的是「負起責任陳述正確性」，而不只是「正確」而已。

因此，秉持原則本位地原封不動接受康德的主張，就不會扭曲康德的思想。倒不如說，思考地球環境與世界和平等社會的未來，以及正義與公正時，一定要劃清應該遵守的界線。或許永遠沒有到達的一天，不過朝著那樣的理念努力生存，這樣的想法具有重大的意義。

康德所說的道德始終在「我」的內心之中發光、發亮。如果想把這個道德原封不動地與他人分享，可能會產生敵對的態度。康德的作法並不是共享理想的作法。沒錯，因為事實上敵人就是對他者強硬灌輸理想的自己。面對自己心中建立的「理想界」、面對他者時，都不能隨便地強制對待。無法簡單地共享，你心中的理想勒緊了你在現實中的生活方式。那麼，理想是不必要的嗎？敵人也不必要嗎？

路易十六被處死刑的原因●社會契約論

十七至十八世紀時，西方社會的民眾根據自己的想像力，對於社會的成立產生不同的想法。「社會契約論」就是在這樣的情況下產生。「社會契約論」主張社會不是由神創造的，也不是自然的東西，人們可以透過自己的安排重新建立新的社會。

人類如果生存在沒有社會規則或人類阻礙的狀態下，會是什麼樣的生活呢？這就是所謂的「自然狀態」。因此，人們開始思考規則或法律。人類能夠明顯區分與動物相同的「自然狀態」，以及透過自己的意志形成的「社會」狀態。正因為「社會」是靠自己的力量形成的，所以也能夠「改變」。

提出這個論述的主要有湯瑪斯・霍布斯（Thomas Hobbes，英國，一五八八－一六七九）、約翰・洛克（John Locke，英國，一六三二－一七〇四）、雅克・盧梭（Jean-Jacques Rousseau，瑞士，一七一二－一七七八）等人。他們在為打破舊制度的法國革命賦予理論時，占了重要的位置。後來馬克思繼承了他們的想法，也為社會結構帶來革命性的理論。

自近代以來，我們都以社會是由眾人建立的理念為基礎，而生活在這個社會裡。大前提是每個人在社會裡互相合作、互相幫助地生存，顯然地人們重視對他者付出關懷。不過，現在這樣的規則正快速瓦解，我們將可能會生活在沒有「社會契約」的世界裡。

透過「無知之幕」看社會差異●羅爾斯

約翰・羅爾斯（John Rawls，美國，一九二一－二〇〇二）根據康德的理想主義，提出在現實中面對政治、倫理等問題的方法。他認為，在社會中實現完全平等是困難的。不過，不平等也有其界限。在這個時候，首先應該從最壞的部分改正起。而若要達到這個目的，就要清楚地制定規則以及不平等的界限。

約翰・羅爾斯提出的規則有二：第一是「機會均等原理」，任何人都能夠參加平等的競爭。第二是「差異原理」，若要滿足第一個原理，就要視職務或地位所產生的不平等是合理的。

人類天生就有不平等的部分，在生存的過程中也會與他人產生差異。這些都是以自己為標準來看待他人，所以多少會產生偏見或是加入自我本位的判斷。因此，約翰・羅爾斯提出「無知之幕」（The Weil of Ignorance）的說法。他假定人們是處於不知道自己是什麼樣的人，也不知道自己處於什麼樣的狀態下來討論不平等的問題。

不過，有的批判（特別是來自於傳統主義者）認為，如果是生存在社會上的人就一定會有自己的出身。所以，就算這是假設，也不可能把自己放置於這樣的立場。雖說如此，只要是討論眼前存在的現實社會問題，首先就應該建構沒有偏見的出發點。這個論點是值得重視的。

支撐近代西方社會的哲學

Chapter Four

你還在期盼他人的認同嗎？

「認同與主人與奴隸的辯證法」

黑格爾

Georg Wilhelm Friedrich Hegel

世間好像很
認真的想法

* 人無法獨自生存。

* 因為我們得到家人、
朋友等眾人的幫助與支持。

* 我之所以能夠以我的面目存在，
是因為得到旁人的認同之故。

有他人，有自己。自己是透過他者而成立的。有他者的認同，人類才能自由地存在。如果沒有認同關係，自我意識就會變得空虛。無論如何掙扎，光靠自己是產生不了什麼東西的。這是黑格爾的想法。

法國革命發生於十八世紀末，這場革命推翻了封建制度，建立主張人人平等、人人自由的近代社會。同時期生於德意志的黑格爾在這歷史性轉變的波濤中，意外地也發展了不符合該時代的哲學，也就是重視他者、社會、歷史的哲學。

黑格爾冷靜地接受法國革命所揭示的理想，看出如果個人任意而為將無法建立理想社會。或者說，他強調應該確實地重新檢視法國革命實現前的歷史累積。黑格爾認為人類從與他者的關係到糾葛、爭鬥、拚命掙扎而累積了歷史。這個過程就是真實。

這個原則一直到現在不也是還適用嗎？不過，現在也可以相信他人到那樣的地步嗎？其實自己仍然覺得不安，真的只要努力得到他人的認同就可以嗎？

本章將透過「認同」、「主人與奴隸的辯證法」等關鍵字，為還在渴望「得到他人認同」的你，介紹黑格爾的思考方式與生存方式。

黑格爾 Georg Wilhelm Friedrich Hegel

一七七〇年八月二十七日－一八三一年十一月十四日

出生
生於德國南部斯圖加特（Stuttgart）。

雙親
相對較平凡的中等家庭。

學歷
圖賓根大學（Eberhard-Karls-Universität Tübingen：神學）。

兵歷
無。

職歷
耶拿大學（Friedrich-Schiller-Universität Jena：無俸講師→教授）、中學校長兼哲學教授、海德堡大學（Ruprecht-Karls-Universität Heidelberg）正式教授、柏林大學（Humboldt-Universität zu Berlin）教授。

政治
由於對於政治體制有貢獻而獲指定擔任柏林大學校長。

宗教
成長於新教家庭。

交友
謝林、荷爾德林（Hölderlin）。由於學生眾多，後來形成「黑格爾學派」。

婚姻・家族
四十一歲時與二十歲的貴族小姐結婚。

病歷
體弱，兒童時期曾經因感染天花而差點喪命。

死因
罹患當時傳播全世界的霍亂而死（六十一歲）。

著作
《精神現象學》（*Phänomenologie des Geistes*），一八〇七年
《邏輯學》（*Wissenschaft der Logik*）（第一卷）一八一二－一八一三年，（第二卷）一八一六年
《法哲學原理》（*Grundlinien der Philosophie des Rechts*），一八二一年

參考文獻
西研《ヘーゲル　大人のなりかた》（NHK出版，一九九五年）
長谷川宏《新しいヘーゲル》（講談社現代新書，一九九七年）
栗原隆《ヘーゲル　生きてゆく力としての弁証法》（NHK出版，二〇〇四年）

關鍵字
「認同」、「主人與奴隸的辯證法」、「自我意識」、「他者」、「欲望」

生於革命時代的黑格爾

讀過蘇格拉底、笛卡兒、康德等三位哲學家的思想之後，你是否覺得他們都是以「我」為依據來面對他者或世界。好像是有了堅強的「自己」之後，才能夠與他人接觸吧。至少，如果沒有「我」，什麼都沒辦法開始。

不過，生於十九世紀初的黑格爾從根本批判這樣的想法。自己之所以是自己，不是因為先有「我」，而是有了「他者」之後才有「我」。至少必須有「我」跟「他者」的相互作用。

「他者」意識了「我」之後，我在這世上才有了確定的位置。例如，新生兒出生後如果不與他者接觸，只是給予營養讓其成長的話，這個嬰兒既不會說話，也不會唱歌，更不會有複雜的情緒。在生命中，由於有他者認識了「我」，「我」才開始存在。

雖然黑格爾與康德生存的年代有些重疊，但是一般人對於歌德（Johann Wolfgang von Goethe）、貝多芬（Ludwig van Beethoven）與拿破崙（Napoléon Bonaparte）等同時代的人印象比較深刻。另外，黑格爾在青年時期實際體驗到鄰國發生的法國革命，這對於他的思想產生極大的影響。這樣的熱情與新生的近代市民國家的支持產生關聯。還有，由於處於聯邦分立狀態的德意志受到法國拿破崙的侵略，這激發了德意志人民產生民族意識與國家統一的志向。

從哲學史來看，黑格爾被稱為近代哲學或是德意志唯心論的完成者。如果把培根與笛卡兒視為英、法的哲學起源，德國哲學就是從中途加入這個哲學發展的過程，經過康德一直到黑格爾。比起起源或創始，提出「終點」或「完成」反而非常具有德國哲學的風格。

不僅德國哲學的內容如此，另外他們也巧妙地運用文化生產策略。例如，有系統地在書籍或著作上，發表各哲學的主題以加強權威的地位，或是學生們取得大學任教的職位形成各自的學派等，這些都對於黑格爾的名聲產生極大的影響。

不過，在後來馬克思主義抬頭的過程中，黑格爾學派遭到徹底的批判。總之，作為踏腳石或是應該超越的障礙物，黑格爾的思想擔負了重要的任務。雖然黑格爾的學說被矮化為只不過是無法掌握現實的唯心論而已，但是黑格爾的名字卻總是與革命同時出現。另外，在戰後的法國國內，俄國畫家瓦西里・康定斯基的姪子亞歷山大・柯傑夫所講授的課程內容，大大地影響了傅柯、拉康、喬治・巴塔耶等知識分子。柯傑夫解讀了混合海德格與馬克思的問題意識的黑格爾思想。這使得黑格爾一下子又以現代思想的姿態再度受到好評。

瓦西里・康定斯基（Wassily Kandinsky，俄羅斯、德國、法國，一八六六－一九四四），畫家。在德國慕尼黑組成「藍騎士」，專長抽象畫。他任教的藝術學校包浩斯（Bauhaus）因納粹勢力抬頭而遭關閉，在被占領的法國結束一生。

亞歷山大・柯傑夫（Alexandre Kojève，俄羅斯、法國，一九〇二－一九六八），哲學家、法國官員。俄國大革命之後逃往德國。一九三三－一九三九年在巴黎高等研究所研究黑格爾的《精神現象學》（一九四七／一九六八）。

雅各・拉康（Jacques-Marie-Émile Lacan，法國，一九〇一－一九八一），精神科醫生、精神分析家。以語言活動為基礎，利用鏡像階段、現實界、象徵界、想像界等概念發展結構主義式的佛洛伊德理論。

喬治．巴塔耶（Georges Albert Maurice Victor Bataille，法國，一八九七－一九六二），思想家、作家。在黑格爾的影響之下，寫下《內在體驗》，描述動搖確定命題的主體時所面臨的內在經驗，以及《被詛咒的部分》，談論完全超越一般的交換關係。

如果說笛卡兒以「我」為基礎掌握對象的主客二元論是近代思想的代表，那麼就可以說，後來的李維史陀等人的結構主義就是把這樣的思考當成「實體論」（Substantialism）並加以批判，為「關係論」式的現代思考開創新的起點。從近代的實體論到現代的關係論，可以說這樣的轉變不再把「我」放在主軸的位置上，而是轉而重視「與他者共存」。事實上，黑格爾發現了與關係論思想的共通性。至少，他的思想主題是與他者或社會有關的現實。這點是毫無疑問的。總之，黑格爾不僅是近代哲學的完成者，同時也是現代哲學的出發點。

近代哲學的完成者

那麼，黑格爾這位近代哲學完成者的思想內容為何？大略可歸納如下：

●方法論（特色）

有系統地建構論述，所有的一切都在這裡陳述並且形成真理的一元化。哲學被視為包含自然科學等各種學問的統一體，被置於大理論（Grand Theory）的頂點位置。目標是知識（各項科學）的綜合、體系化。

●人類觀

透過自然～神（邏輯）～人類（精神）等三位一體掌握事物。著作或文章的構成也都是以「自然哲學」、「邏輯學」以及「精神哲學」等三者構成。認為「人類」總是與「自然」、「神」共同成為一個構成要素。但是，這個「人類」不是個人的「我」，不是個人的人類感覺、意識或經驗，而是揚棄（Aufheben）這些的「精神」（Geist）。

●歷史觀

設定起源（出發點），並且從起源克服矛盾。經由這樣的過程而完成發展的發展史觀。對於過去，現實總是處於最高的位置而受到肯定。另外，假定完全自由的世界是歷史最終的目的，這與基督教的歷史觀相關。

●地理認識

地區也與「歷史」經歷相同過程。非洲是人類的起源地，亞洲是歷史的起源，希臘是古代、羅馬是中世紀、日爾曼是近代的起源等，每個地區都有其相關的關係。因此，西歐中心主義視西歐處於最高狀態。或者這也是從與自己相關的事物說明世界，從說明中讓他者內含（從屬）於己的方法。

●精神觀

每個人都從「感覺」開始，提高「知覺」、「悟性」、「理性」、「精神」等認識的方法，同時獲得共同性而非個別的意識。其中以可以呈現出「作品」的，也就是藝術、文學、宗教、哲學等居於最高地位。

●共同體觀

共同體觀與精神一樣，從「個人」、「他者」、「家族」、「親屬」、「共同體」等順序依序發展，最後「國家」居於最高的位置。這也與歷史的過程連結。康德提出的「世界公民」似乎也可以加在後面，不過身為現實主義者的黑格爾並沒有這麼做。

就像這樣，黑格爾的主張能夠很簡單地說明，但是卻很無趣。不過，也可以把他的主張視為非常本質性的討論。這就是「他者」與「自己」的關係之相關討論，也就是「主人與奴隸的辯證法」之相關提問。這正是黑格爾這位現代哲學家的一面。

「自我意識」與「我」的不同

黑格爾所說的「自我意識」與笛卡兒的「我＝自我」從根本上就不一樣。笛卡兒質問「我思」，然後自己回答「我在」。笛卡兒的著作不重視與他者的對話。比起與他者對話，他刻意把自己與他者或世界隔離，然後對自己發問。蘇格拉底則是不斷對他者說話，讓自己參加他者的思考。這兩者的哲學相當不同。還有，如果從笛卡兒的自問自答來看的話，也跟黑格爾的思想有顯著的差異。

至少在黑格爾的想法中，笛卡兒那樣的作法只不過是自己隨心所欲的「沉思」世界而已。相對於此，黑格爾對於「自我意識」這個詞，定義為人類可以自覺「自己存在」的存在狀態。在這樣的情況下，黑格爾對他者提問，對他者論述我思考（＝自覺）我正存在著。因此，進行對話之際，「你確實處於這個地方」就含有後設訊息在內。當然，在黑格爾的思想中也有像「邏輯學」之類的只是由本身成立的論述。不過，至少人類的「存在論」以「（社會）關係論」而被討論，因此不能缺少他者這類「契機」的介入。

笛卡兒透過自問自答得到「我思考」的存在論，透過文本同時假定笛卡兒以外的讀者為對話的對象，所以也可以說是對「他者」談話。但是，雖然這也可以說是「唯我論」，不過由於笛卡兒懷疑他人與世界的一切，所以對話的對象也只是不確實的存在而已。因此，對於這樣的對象談論確定的事物，就算想從中確認真實性，應該也是辦不到的。

另外，康德也是一樣。雖然康德把「我」區分為認識事物的主體的「自己」，以及能夠自覺進行那樣的認識的存在的「自己」。但是，不管是哪個自己，都是自我結束。還有，雖然康德提出理想界這個麻煩的概念，不過實際上反而更突顯出與現實的隔閡。康德當初的目標是想確保一個可以談論理想的空間。然而，他卻沒看透這是否只是一己的想法而已。

依賴他者的「我」

相對於此，黑格爾則是認為若要確信「我存在」，「他者」是絕對必要的。有了來自他人的認同，「我」才可能存在。但是，在這裡也有缺點。這個「我」是確實的，但不是定點。「我」必須一直依賴他者才行。他者不見得是特定的人，有時候對方也不見得會認同「我」。這是關係論上的不安定與漂浮性。如果從黑格爾的觀點來思考「我」的話，好像無論如何都會受到相對主義的威脅。因此，黑格爾讓「歷史」與「社會」產生關係。

黑格爾假定歷史與社會是克服的過程或是確信的場所。例如，國家是許多人在默契或明顯認同的結果下，所成立的共同體。因此，黑格爾稱國家是「實在的精神」。未來是過去許多鬥爭不斷累積的結果。如果有許多鬥爭的話，那不僅僅是有過鬥爭而已，是因為克服了鬥爭而成為未來。而且，所謂克服鬥爭意味著得到比以前更多的認同。例如，意識到除了家庭這個小集團之外，還有親戚這個大集團是與自己有關的。這就是更多的鬥爭、更多的克服，以及更多的認同在現實中出現。同時，親戚以上還有共同體，共同體以上還有國家，這是獲得更高層認同的共同體。

就像這樣，黑格爾認為「個人↓家庭↓親戚↓民族↓國家」等過程，形成社會化、歷史化。這個認同的過程、確信的過程，也就是通往真理的過程。基督教或是哲學不是個人的想法，是與很多人有關並且經過長久的歲月所淬鍊出來的「精神」。

在與他者相關、與世界相關之中，「我」逐漸變得豐富而且也變得更強大。越是具有歷史性，確信程度就越大。在某種意義上，我們能夠瞭解黑格爾的想法，但是否能夠主動接受這種想法，這裡就出現分歧點了。對於我而言，獲得堅定不移的確信並非重要之事。講述所有一切，然後有系統地講述。還有，最後不得不掌握整個體系而立於頂點，這是黑格爾的魅力，同時也是缺點。在這裡先迴避對於黑格爾的理解範圍，只把焦點鎖定在黑格爾所抓住的最初想法，也就是「得到他者認同」的想法。然後，確實掌握以下即將提到的「得到他者的認同」，也就是「主人與奴隸」的辯證法並不只是單純的理想的他者關係而已。

主人與奴隸的辯證法

任何人都希望得到他人的認同。「好棒」、「真可愛」、「很聰明」、「十分強壯」、「很漂亮」、「好帥」等，這些正面評價足以改變一個人生。相反地，如果得到負面評價也可能影響自己的生存方式。然而，沒有人能夠隨便地向對方要求認同。不可能單向地接受認同，也不可能單向地認同他人，這是很平常的狀況。

而且，有時候這種力量關係或是均衡狀態也會崩潰。在失去平衡的狀態下，我們會與他者產生衝突。你先認同我啊，你要多多認同我啊。假設有這種人出現在你面前，由於自己的認同欲望未得到滿足，因此你也一定會說，不，你先認同我，多給我一點認同。

假如自己的要求沒有得到回應，我們會怎麼做呢？為了讓自己優先得到認同，也許會採取溫柔技巧，也許會採取高壓手段等。總之，我們會使盡一切手段以達到自己的目的。但是，由於對方也會採取更高明的策略，所以雙方的欲求越來越不容易得到滿足。在這裡則產生了關係的非對稱性。黑格爾以「主與奴」形容這種非對稱性關係。

從歷史上來看，「主與奴」也就是「主人與奴隸」的關係，讓人想起人類歷史上未成熟的階段。最常被引用的例子，就是古希臘時代雅典公民與其奴隸的關係。黑格爾使用「主與奴」這個詞彙時，雖然意識到那個時代，但也不僅限於那個時代。

希望得到認同

然而，我們到底是根據什麼而向他人要求認同？黑格爾認為若要成立一個「思考」且「認識」的存在人類，必須以「欲望」人類為前提，沒有「欲望」就無法視為「人類」。可以說，康德以「應該～」為中心建立理論基礎，黑格爾則以「想～」為中心掌握人類的本質。

不過，說是欲望，其實也涵蓋了各種意義。「想～」並不代表所有的「欲望」。因此，黑格爾把動物的欲望（自然的）與人類的欲望（歷史的）區分開來。

所謂動物的欲望，指以保存生命為目的的欲望，面對的是物質或外在的對象。也就是說，在空腹的情況下，動物就會否定、破壞眼前的「自然給予」，將其納為己有。除了人類以外的其他動物也具有這種欲望。在這個意義上，對於人類而言，動物的欲望雖然不是充分條件，但卻是必要條件。

另一方面，人類的欲望是人類以外的動物所沒有的欲望。這種欲望不是以維持生命為直接目的。總之，把他者當成必要，想要他者的欲望。想要別人所要的東西，有時候也會由自己付出，可以說就是「認同」。

甚至，人類的欲望不僅趨向於眼前的現實以及現實的對象，也能夠朝向實際不存在的事物或是超越實際給予的任何東西（＝欲望）。人類的欲望是「創造」「自我」，而不是只有「否定」對象而已。黑格爾稱之為「否定的否定」（Negation der Negation）。而且，這就是讓他者認同自己本身的欲望之欲望。

另外，讓欲望表現某種特定的價值。人類的「作為欲望的欲望」是以價值為媒介而構成的。所謂價值媒介指「欲望某種欲望」，希望透過欲望把自己本身替換為被欲望的價值。這樣的想法後來被馬克思應用在貨幣與商品的相關分析上。

我希望他者把我的價值視為他者價值，並給予「認同」；我希望他者把我視為一個獨立的價值，並給予「認同」。總之，嚴格來說就是具有雙重認同的結構，也就是自己的認同來自於對方的認同。

他人使我自由

如果「我」與「他者」等兩個自我意識各自獨立，就會互相衝擊，結果導致兩者賭上存在拚命對戰。為了要堅持自己的正確，你不得不否定他者。而且，對方當然也一樣地堅持自己的正確性。

只要「我」生存著，就必須獲得他者的認同。如果得不到，就只能在邏輯上「否定」對方。於是讓他者認同自己獨立存在的鬥爭，就從這裡開始。不過，困難的是，如果致他者於死地的話，認同自己是勝利者的他者也就跟著消失。如果「我」是獨立的話，我就必須獨立。當對方哀求「隨便你說什麼我都聽你的，只求你饒我一命」時，你就必須拯救敵對者的命，並且把他當成奴隸驅使。就是這樣，「我」才會從奴隸那裡得到主人存在地位的認同

在互相爭取認同的鬥爭中，不敢賭上損傷身體、失去性命的那一方就成為奴隸，必須聽從主人的命令。這時就產生主人與奴隸之間的關係性。不過，這不是單純的「主人」在上、「奴隸」在下的關係。以人類關係的本質來說，不可能有對等或同等的狀態，其中包含著永遠存在的「力量」鬥爭。與他者共存，就是這麼一回事。

因此，黑格爾的「我」與「認同」是不可分的。「我」的自我意識為了讓自己是自己，必須暫時否定自己，認同他者並且被他者認同。

唯我論與認同論

「奴隸」是全面肯定（或是說，只能全面肯定）對方的人。「主人」則是不完全否定，且某種程度接受（＝低度認同）奴隸的人。總之，認同的非對稱性是由認同他人為「奴隸」，以及認同他人為「主人」而成立的。在這種不平衡的狀態中，「主人」不見得就占有優越地位。因為，如果沒有得到奴隸的認同，主人也不會成為主人。

另外，由於主人從一開始就十分充裕，既沒有欠缺感也沒有成就感。但是，奴隸就不同了。當奴隸從主人那裡得到認同（驅使勞動）時，其實他是強烈感受到幸福的。當然，在這裡總是會感到某些不夠或是不滿足，於是想爭口氣的心情又產生「變化」或「成長」。也就是說，奴隸的努力是建構世界歷史的原動力。

就像這樣，黑格爾所解說的「我」是如此地生動，笛卡兒或康德的「我」看起來是非常抽象的東西。雖然黑格爾說過，現實的事物是理性的，理性的事物是現實。不過，這個「理性的」指有生氣、與他者共存以及現實的生活場景，並不是虛幻的。

就像唯我論所主張的，有時候我們確實會在某一瞬間覺得只有「這個我」存在這世上。不過，黑格爾的認同論（Recognition）認為，如果沒有他者，「我」就不存在，或是「我」等就不存在。這也是有其現實性的。在這世上，一方面有唯我論，另一方面也有認同論。只要平凡地活著，就會深切感受到沒有他者就無法生存，以及被沒有人懂自己、這世上只有一個人的孤獨感折磨。我們只能說，在這兩種想法中擺盪正是人生本來就會有的狀態。這不是折衷的辦法，也不是相對論，而是從日常性中確認的事物。

如何？想得到他人認同的人，請先認同他人吧。黑格爾不是這麼說的嗎？

鏡中有「我」！● 拉康的「鏡像階段」

雅各．拉康根據黑格爾的「我」是由「他者」所建立的說法提出鏡像階段（Le Stade Du Miroir）與伊底帕斯期（Oedipal Phase）。拉康認為，新生兒在出生後六個月左右會產生「自己＝我」的統合認知，這就是鏡像階段。到了三至五歲時會進入伊底帕斯期，在這個時期會自覺到認同．不認同「我」的他者的存在。

一般人認為成人是統一了的「我」，而新生兒則非然。對於嬰兒來說，「母親」代表了世界，也是自己與可以為自己做些什麼的存在之人際關係（自他未分離的狀態）。相較於其他動物，人類以未成熟的狀態出生，自己既無法自在地控制自己的身體，也沒辦法說話。但是，出生後六至十八個月左右，嬰兒就會在鏡中發現自己的影像。也就是說，嬰兒第一次在視覺上遇到統合的「自己」。而且，在此同時他也模糊地從母親或周遭旁人對待自己的方式與對自己的看法，而感覺到自己的存在。

假設「我」在這樣的鏡像階段中完成，那麼從一開始「我」之中就包含了他者與鏡像（想像、語言）。映照在鏡子中的影像都不可能是「這個我」，於是永遠無法彌補的裂痕因此而產生。所以，拉康認為「我」從最早發生的時間點開始就產生了「不確定」的成分。

讓你看到世界盡頭的父親 ● 伊底帕斯期

鏡像階段之後緊接而來的，是察覺到存在於「自己」周邊的他者與社會。佛洛伊德稱這個時期為伊底帕斯期，拉康則改稱為「來自父親的命名＝否定」。具體來說就是，瞭解滿足自己欲望的存在（＝母）、禁止以上行為的存在（＝父），以及自己間的三者關係（欲望的三元對立）。

在鏡像階段中，世界始終是以「母親」為代表，也是自己與可以為自己做些什麼的存在之人際關係（自—他未分離的狀態）。幼兒最開始與「母親」是一體的，「母親」會滿足「我」的所有欲望。或者說，滿足「我」的欲望的存在，就是「母親」。

但是，在伊底帕斯期中，「父親」登場並且「劈開」了一體化的「我」與「母親」。「父親」的出現讓我察覺欲望是無法完全得到滿足的，「父親」禁止「我」的欲望，這就是「來自父親的命名的否定」。然後在這同時，父親透過語言傳遞世界上的規則，這就是「來自父親的命名」。所謂命名也包含了命令在內。

因此，在真實的意義中，這個時期的「他者」就是「父親」。由於「父親」的出現，嬰兒停止了與「母親」的一體化，並以「他者」的認知理解母親。以結果來說，嬰兒瞭解了滿足「我」的欲望的他者，與壓抑「我」的欲望的他者同時存在這世上。

Chapter Five

馬克思
Karl Marx

因此你沒有得到報償
「勞動疏離與階級鬥爭」

世間走投無路的想法

＊在現今的世界裡，只有富人獲益，沒有人理會窮困的人。

＊雖然說人類的價值無法以金錢衡量，但是現實中真是如此嗎？

＊就算拿不到薪水，但是如果這份工作具有生命意義，也能遇到真正志同道合的朋友，我覺得這樣我也能接受。

人們依舊受到金錢的束縛，看不到重要的自己。人類的疏離至今仍舊持續……十九世紀提出社會主義的馬克思若是看到你或是今天的日本，或許會發出如此的感嘆。

十八世紀英國開始進行產業革命。工業生產的模式不斷發展，以前未曾有過的經濟差異於焉產生。雖然法國革命以「平等」為目標，而產業革命則產生新出現的資本家與勞動者之間嶄新且激烈的階級對立。生於十九世紀的馬克思看到社會的現實與矛盾，為了找出造成這種現象的原因，他分析貨幣與資本等經濟結構狀態，探索勞動者不會遭受壓制的新社會的可能性。

馬克思過世後，許多人發起充滿理想的活動，實際上也有許多社會主義國家因此而建立。但是，如果仔細觀察，會發現其實你完全看不出現在的資本主義與社會主義有什麼差別。看看日本國內雖然東西多到氾濫，但是到了二十一世紀的今日，卻還是無法消滅「貧窮」，也看不到幸福來臨的徵兆，走在路上的人們個個都是灰暗的神情。為什麼大家看起來都是如此不幸福的樣子呢？金錢或經濟到底對我們做了什麼？

本章將透過「勞動疏離」、「階級鬥爭」等關鍵字，為無法理解「為何得不到報償」的你，介紹馬克思的思考方式以及生存方式。

馬克思 Karl Marx

一八一八年五月五日－一八八三年三月十四日

構思產業革命以後的新世界。德國的革命家、哲學家。

出生

德國（當時的普魯士）萊茵省特里爾市（Trier）。

雙親

父親是猶太人，擔任律師。生長在富裕的家庭。

學歷

波恩大學、柏林大學（法學）、耶拿大學（哲學）。博士學位論文《德謨克利特的自然哲學和伊比鳩魯的自然哲學之區別》。

兵歷

無。

職歷

擔任新聞編輯之後，打算靠寫作維生，但是時運不佳。獲得盟友恩格斯（Engels）的協助才得以生存。

政治

一八四六年起開始進行活動，一八四八年擬定《共產黨宣言》。不過，運動宣告失敗，逃往英國倫敦。

宗教

六歲時受洗為新教徒，後來成為無神論者。

交友

一八四四年認識富裕的企業資本家的長男恩格斯，得到他的援助才得以生存。

婚姻・家族

與普魯士的貴族之女結婚。

病歷

因營養失調而罹患肝病，也罹患咽喉炎、鼻炎。

死因

不確定死因（六十四歲）。

著作

《經濟學哲學手稿》（*Ökonomisch-philosophische Manuskripte.*），一八四四年

《德意志意識形態》（*Die deutsche Ideologie*），一八四五－一八四六年

《資本論》（第一卷；*Das Kapital*），一八六七年

參考文獻

廣松渉《今こそマルクスを読み返す》（講談社現代新書，一九九〇年）

柄谷行人《マルクスその可能性の中心》（講談社学術文庫，一九九〇年）

ルイ・アルチュセール《マルクスのために》（河野健二　田村俶　西川長夫、平凡社ライブラリー，一九九四年）

關鍵字

「勞動疏離」、「階級鬥爭」、「貨幣」、「資本」、「經濟」、「勞動」

勞動的我

任何人都討厭貧窮，但是這世上就是有「貧窮」。這就是現實，而黑格爾認為這世間就是鬥爭。自己這種東西不是本來就有的，而是有了「他者」之後，「自己」才產生。所謂自己，也不過是這種程度的東西而已。最重要的，反而是透過眾人的力量所產生的文化或社會的機制。總之，宗教、國家、哲學、法律等包含了人類的智慧，這些都是經過歷史淬鍊的人類共有的財產。

黑格爾總是顯得很正面，不斷向前邁進，十足的現實主義者。在對於人類吃人或是被吃、主人與奴隸等說明時，黑格爾都呈現毫無遮掩的真實感。但是，若要讓馬克思來說的話，黑格爾還只是一個理想主義者而已。最後幾乎跟康德一樣，有美學，有法律，有宗教，有哲學，有歷史。但是，這些無法掌握「日常生活」的實際面，也就是我們為了餬口而勞動的現實。而且，這個現實是無論你怎麼努力工作，或是做其他任何事都得不到回報。假如你自己很貧窮，你不得不懷疑是否有人過得很優渥。這就是馬克思思想的起點。

所謂哲學是從面對生存的現實而開始的。大部分人都認為馬克思是經濟學家而非哲學家，不過倒不如說，對於出生於產業革命之後的我們而言，馬克思正是「哲學」的代表人物。

對於哲學，或許你是想追求更「遠大」的事物，或許你認為能夠談論思想、理想、認識或是本質等詞彙是哲學的本領。笛卡兒把我視為觀察主體，事實上這與自然科學的抬頭有密切的關係；馬克思把我視為勞動主體，是為了看清楚世間。這些都不是隨便提出的想法，而是歷史與社會的必然性所產生的看法。而且，這個「觀察的我」以及「勞動的我」，都是現在活著的「你」。

短命而終？馬克思主義

另一方面，現在再也聽不到有人談論什麼馬克思主義了。一直到七〇年代左右，不曾熊熊燃燒的「馬克思主義」火焰，在不知不覺中早已消失殆盡。事實上，隨著蘇聯以及東德等社會主義國家的消失，連中國也都加入資本主義市場，可以說馬克思所主張的社會改革夢想幾乎已經煙消雲散。

不過，也不能因此就說馬克思的哲學本來就沒有意義，或是已經沒有效力等。反而應該說，正因為今日沒有奇怪的幻想或來自政黨的壓力，所以我們才有機會冷靜探討馬克思的思想。

蘇維埃社會主義共和國聯邦（蘇聯）：一九一七年發生俄國革命之後，一九二二年蘇聯政府成立。一直到一九九一年瓦解之前，都是由俄羅斯政府為主的十五個共和國所組成。第二次世界大戰後與美國展開冷戰。

如果有一點需要提出來討論的，那就是馬克思的思想是最早從正面談論（然後批判）「社會」。

馬克思說：「人類的社會性存在規範了人類的意識，而不是人類的意識規範人類的存在。」基本上，馬克思的「社會」性存在觀念，來自於黑格爾的「主人與奴隸的辯證法」。不過，最大的不同是，馬克思把「社會」或是「社會的各種關係」當成主詞（主體）。馬克思稱之為「黑格爾的翻轉」。

所有事情都是從各種關係產生出來的。這樣的想法當然不僅適用於黑格爾所發展的達到「精神」的「宗教」或是「哲學」、「法律」等方面，也適用於馬克思所應用的「經濟」領域上。這個「經濟」不是什麼特殊事物，也不是次要的事物。是我們在生存時，至少在資本制度的社會中所「必要」的東西。馬克思認為如果不重視這點的話，所有的思考都是無意義的。馬克思指出，假設把社會上的各種關係表現在歷史現場的現在的話，現在確實是由「經濟」構成了社會的現實狀況。

為什麼越勞動越辛苦？

馬克思的研究出發點，來自於古希臘的「德謨克利特（Democritus）的自然哲學與

黑格爾左派（青年黑格爾派）：參與史特勞斯（David Strauss）所著的《耶穌傳》（一八三五）。不接受福音書的史實性之激進派，後來受到普魯士政府迫害。

伊比鳩魯（Epicure）的自然哲學之區別」。當時他還不是「革命家」的馬克思，後來他仰慕黑格爾。但是，他也同樣受到費爾巴哈等被稱為黑格爾左派的人士影響，於是他開始批判黑格爾，摸索其他方向，尋找別的可能性。研究的結果，就是「經濟學批判」。也就是說，他以資本的現象學為研究的對象，而非精神現象學。

當然，馬克思也遵循了黑格爾的他者論。也就是說，在沒有「這個我」的絕對性、唯一性的地方，馬克思把焦點放在現實的、實踐的，以及社會的各種關係上。或者說，他認為只有社會的各種關係才是真實的，並把焦點放在這裡。黑格爾把「精神」置於高處，不斷論述達到這個高點的過程。相對於此，馬克思研究「貨幣」是如何從眾多的「物」中達到頂點。另外，甚至就像基督教追尋唯心的高度一樣，馬克思也追究資本是如何在世界市場中獲得「價值」。

從這層意義上來看，黑格爾與馬克思的基本思想概念並沒有太大的差異。不過，馬克思的思想在世界上實際產生了好幾個社會主義國家。總之，「改變世界」在於對象是從「精神」轉變為「貨幣」、「資本」。而且，改變的結果發現了「主人與奴隸」的現實姿態，也就是「資本家」與「勞動者」的對立狀態。最後在這裡出乎意料地發現「階級鬥爭」。

馬克思生存的年代讓人聯想產業革命的進行（十八世紀後半－）、法國革命的影響

俾斯麥（Otto von Bismarck，德國，一八一五－一八九八）。在威廉一世之下擔任普魯士王國、德意志帝國首相，被稱為鐵血宰相。以武力為背景，對抗奧地利與法國的同時，也成功地統一了德意志帝國。

明治維新：為了破壞江戶幕府的幕藩體制，實現由朝廷統治的直接政治而展開內戰，後來又進行一連串的改革。明治維新即為這一切的統稱，狹義則稱為明治改朝（一八六八）。

（一七八九年）以及俾斯麥統一德意志帝國（一八七一年）等。對於日本人而言，那個時代就是江戶時代後期，大約是從異國船掃蕩令（一八二五年）到明治維新（一八六八年）之際。也就是所謂「近代化」、「產業化」的時候。以實際的事件來看，這時候已經開始利用蒸汽作為機器的動力，為了火車而鋪設鐵路。這時也開始在礦坑中開採煤礦、在工廠製鐵，還有毛織品業也正在發展。

在這當中，馬克思試圖找出為什麼自己（勞動者）不管怎麼工作就是無法變得富有，反而更貧窮的「現實」謎題。他在研究中發現「資本家」與「勞動者」的階級差異。還有，他也發現資本家（有錢人）不斷增加財富，相對地，勞動者（一般市民）也不斷被壓榨等，這種差異結構中有很大的問題。

為什麼會發生這樣的現實狀況呢？馬克思沒有把目光焦點放在勞動者的意識或精神上，而是努力地掌握勞動者的現實狀況，也就是他們的勞動薪資、勞動時間，以及過於嚴苛的勞動條件等。勞動者付出勞力進行生產，取得相對的代價並且維持生活。但是，不知道為什麼，這個代價並不十分完全。而且勞動者還被強迫付出勞力。總之，他們是受到某些人的「壓榨」。本來勞動是為了讓自己更富裕，但是現在卻讓自己更貧窮，馬克思稱這樣的情況為「勞動的疏離」。

而且，這樣的貧困不是自然的缺陷所產生的結果。這是社會的各種關係所產生的狀況，也是「某人」強迫「我」勞動，同時還奪去勞動的成果。馬克思瞭解資本主義式的根本生產機制必然會產生貧窮。還有，他定義那個「某人」就是「資本家」。但是，這是怎麼形成的？馬克思知道光是舉發資本家的壓榨行為並不足以解決問題，於是他開始進行生產的分析。

總之，這個階級差異是因為經濟的基礎（生產手段之擁有／非擁有）而產生的。除了黑格爾的人際關係論之外，他也參考霍布斯、洛克、盧梭等人的社會契約論。馬克思認為除了理解這種政治體制改革的必要性以外，也必須同時解除階級差異不可。

馬克思從黑格爾處學到「主人與奴隸的辯證法」，從人無法單獨生存的前提開始進行他的論述。只要我們在社會上與他者共同生存，我們就無法逃離這個社會的各種關係網絡。而這些關係既是生產的各種關係，也是社會的經濟結構。馬克思注視的是這個社會的經濟結構，這個結構正是法律或政治等上層結構成立之前必須要有的基礎。

價值與貨幣的哲學

馬克思的研究多半被分類為經濟學。不過，事實上如果仔細探索他的研究，就會發現他其實踏入了經濟學的思考與分析領域。這部分本書無法觸及。不過，如果不知道亞當・史密斯、李嘉圖、奎內、薩伊或是威廉・佩提等馬克思之前的經濟學家的思想，將會很難進入馬克思的思想中心。在這裡要注意的是馬克思所提出的哲學問題，就算沒有深入探討，也要大致先瞭解他所提出的問題帶來什麼樣的領域。這時，最重要的概念可算是「價值」與「貨幣」吧。請不要認為這些詞彙是理所當然地存在這世上，反而應該思考這些詞彙的存在代表什麼意義。

首先，何謂「商品」？「商品」是可以交換的東西。另外，每樣商品都被訂出一個價格，商品也是資本社會的基本要素。

商品能夠依照價格，以貨幣為媒介而成為自己的東西。每個商品的價格並不是一製造出來就決定好的，也不是固定的。大致上來說，是透過需求與供給的機制所決定的。因此，有的商品貴得嚇人（高級名牌），也有的商品很便宜就能買到手（百圓商店）。由於商品的特性是以交易為前提，所以為了銷售，必須先準備好商品。這時，「勞動」就是必需的。換句話說，透過勞動進行加工而賣給他人的東西就是商品。

馬克思稱商品所具備的這些性質為「交換價值」。還有，雖說是商品，原本就擁有「為了～目地」、「可以～」等特徵。反過來說，不交換而留著自己使用的東西既沒有訂定價格的必要，也沒有必要賣給誰。像這種無法成為商品的東西的性質，馬克思稱為「使用價值」。

亞當・史密斯（Adam Smith，蘇格蘭，一七二三－一七九〇），哲學家、經濟學之父。在其著作《國民財富的性質和原因的研究》（簡稱《國富論》，一七六六）中指出，在市場上，如果每個人都追求個人的利益，就會有「看不見的手」維持整體市場的平衡狀態。

大衛・李嘉圖（David Ricardo，英國，一七七二－一八二三），經濟學家。提出以勞動為標準進行比較時，如果每個國家將具有優勢的產品特殊化並且出口，就形成國際分工。著有《經濟學及賦稅原理》（一八一七）。

弗朗斯瓦・奎內（François Quesnay，法國，一六九四－一七七四），醫生，後來成為經濟學家。反對國家獨占殖民地貿易的重商主義，提出減輕生產者＝農民的負擔，並且支持自由出口作物的重農主義。著有《經濟表》（一七五八）。

雖然有點離題，不過必須提醒各位，在馬克思的時代，空氣或水等還沒被列入經濟或是交換價值的範圍中。甚至，這世上也有人類還沒拿到手的土地或野生樹木等，雖然對於人類有幫助，但是可以不用透過勞動就已形成。有的商品沒有交換價值就有使用價值。而今，地球上只要是人類可能知道的東西，幾乎都可能具有交換價值，看來現在已經沒有什麼「東西」只有使用價值而沒有交換價值了。這是馬克思時代與現今時代最大的不同點。如果馬克思知道這點的話，一定會大感驚訝吧。

黑格爾認為如果沒有他者關係，自己不可能存在。馬克思沿襲黑格爾的基本想法，指出商品也一樣，如果沒有與他者=其他商品的關係性，就不可能訂出該商品的價值。一般來說，這樣的轉變稱為從唯心論到唯物論的轉變。不過，重要的是，黑格爾在「感覺」上發現人類的基礎活動，並且原封不動地提升到「精神」的高度。在這當中，馬克思再度回到「立足點」，然後更進一步探究「根本」。在人類生存的「意義」之前，這個「立足點」、「根本」也包含了為了生存所需的「物質基礎」。如果沒有這個部分的話，就算想在上面建構任何東西（亦即唯心的產物）也是不可能的。這個部分確實是「基礎」。就像這樣，馬克思的著眼點並不是批判黑格爾哲學的「細部」部分，而是指出其思想結構的「缺點」（問題），也就是黑格爾思想範圍的「外部」部分。

金・巴帝斯特・薩伊（Jean Baptiste Say，法國，一七六七－一八三二），經濟學家、實業家。提出薩伊市場定律（Say's Law）。薩伊指出，供給增加會導致價格低落，但也會因此而提升需求。市場透過這樣的機制而保持在一個均衡的狀態，因此薩伊支持自由貿易與自由競爭。著有《政治經濟學概論》（一八〇三）。

威廉・佩提（William Petty，英國，一六二三－一六八七）醫生、經濟學家。在其所著的《政治算術》（一六九〇）中，把統計方法引進經濟學中。利用測量國土與人口以計算國力的「解剖方法」預測國家經濟。

不過，假設有某一樣商品存在，那麼他者應該就是其他許許多多只是存在著的東西。馬克思根據商品的價格分析商品間的關係。馬克思訂出的等式如下（不過，由於單位無法統一，所以改成比較容易理解的單位。單位其實也是某種的「貨幣」，遺憾的是馬克思對於這點卻置之不理）：

亞麻布十三公尺
＝上衣一套
＝茶葉四・五公斤
＝咖啡一百八十公克
＝小麥零點九五公升
＝黃金五十六公克
＝鐵零點五公噸
＝其他

如果不懂這樣的關係的話，那麼我把內容改為現代的產品：

電腦一台（ThinkPad X61）
＝西裝兩套（TAKEO KIKUCHI）
＝攜帶型的數位音樂播放器三台（iPod）

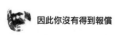

＝威士忌一五〇罐（Nikka Clear Blend）
＝行動電話費十五個月的費用（Softbank）
＝DVD光碟片五〇〇張（DVD－R）
＝其他

過了十年之後，這個等式恐怕應該也會成為沒有意義的等式吧。如果撇開具體的項目，針對「這樣的等式」思考的話，就會發現等式可以無限地列舉下去。總之，可以試著把腦中所想到的任何適當的物品列舉上去，結果就發現這裡可以放上任何的「商品」。馬克思首先對於這樣的連鎖有可能成真，大感驚訝。

因為，就像培根曾經搏鬥過的，在這世上，因具備某些東西而「類似」或是被視為「相似」的情況下，形成了知識與社會文化的秩序。不過，「商品」可以超越這些龐大差異的世界，一口氣全部列舉出來。然而，馬克思更發現所有的東西並不是一味地連鎖下去而已。他發現「貨幣」可以結束這樣的連鎖關係。

馬克思在實際的「經濟基礎」相關分析中，發現「貨幣」這東西特別具有重要的意義。最早的「貨幣」是以貝殼等珍貴的物品，或是金、銀等具有稀有價值的金屬作為代表。這些材質都是無法與其他商品並列，屬於比較特殊存在的物品。因此，貨幣不當成一般的交換商品，而是為了交換的特別功能之必要物品。

可以交換各種東西的貨幣是萬能的神。不過在此同時，也有被歧視或疏離的物品。貨幣有正面或負面的意義，但不變的是，貨幣的存在是「特別」的。

不過，如果這個貨幣是金或銀的話，與某些物品交換時我們會知道交換的「標準」。在這裡，本來「珍貴的礦物」之性質產生了「為了交換其他商品」之交換價值，以及「這東西很漂亮」、「堅硬而散發出光芒」之使用價值。不過，當貨幣的材質轉換成紙鈔、支票等只是一些紙張之後，其中的轉變意義就無法簡單理解了。或許「這類的物品」這句話有語病，不過這類的物品以其特殊的存在性就可以動搖整個世界市場。光是這點就夠讓人感到驚訝了。

不過，還有更上一層的意義。那就是，我自己為了拿到這些紙片，每天汗流浹背地努力工作。因為拿到貨幣，所以這個月還可以生活下去，我們活在這樣的現實生活中。貨幣就是這樣的東西。甚至，就算不是紙張，以其他的物品來代替也可以。重要的是其「位置」或「任務」、「功能」。極端來說，只要處於「貨幣」的位置、具備「貨幣」的功能，任何東西都可以成為貨幣。

我們以自己的勞動取得等價的報酬，再以這個貨幣購買商品以應付生活所需。這時，在他者的關係中，有資本家（雇主）支付薪資作為自己勞動力的交換價值。更進一步來說的話，拿到貨幣的人事實上是將自己轉換為「勞動力」的抽象物，使其成為可交換的物品，再將這個物品當成商品賣給資本家。也就是說，我們本來認為自己是特別存在的（＝使用價值），然而若以雇主的角度來看，我們只不過是勞動力（＝交換價值）而已。「絕無僅有的我」在社會這個場合中（或是生產勞動的場合中）不被視為個性化、個別化，而是被還原為跟商品一樣的「勞動力」。這麼一來，對於以小錢購買物品來生活的方式也就不用感到驚訝了。因為人外有人，天外有天。這世上利用「資本」而不是小錢運轉社會，也就是驅使勞動者的還有「資本家」。

經濟差異

馬克思指出，經濟影響社會關係的結構，也就是產生經濟差異。現在蓬勃發展的就是金錢遊戲、「世界市場」的威力。現在的我們對於這些覺得極為理所當然，所以每天能夠盯著變動的股價。例如，以一百萬日圓購買某家公司的股票，隔天股價可能降為九十萬圓，也可能上漲為一百一十萬圓，嚴重時甚至會掉到一半以下的價格。也就是說，手上的「一百萬」的「交換價值」在市場評價中，很容易隨著買賣的不均衡而產生上下變化＝變動。從真實感受到世界市場與「我」（的個人財產）的連結關係的意義上來說，能夠親眼看到這樣的變化確實是很重要的經驗。不過，針對這樣的現象，我們可以更進一步提出兩個問題。

第一，如果手中的股票放著不買賣，就算股價每天、時時刻刻變動，只要不賣股票，我們就只會得到浮動的交換價值。只有在賣出的時間點，股票才會真正轉移到九十萬或一百一十萬的交換價值。這中間到底發生了什麼？我想這個疑問很接近馬克思當初所想的問題。

第二，世上有的人能夠以一百萬圓購買股票，也有的人辦不到。更進一步來說，有更多的人甚至不知道股票的存在。對於這些人而言，「世界市場」是別人任意經營、買賣的市場。還有，更令人驚訝的是，當一百萬圓產生正負十萬的變動時，很多人只是單純地視為賺、賠的結果。但是，如果賺賠的金額增加了兩位數，我們就會改口說是投資成功或失敗。這是更嚴重的問題。

簡單來說，手上只有一百萬圓的人會一直停留在這個範圍之內。不過，如果擁有一億圓的人加入世界市場，他可能可以利用這個方法生活，或是得到更多利益，也可能遭受更多損失。儲蓄也是相同情況。以年利率百分之一來算的話，一百萬圓的本金每年只能得到一萬圓的利息。但是，如果是一億圓的本金，每年就會得到一百萬圓的利息。這時就產生一個巨大的「牆壁」，也就是差異。

重點是，「資本」、「資金」的大小產生決定性的差異。有力量的物品會變得更有力量或是變得沒落。只有更強大的力量能夠制止這種情況。這樣的原理確實很清楚，也非常具有不容質疑的說服力。然而，難道這樣做就對了嗎？不得不教人感到疑惑。我們應該先指出這樣的「矛盾」才對。

或許有人會說，富人也不是一開始就很富有。他們也是從「無」一步步努力累積才達到現在的地位。也或許有人會說，對於辛苦的勞力給予評價或報酬，哪裡不對呢？確實如此。但是，我們真的能夠同意這樣的說法嗎？因為，生在這世上的人們從一開始就不得不被前人所留下的事物影響。

舉例來說，我們希望自己努力的結果能夠得到報償。就算是繼承遺產，一般也是由親近的親人繼承，而不是由外人繼承。當然，繼承不僅限於經濟資本，家世、家風、人脈、教養或是藏書等也都包含在內，可以代代繼承下去。如果更擴大來說的話，「家庭」、「家族」或是「親族」等，也都是可以繼承的。然而，如果更深入探討，這樣的繼承若是擴及一個地區、一個民族或是一個國家，那又會變得如何呢？這樣的繼承是否真的「合理」呢？喔，不。具體的各種事實就算具有正當性，如果以整體的「體制」或「結構」來考量，就要瞭解該體制或結構是以什麼理由取得正當的權利，又是誰承認這項權利。

確實，生活在日本社會裡的人不太能感受到馬克思所說的「壓榨」或「打倒資本家」等詞彙，真實地存在現實當中。因為，擁有一些股票並不會被視為「資本家」。或者，社長與員工只有立場不同而已，大家都是為了同樣的目的而在同一個組織中努力工作的「夥伴」。還有，日本社會為了減緩各種差異也採取了適當的對策。因此，或許有人會懷疑這世上真的有那麼嚴重的差異存在嗎？

一旦這樣的情況超越「國家」的界線，馬上就會看到駭人的事實。有人生在日本，而有人生在泰國貧窮的小村落裡，每個人都無法脫離自己所處的狀況，兩者之間也看不到對等關係。一年三萬圓的捐款可以供應一個泰國小孩上學所需的學費，或者自己也可以在一天之內花完這筆錢。你可以把其他國家的事情視為「沒有辦法」的事。或是，比起追究這個問題或是找出根據，你更擔心就算進行各種「救濟」，如果不從根本改變也是徒勞無功。於是，你會感到深層的絕望，認為這根本就是不可能實現的任務。

如果仔細思考，會讓人重新確認馬克思思想的重要性。馬克思的思想基礎，是認真「探討」發生在左右兩端的「價值」之非對稱性。單獨面對這樣的探討的馬克思真的很了不起。

看來，不是只有你沒有得到報償。說起來，你所沒有得到的報償到底有多少呢？還有，馬克思說既然社會的體系是由差異的產生而成立，社會就會形成一個許多人得不到報償的機制。而且，改變這個體系並不是件容易的事。不過，即便如此，馬克思還是不放棄地勇敢面對。可能與否是由歷史決定的，對於身處其中的人而言，應該從中追求任何可能性，而不是一味地嘆息「我只是得不到報償」。你願意用盡一切力量追求任何可能性嗎？

剖析馬克思●阿圖塞「認識論的斷裂」

在中國引進市場經濟（一九七八）、柏林圍牆倒塌（一九八九），以及蘇聯消失（一九九一）的過程中，馬克思主義的光芒驟然消逝。路易斯．阿圖塞（Louis Althusser，法國，一九一八－一九九〇）在此之前就已經能夠客觀地解讀馬克思的思想，而非人云亦云地讚美。

不知從何開始，馬克思成為經濟決定論者。如同他的代表作《資本論》、《經濟學批判》等所呈現的內容一般，馬克思確實是以經濟為主題思考社會的樣貌。但是，不能因此就說經濟是一切的根本。雖然資本社會轉變為共產社會使得生產模式改變，但是人們的意識也不會因此而隨之改變。就好像是一個人雖然中了三億日圓的獎券而成為「億萬富翁」，但是他並不會因此而自然地提升為「有錢人」的階級。經濟與意識分別具有不同次元的效果，阿圖塞稱之為「多元決定」（Overdetermination）。

另外，阿圖塞重新檢討馬克思當時的哲學，並且明確區分出馬克思初期著作中受到黑格爾學派的影響，以及後期的研究進入獨自的領域。阿圖塞稱之為「認識論的斷裂」（Epistemological Break）。一個人從生到死，其思考不見得永遠是一致的。在這個前提之下，一個人的思考有可能分為幾個層次。阿圖塞的這種說法不僅改變了以往對於馬克思的理解，也迫使整個思想史產生大轉變。

如今那個人●被稱為「馬克思主義者」的人們

馬克思主義包含了各種類別。以日本來說，馬克思主義在明治時期（一八六八－一九一二）與基督教融合，被解釋為人道主義。在大正時代（一九一二－一九二六），馬克思主義以實踐哲學而普及，同時被精緻化為經濟學理論。在昭和（一九二六－一九八九）初期，馬克思主義受到打壓。第二次世界大戰後，學生運動達到巔峰，馬克思主義被視為左派思想的聖典。進入二十一世紀之後，馬克思主義在社會差異中再度受到矚目。

我們最清楚的就是俄國式的馬克思主義（列寧－史達林）。他們以暴力手段推動革命，實行共產黨一黨專制並且建立「蘇聯」這個「國家」。不過，本來應該是暫時措施的獨裁體制卻這麼地固定下來。不僅化為教條主義，也成為特權階級享受權利的體制。這樣的體制還撐不到二十一世紀就於一九九一年崩潰。其他的馬克思主義類別包含了反對經濟決定論與一黨獨裁，並且強調主體性的西歐馬克思主義（盧卡奇、科西、葛蘭西）；重視納粹主義，批判大眾文化，特別是在美國發展的批判理論（法蘭克福學派）；支持經濟決定論，放棄暴力革命的德國社會民主黨（伯恩斯坦）；從歷史上的變化解讀馬克思的著作而非將馬克思的著作視為唯一理論，並且批判教條式的馬克思主義的結構主義（阿圖塞）。其他的還有推動暴力革命的團體、沙特、梅洛龐蒂等法國知識分子的研究等。

Chapter Six

佛洛伊德
Sigmund Freud

所以你沒得到滿足
「性欲與潛意識」

世間悶悶不樂
的聲音

＊因為害怕而無法直視原本的自己。

＊愛人與強加自己的欲望不同。

＊但是，有時候也會無法壓抑無可救藥的性衝動，該如何是好呢？

據說現在的人對於性的態度較以往開放。網路上充斥著色情資訊，如果只是知識或資訊，到處都看得到。「但是，你與自己的欲望好像沒有保持良好的關係。」精神分析創始者佛洛伊德應該會如此對你說吧。

佛洛伊德生於十九世紀末。當時，與性相關的話題應該是避而不談的。無論是哲學或一般的學問，性的話題都沒有得到合理的對待。佛洛伊德發現這點。如果沒有性（欲）的話，人類的歷史就無法傳承，沒有任何一個社會不重視夫婦或家庭的。性欲支持著人類的行動或思考，性欲也是生命能量的根源。

當然，佛洛伊德並不是推薦隨心所欲地滿足各種欲望。倒不如說，他反覆思考人類如何能夠以更超然的態度來認真面對自己的欲望。因為擁有生存意志，就是想望某種事物之故。佛洛伊德說，很遺憾地，這個欲望的主人好像不是自己本身一樣。欲望來自於他人或社會，而不是從自己的內在產生出來的。於是，我們在這樣的情況下，永遠無法得到滿足。

本章將透過「性欲」、「潛意識」等關鍵字，為抱怨「所以我沒有得到滿足」的你，介紹佛洛伊德的思考方式與生存方式。

佛洛伊德 Sigmund Freud

一八五六年五月六日－一九三九年九月二十三日

推動科學心理學的奧地利精神分析家。

出生
捷克共和國佛萊堡市（Příbor；當時為奧匈帝國摩拉維亞省弗雷堡）。

雙親
父親為猶太人毛製品商人，非常嚴格且具有威權。

學歷
維也納大學（Universität Wien；醫學）。

兵歷
無。

職歷
開業醫生。結婚前曾經試圖找過教授的工作，不過因為被歧視而宣告失敗。

政治
因為納粹對猶太人的迫害而逃往倫敦。創立國際精神分析協會（第一任會長是榮格〔Jung〕→兩年後退會）。

宗教
無神論者。

交友
愛因斯坦、羅曼羅蘭（Romain Rolland）等，交友廣闊。

婚姻・家族
有六個小孩（一人病死，四人被納粹屠殺，女兒安娜成為兒童心理學家）。

病歷
可能是抽菸導致上顎癌（一九二三年之後共接受三十三次手術）。

死因
希望安樂死，注射嗎啡後死亡（八十三歲）。

著作
《夢的解析》（*Die Traumdeutung*），一八九九年
《精神分析概要》（*Abriß der Psychoanalyse*），一九一七年、一九三二年
《文化・藝術論》（佛洛伊德著作集第三卷），一九一三年等

參考文獻
佐々木孝次《甦るフロイト思想》（講談社現代新書，一九八七年）
小此木啓吾《フロイト》（講談社学術文庫，一九八九年）
妙木浩之《フロイト入門》（ちくま新書，二〇〇〇年）

關鍵字
「性欲」、「潛意識」、「快感原則」、「本我」

發現「潛意識」

佛洛伊德最早是從神經（心理）學的領域開始進行研究，後來成為治療精神疾病的精神分析醫生。佛洛伊德提出具體的病症案例，同時從正面提出性（欲）或欲望探究人類的內心深處。他加入了赫爾曼．馮．亥姆霍茲的能量守恆定律、威廉．哈維的血液循環理論，以及約翰內斯．克卜勒的法則等當時的科學知識，運用「壓抑」、「壓縮」、「抗拒」、「置換」等關鍵字，直指人類心中實際的糾葛與矛盾。

另外，佛洛伊德放棄把「心靈」從「身體」切割，只把焦點鎖定在「意識」上的思考方式，找到能夠重新探討包含生理因素的「欲望」樣貌的方法。更可貴的是，他重視以前人類觀念中被隱藏的部分，並賦予「潛意識」的位置。建立嶄新的「性科學」這點，確實是具有革命性的作法。

「欲望」確實跟語言連結，「潛意識」的作用被置於客觀的位置。不僅是哲學，所有與人類相關的知識都不得不重新組織。實際上，由於沒有實際形體的東西獲得命名，因此人們無法轉移視線忽略不管。

佛洛伊德發現的真理是，人們本來就永遠無法得到滿足。也就是說，以「無法得到滿足」為動力，持續不斷產生新的欲望，這就是人類。

赫爾曼．馮．亥姆霍茲（Hermann Ludwig Ferdinand von Helmholtz，德國，一八二一－一八九四，從物理性的研究與溫度相關的焦耳實驗導出熱力學第一法則，於一八四七年發表。確立在封閉的系統中，總能量不變的能量守恆定律。

威廉．哈維（William Harvey，英國，一五七八－一六五七，宮廷御醫。一六二八年發表血液循環理論，認為血液是以心臟為中心而循環於身體之中。此學說有別於古羅馬皇帝的御醫蓋倫（Claucius Galenus）所主張的血液是由肝臟製造，然後消失在身體各器官之說。

約翰內斯．克卜勒（Johannes Kepler，德國，一五七一－一六三〇）天文學家。克卜勒從第谷．布拉赫（Tycho Brahe）的實驗導出行星在橢圓形的軌道上以一定的面積、速度進行公轉，其公轉週期的平方和其橢圓軌道半長軸的三次方成正比。

欲望與現實之間的爭執

對於人類而言，欲望是無論怎麼努力也無法到達的目標。例如，從一流的大學畢業之後，進入一流的企業工作，然後與絕世美女結婚。達到如此幸福而完美的人生應該是很令人高興的，但是現實卻完全相反。倒不如說，當事人還是會背負著重重的煩惱。

而且，人們在現實中重視的不是自己的欲望是否得到完全的滿足，而是期盼能夠不斷得到滿足。比起討厭的事、不高興的事、痛苦或辛苦等，更「傾向於」期盼舒服、喜悅與快樂等情感。

佛洛伊德把這類的基本情緒歸類於「快感原則」。不問真假、善惡或美醜，而是把開心與否置於中心位置。康德提出絕對的道德原則支配理想界，佛洛伊德卻剛好相反，全面性地推出欲望原則。

剛出生的新生兒就是被這個快感原則控制的。新生兒一味地追求「高興」，如果「不高興」就哭泣，全面地依賴可以提供開心的對象。隨著年齡的成長，逐漸地學會調整與社會或他者間的關係之技巧。就算是不開心也會忍耐，或是利用其他的事物轉移注意力，或是以什麼樣的理由說服自己等。佛洛伊德稱這樣的狀況為「現實原則」。

一般來說，人類在快感原則與現實原則的平衡中巧妙地生存。沒有偏重任一方，兩者間進行某種程度的調配。但是，生活中不見得經常都能夠保持在良好的平衡狀態。特別是，現實原則很麻煩地沒有直接滿足欲望，而是利用迂迴或補償的方式設法讓自己接受。因此，連自己也會陷入什麼也沒辦法做的狀態，也就是陷入「精神病理」。

佛洛伊德認為這種「精神病理」是自己應該解決的問題。這個工作大概就是找出人類不好的部分、討厭的部分，或是平常不想被別人看到的部分，並且改善這種狀況。而且，精神病理除了是為尋求治療而登門拜訪的患者的他者病理之外，也是治療者自己本身也會有的病理。總之，佛洛伊德的研究目的既不是提出理想，也不是批判或指摘現實的矛盾，更不是陳述現實。他的研究是「診斷」，是「治療」。

例如，黑格爾在「主人與奴隸的辯證法」中栩栩如生地論述現實的他者關係。但是，這時黑格爾不在乎實際上這樣的經驗是否曾經有過，讀者也不期待。就像閱讀小說一樣，讀者是以「創作物」的角度理解黑格爾論述的內容。

不過，佛洛伊德的記錄是病例。陷入病理的人是實際存在的，根據這個病理歸納出某種假設並且進行治療，最後再根據內容導出理論。黑格爾與佛洛伊德之間有著如此大的差別。

而且，佛洛伊德認為這個「病理」的起因是欲望，特別是性欲。是任何人都會深藏在內心中，不會公開對他人談論的欲望。

在夢中意識到潛意識

在人類的欲望中，最麻煩的就是性欲。當然性欲也可以說是為了要傳宗接代所產生的自然欲望。不過，這樣的解釋還不夠清楚。人類被獨特的欲望糾纏著，如同黑格爾所說的，人類的欲望一定會透過他者產生。

照這樣說的話，性欲也一樣，不是來自自己本身而是來自於外界。或許你會認為性欲才是存在於自己的內在。不過，其實相反，正是性欲才是透過他者產生的。

這是什麼意思呢？為了說明這點，佛洛伊德引進了「潛意識」的嶄新思考方法。

例如，假設眼前有一個性欲的對象。你想要透過對該對象進行某些行動以滿足自己的性欲。這時，可能對方會拒絕，也可能會有對手出現而加以阻撓。這種情況在一般動物的世界裡，也經常可見。

不過，我們在滿足這個欲望前會思前想後，進行中或是進行後也會考慮許多。除了在滿足欲望的行為之外，關於滿足欲望的種種想法也會環繞在我們腦中。結婚或生產等就不用說了，另外我們也會想到別人的看法、自己的未來、對方的感覺以及人際關係等。

而且，這些想法並不是在表面上想想就會結束。而是潛入水面下，變相地被收入內心深處成為「潛意識」累積起來。

簡單來說就是，欲望的想法以潛意識的形式被保存在內心深處。潛意識在平常的時候是隱藏著的，但是偶爾也會顯現出來，「夢境」就是其中一種方式。

作夢被視為滿足了潛意識的願望，在夢中，不再受到「壓抑」的「意識」再度出現。在睡眠當中，由於被壓抑的意識獲得解放，所以人會作夢。當然，欲望並不會以原來的面貌出現。因此，所謂潛意識也可以說是被壓抑的欲望。反過來說，既然人類依循著這個原理生存，也就是說，既然欲望是經由他者，也就是以潛意識的方式被壓抑而無法消除，所以欲望就永遠無法得到滿足。

人為什麼會作夢？

然而，對於笛卡兒而言，「作夢的我」並不是「確實」的東西。只有「懷疑的我」的存在才是確實的。或者應該說，「夢境」是從人類理性的部分脫離的「不確定的東西」，所以「我」與「思考」才能夠結合。因此，哲學或心理學才能夠以處理「意識」為前提，從而結合近代的「主體」與「知識」。

相對於此，佛洛伊德認為「夢境」與人類的「意識」有密切的關係。位於意識底下的「潛意識」以「夢境」的方式呈現出來。從「我」與「作夢」的關係性就可以發現「我在」的事實。

佛洛伊德強調，病態心理最大的原因是以往幾乎不曾被關心過的性方面的欲望。而且，作夢不僅是物理性的現象也是心理現象，可以視為自我表現與自我作品。

夢境是人類的「不確定性」，同時也是「確定性」與「可能性」。夢境是思考外的東西，同時也被置於思考的中心位置。由於佛洛伊德的緣故，以往被視為不值得一提的夢，現在成為討論的焦點。

不過，實際上佛洛伊德的夢境分析都一直鎖定在「壓抑」這方面。總之，他只把夢視為「代理象徵」、把夢當成病理的痕跡。一旦病理解除，夢的重要性與意義也隨之消失。

佛洛伊德的分析把患者的「夢」當成主體，把這個夢視為「病態」的中心，對於常態的人類的存在而言，夢只被賦予消極的意義而已。也就是說，佛洛伊德認為夢本身不可能是表現出來的想像力或是更積極的表現行為。

不過事實上，如同字面上對於「夢」的解釋，對於人類的存在而言，夢也可以說是珍貴的「表現活動」。

小時候我們經常會作些稀奇古怪的夢。作夢本身對於孩子而言是很重要的經驗，而且實際上夢境的內容也經常荒誕無稽。隨著年紀增長，對於作夢的真實感也越來越低。就算作夢，也多半只是日常生活中的不愉快或是不合理現象的重現而已。唉，自己雖然覺得可悲，卻也無能為力。不是因為這是夢的緣故，而是因為從作夢的自己看到現實。

無法滿足願望的「意識」

現代人不知不覺地習慣了以自我意識與確實的理性為依據，來思考人類這種動物。對於這樣的狀況，佛洛伊德認為位於意識「外」的潛意識，也驅使了人類的運作。現代的哲學家都還從意識的角度關心意識「上面」的世界。事實上，意識「下面」的部分也有某個寬廣的領域，而且應該好好地重視才對，但是大家卻都忽略這點。

佛洛伊德的精神分析不把「心」限定在「意識性的東西」。心，也就是情緒、思考、熱情等發生的機制，不僅來自於「意識」，也來自於「潛意識」。佛洛伊德認為

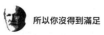

一定要做出這樣的假設才行。

但是，當我們說人類擁有「潛意識」時，或許有人也會提出疑問。不僅本人，連其他人也都不懂也看不到「潛」意識，那是不是就代表「沒有」意識呢？如果懂了的話，那就不是潛意識了呀。確實，就算我們可以認為在自己沒有意識到的部分是由潛意識驅動著我們，但是如果我們瞭解了這個潛意識的話，那就不再是「潛」意識了。不過，佛洛伊德想表達的不是這個。

自己是有意識地思考、行動，人類以此為前提而生存著。也就是說，我們假定自己的一切思考、行為都是能夠控制的。然而，事實上我們同時也擁有感覺不到的情緒與思考（或是暗中隱藏著）。總之，所謂潛意識不是「沒有意識」，而是「被認為與意識無關」，而且與「意識」互相糾葛。

除了夢境以外，潛意識也在我們不知情的狀況下出現在日常生活中，例如，我們突然忘記、說錯或是聽錯的時候。麻煩的是，意識可說是自己控制的部分，但是我們自己對於潛意識通常是無能為力的，只能「事後理解」。

狹義來說，「自己」就是「意識」。廣義來說的話，「意識」還包含了「潛意識」。也就是說，這個潛意識裡還混雜著「他者」的意識。在自己之內，一開始就有他者進入。

不過，即便如此，我們的「心」應該還是包含了各式各樣的想法、感覺與情緒。我們是否應該像佛洛伊德那樣，只拘泥於「潛意識」與性之間的關係呢？為什麼佛洛伊德會把「性（欲）」視為人類的本質呢？

性（欲）與家族

人類是性欲的。如果要這麼說的話，基本上滿足性欲的對象就不可少。這不僅關係到個人的生存，更重要的是這與家庭、親戚、民族，甚至人類的延續也有關聯。「性」的領域不僅延續個人的生命與生存，另外也以保存自己的「血脈」為前提，透過與他者的關係而生產出下一代的他者。

這個說法應該是以當時孟德爾的遺傳學與達爾文的進化論為背景。黑格爾描述的「國家」或「民族」等框架之上，還有「人類」這種具有某種共同基礎的事物。或許應該說，從「性」或「欲望」的開端產生了探究「人種」或是「人類」的新領域。而人類以外的生物的性（欲）是直接的。相對於此，人類的性有各種媒介，所以相當複雜。這種差異成為產生各種糾葛與矛盾的根源，而解釋此差異就成為瞭解人類所不可或缺的手段。

格里哥．孟德爾（Gregor Johann Mendel，奧地利，一八二二—一八八四）神父，遺傳學之父。一八六五年提出基因的基本性質，認為基因被遺傳的特徵上有容易顯現的優與劣，這與父母的表現特徵或是其他種類的遺傳特徵無關。

查爾斯．達爾文（Charles Robert Darwin，英國，一八〇九—一八八二）自然科學家。在《物種起源》（一八五九）中提出由於生存的競爭與環境的淘汰，突變的個體透過自然的選擇以及適者生存的過程而進化。

如果深入探討佛洛伊德的說法，會發現「性」是以被壓抑的狀態出現在我們的日常生活中。也就是說，性被隱藏、被轉變說法、被化為某種象徵之後，才出現於公開場合或談話的內容當中，因為性被認為是不能赤裸裸地出現的。而且，基督教還認為，不能公開談論性可以追溯到亞當與夏娃所產生的原罪，這樣的作法被冠予一個文化的合理性。

當然，這也不是什麼「壞事」，人類基本上是以「自我」來區別他者。不過，這個「自我」是欲望發生的源頭（佛洛伊德以「本我」〔id〕稱之，「id」在拉丁語裡是中性名詞，表示「那個」的意思）與規範欲望者（稱為「超我」）之間互相抗爭的結果。由於這與每個人個性的原型有關，所以這樣的潛意識運動是不可或缺的。只是，有時候這樣的平衡關係會崩潰或短路，這時就會出現「病徵」。這也被視為精神疾病，如「精神官能症」形成的原因。

如果冷靜思考會發現，佛洛伊德所說的「否認欲望」與現在的狀況不同。現在，在醫學、法學、文學以及其他各種領域中，性以各種方式而且過分地被談論。因此，應該說這個「由主體否認自我欲望」與「文化、社會、科學、理論上的知識」並不是相反關係，而是互補關係才對。

由於佛洛伊德提出夫妻與親子等「家庭」的問題，使得「家族」透過「制度」的方式被放置於社會論的脈絡中。甚至，佛洛伊德的思想不僅影響了精神分析、心理學、醫學等，也影響了人文社會科學，甚至還影響了文學、美術等藝術領域。這是因為佛洛伊德為過去的思考方式開啟了嶄新的解釋的可能性。

不過，另一方面，當佛洛伊德提出人類的理性或意識，甚至使用的語言等不是來自於崇高的神之賞賜，而是來自於隱藏的動物性、生理性的潛意識運作，這時人類（或者說現代人）也明顯地受到「精神創傷」的打擊。

由於佛洛伊德「發現」潛意識，「人類」的脆弱與危險便暴露出來了。哥白尼反駁地動說，主張地球繞著太陽轉；達爾文提出人類並不是什麼特別的存在，而是由猿類進化而來等，這些說法都在現代人的身上留下嚴重的傷痕。

本我與超我

佛洛伊德以「心理結構」（Mental Structure）重新說明了快感原則，也分裂了以往的道德論。

首先，佛洛伊德認為根據性欲、食欲，以及睡眠欲望等顯著的快感原則，而產生的欲望「本我」位於道德論的基礎。另一方面，與現實原則有關的「超我」被引進道德

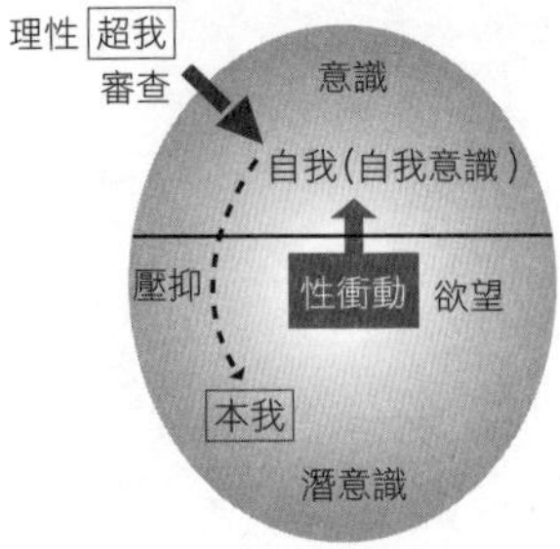

方向，亦即與善惡判斷相關的場合，以及希望自己成為如此的自我形象，也就是理想的自我。這部分與康德追求的道德律重疊。一般來說，比較接近我們所謂的「良心」。

當每一部分都保持均衡狀態而運作良好時，就是「正常」。但是，一旦安排沒有做好就會「生病」。例如，「超我」的比重太高，就容易產生精神官能症的反應。一旦「本我」的願望與「超我」的禁止之間產生衝突，不安與緊張就會大為增加。另外，當「超我」無法順利運作時，容易出現不負責任、衝動的性向，以及人格障礙的傾向。

相對於「本我」與「超我」等兩個部分，「認定」通常的、一般的「自己」的部分是「自我」。現代哲學所著重的也是這個部分。不過，佛洛伊德認為，「我」已經是分裂的了，或者應該說，「我」是由幾個重要因素所組成的集合體。有時候這些因素會融為一體，沒有衝突或矛盾地構成一種人格。也有的時候某個因素會膨脹或縮小，或是與其他因素產生糾葛等，這時就會產生心理疾病。

沒有結束的治療

笛卡兒區別「身心」時，認為「身體」是與精神無關的機械部分，「心」總是處於「正常」的狀態。因此，「生病」就是身體產生異常變化，與精神無關。佛洛伊德最早的想法，正是挑戰笛卡兒的這種機械論式的人類觀。

佛洛伊德原先是進行精神官能症的研究。不過，當時的醫學認為精神官能症產生的原因，是肉體產生異常變化所引起的。而佛洛伊德在進行催眠療法時發現，只需要透過「問答」就能夠治癒這種疾病。因此，他認為心理疾病不見得是身體產生變化所引起的，倒不如說在本質上，精神官能症本來就是「心因性」的疾病。總之，利用語言發問，也利用語言回答的過程，成為一種「治療」方式。

還有，在解釋的過程中，很難找到確切的「起點」與「終點」，這點也不容忽視。因此，治療背負著永遠無法結束的解釋的宿命。雖然《夢的解析》這本書是佛洛伊德從分析自己的夢境開始的，但是一涉及個人隱私的部分，內容就立刻「中斷」。另外，佛洛伊德在四十四歲時為一名十六歲少女進行分析時，雖然佛洛伊德試圖傳達這名少女在性方面的糾葛，但是對於少女本人而言，這麼做並沒有「解決」任何事情。對於患者而言，佛洛伊德認為「解決」的道理成為「苦痛」，最後治療未徹底執行而宣告結束。

總之，「治療」或是「解決」並非全部，有時候也必須「中斷」。治療無法繼續前進的理由很清楚。就如同第七章介紹的尼采拚命奮鬥一樣，他曾經有過「發瘋」的經驗。每個「問題」都是各自獨立的狀況。如果能夠得到「正確解答」的話就沒事，但是人的心理並不是這麼簡單的。這也是佛洛伊德從眾多的個案分析中所理解到的道理。不以「結束」，也就是不以發現「正確解答」為目的或目標，而是努力朝往那個方向，這才是分析治療的本質。

正常的狀態極為不穩定，解釋永遠沒有停止的一刻，這就是「治療」。反過來說，解釋並非某種救濟或啟示，而是治療。而且，解釋沒有開始，也沒有結束。

靈魂的鍛鍊與他者的關懷

蘇格拉底的對話方法，突顯了他者內心的「無知」。如果聯想這點就比較容易掌握佛洛伊德的精神分析法，佛洛伊德是把他者內在的「無知」替換為「知」。作夢的人事實上真的知道夢境的意義，但是「知道」的意識可能被封印在內心某處，或是被壓抑隱藏著。也就是說，自己不知道自己其實知道夢境的意義，而且也深信自己不知道。

佛洛伊德探索被稱為精神官能症患者的內心機制，並且深入研究。確實，他的研究結果所說明的是「心理結構」。佛洛伊德就像這樣地進行對話方法，也就是「心理諮詢」。蘇格拉底的靈魂的鍛鍊，是為了從「自我關懷」瞭解自己而向對方提問。兩者的想法極為不同。心理諮詢是透過「醫生」的「他者關懷」，轉換為自覺某個「主體」的內心糾葛的技巧。

比起「自我關懷」也就是把自己「主體化」，我們會先把「他者關懷」，置於優先地位，藉此設法瞭解自己本身的事情。

蘇格拉底始終詢問自己是誰，設法瞭解自己而向他人提問，藉助他者的力量。不過，佛洛伊德的治療中有治療者與被治療者的關係。被治療者沒有對他者提問，而是透過他者，也就是透過醫生的發問而清楚地顯露自己潛意識的領域。佛洛伊德指出，這時夢境的自我表現與這種治療形態之間產生矛盾。因為，透過醫生導引的方法並不重視積極性、創造性等自我表現。

不過，也可以用另一種觀點來思考。總之，佛洛伊德認為現代的「主體」超越了「自己」的範疇。就像馬克思所指摘的，人類是「社會各種關係的總體」，一開始就否定了「我」是固定、確定的東西之想法。佛洛伊德也曾經提出「自我風格」或

「真正的自己」，並不存在於任何地方的結論。不過重要的是，「我」的「同一性」（Identity）不單單只是一個靠不住的虛擬物而已，我們反而應該把這個「虛點」視為「據點」，努力地把「我」這個「複合體」變成一個更好的東西，並且拚命努力地磨練自己的「靈魂」。雖然這樣的說法矛盾，不過，在現實中恐怕也只能以這種矛盾的方法說明了。

被濫用的佛洛伊德

在佛洛伊德的精神分析中，不是直接談論「欲望」，而是在談論出現的「症狀」當中談論欲望，以此進行「病理」的「治療」。治療的機制一邊把人類視為欲望的主體，一邊又絕對不能靠近。這離蘇格拉底所努力的「自我關懷」的欲望目標又更遠了。

最重要的是，「瘋狂」或「病症」始終只被視為「脫離」「正常」的狀況。代表人類有限的「死亡」，也不被視為據點或是正面的定點，而被強迫描繪「生」。從這裡看得出與後面提到的尼采或是海德格的目標不同，佛洛伊德自己本身的治療與理論所表現出來的事物，與我們從中所學到的大大地不同。

另外，精神分析的原點是兩者之間以信賴為基礎所形成的對話。一旦這樣的對話成為工作，就會形成醫生與患者的制度化關係。甚至，不只是兩者之間的關係，也可以說這是社會共同的深層意識。在某種意義來說，也可以視為探索文化與社會潛意識等具有刺激性的想法。不過，這始終是詢問自己的同一性，或是自覺自己的多樣性時被拿來運用的方法，而不應該使用在強化單一的同一性上。總之，「瞭解自己的文化或社會」，既不是為了發現「真正的自己」，也不是為了強化「真正的自己」，而是為了發現「另一個自己」或是「複雜的自己」。至少不應該被當成強調單一民族主義，或是形成狂熱民族主義的工具。筆者自己是如此認為，不知讀者的想法如何？

看來欲望永遠不可能消滅，也永遠無法得到滿足。不管是站在什麼立場，只要是人類，就會是欲望的俘虜。因此，你沒有得到滿足也是很正常的，請放心過日子吧。……這麼簡單地下結論是很輕鬆，但是煩惱不會這麼簡單就消失不見。

人類遺忘的潛意識是什麼？●榮格的「集體潛意識」與「原型」

卡爾．古斯塔夫．榮格（Carl Gustav Jung，瑞士，一八七五－一九六一）將佛洛伊德對於潛意識的說法推展到社會共同體，而主張集體潛意識。

舉例來說，世界上的神話、故事、傳說或是文化方面的印象與象徵等，有很多共通的地方。榮格認為這是因為人類具有普遍性的集體潛意識之故。就算時代或文化有所不同，有時候浮現在腦中的想像也會一樣。

另外，榮格認為人類具有雌雄同體（Androgyny and Hermaphrodite）的本質，擁有陰、陽等兩面性。而這些本質隨著生理以及社會文化的影響，而逐漸內化為男性或女性。不過，最早持有的另一面化為內在而未曾消失。如果自己是男性，女性（＝阿尼瑪〔Anima〕）那一面就會在潛意識中被否定。相反地，如果自己是女性，男性（＝阿尼瑪斯〔Animus〕）那一面就會被潛意識否定。榮格稱這兩者為自己的「影子」。潛意識的對立統合就是原型，稱為「自我」。

佛洛伊德分析「語言」，榮格學派則發展了沙遊療法（Sandplay Therapy）與繪畫療法。這些治療方法則是利用繪畫或是在沙盤中配置幾個物體等方式，來讀取個案的內心狀態，也就是把無法用「語言」表達的事物化為「空間」與「象徵」形態。在佛洛伊德的分析中，言語與親子關係是重要的關鍵。不過，榮格的治療法則為最原始的內心狀態，以及相關部分開啟另一道窗。

「恐怖力量」的分娩●「賤斥」

佛洛伊德的論述是從男性或父親的觀點出發。茱莉亞．克莉斯蒂娃（Julia Kristeva，保加利亞，一九四一－）則強調在考察性或家族時，女性或是母親的觀點絕對是不可或缺的一部分。特別是佛洛伊德沒有深究的母親與女兒的關係，可以從克莉斯蒂娃的研究中一探究竟。克莉斯蒂娃之後的我們在看佛洛伊德的理論時，不得不指出他的理論具有絕對性的缺點。從克莉斯蒂娃的言語當中聽得出「女性不是這樣」的聲音，她的言論中也充滿了與佛洛伊德不同的論調與抗拒。

克莉斯蒂娃所提出的「恐怖的力量」觀點，從女性產子為何是必然的這個議題討論起。對於從自己身體分離的視為他者的小孩，既不是單純的幸福感或陶醉，也不是單純的生理上的厭惡，就是一種難以言喻的情感。

這個「恐怖的力量」以法文來說，就是「賤斥」（Abjection）。面對的對象不是確定的**客體**（Objet），而是一個**卑賤體**（Abjet）。總之，就是更模糊而混沌的狀態。

現代的道德觀視小孩的出生為善的。不過，生產在本質上則內含了「恐怖的力量」。透過兩面性的振幅擺動，身為主體的母親擁有了開放的部分，而不是單純地封閉在自我的同一性中。

動搖世界的哲學

Chapter Seven

因此你無法獨立

「超人與永劫回歸」

尼采

Friedrich Nietzsche

世間些許的不滿

* 老是引用別人的話來說教的前輩真討厭。

* 無論什麼事都要跟他人比較來讓自己接受的人真討厭。

* 大家都只會依賴別人，什麼也不做。沒有「自我」也沒有信念的人真討厭。

都已經那麼慎重地提出警告了，人類卻還是一樣……生於一百年前的尼采應該會如此感嘆吧。就算瞭解世間充滿鬧劇，也只能努力地依靠不完整的價值觀存活下去。既不是猴子也不是超人，在這兩者之間冒險走鋼索，這就是人類。不過，就算沒有鋼索也能夠堅韌地活下去。尼采強烈地堅持這點。

就算人類想要求救，結果神依舊是人類的造物者，人類只不過是以特別的存在為前提而被創造出來的東西。只要人類是神或宗教創造出來的，人類就不是根據特權存在，只是一般的生物而已。沒有任何根據地出生、然後死去，尼采要求人類正面地接受這個事實。

如果是這樣的尼采的話，或許你會覺得他瞭解你每天內心燃起的憤怒。他會全面肯定你的生存方式，也會希望你用自己的身體感受、用自己的頭腦思考。

不過有件事要注意。當你隨便談論別人的事時，不知不覺你可能也已經偏向你所批評的那一方了。如果堅定信念，相信一切都沒問題而感到放心的話，不知不覺中你也將得到適得其反的效果。

本章將透過「超人」、「永劫回歸」等關鍵字，為擔心「沒辦法獨立」的你，介紹尼采的思考方式與生存方式。

尼采 Friedrich Nietzsche

一八四四年十月十五日－一九〇〇年八月二十五日

從根本批判近代的道德與價值觀。德國哲學家。

出生
生於當時普魯士萊比錫（Leipzig）附近的洛肯（Röcken）。

雙親
出生於雙親都是新教徒的牧師家庭，以女性為主要成員的家族。

學歷
波恩大學（Universität Bonn；神學、古典文獻學）→萊比錫大學。

兵歷
一八七〇至一八七二年普法戰爭時志願從軍，擔任醫護兵。因桿菌性痢疾與白喉而除役。

職歷
巴塞爾大學（Universität Basel）編制外教授→正教授（古典文獻學）。一八七九年因健康狀況惡化退休，三十多歲就開始過著領取退休金的生活。

政治
放棄普魯士公民權，成為瑞士人。

宗教
六歲時受洗成為新教徒，後來成為無神論者。

交友
華格納（Wagner；後來與之斷絕關係）。

婚姻．家族
終身未婚，兩次的求婚均告失敗。

病歷
一八八九年精神錯亂，被送進精神病院，被診斷出腦軟化症、持續性麻痺等。

死因
因腦出血併發肺炎逝世於威瑪市（Weimar；五十五歲）。

著作
《查拉圖斯特拉如是說》（*Also sprach Zarathustra*），一八八三－一八八五年
《善惡的彼岸》（*Jenseits von Gut und Böse*），一八八六年
《道德系譜學》（*Zur Genealogie der Moral*），一八八七年

參考文獻
三島憲一《ニーチェ》（岩波新書，一九八七年）
永井均《これがニーチェだ》（講談社現代新書，一九九八年）
神崎繁《ニーチェ　どうして同情してはいけないのか》（ＮＨＫ出版，二〇〇二年）

關鍵字
「上帝已死」、「超人」、「永劫回歸」、「奴隸道德」

瞧！這個人

尼采生於十九世紀，剛好是日本明治維新的時代。日本作家森鷗外（Mori Ogai）於一八八四年到一八八八年到柏林留學時，剛好尼采正在法國尼斯自費出版《查拉圖斯特拉如是說》第四部。

尼采從一八七二年開始出版《悲劇的誕生》（*Die Geburt der Tragödie aus dem Geiste der Musik*），在短短的十六年當中，陸續出版自己的作品。也是在他自己二十八歲到四十四歲之間的時候。在如此短暫的期間裡，他以諷刺的語氣說出如「咒語」般的一段話。他說，「接下來的兩個世紀」，也就是二十世紀與二十一世紀，「人類將會從這世上消失」。也就是說，對於我們這些生於二十一世紀的人類而言，我們接收到一個進退兩難的訊息。

就好像看透沒有「信任」的時代、「智識」混沌的時代，所產生的恐懼感一樣。更何況如尼采所說的，二十世紀是價值相對化的時代，也因為沒有確定的事物而被「虛無主義」所籠罩著。

而且，尼采不僅對時代進行「診斷」，還提出如何在充滿虛無感與倦怠感的世界裡生存的新「倫理」。總之，他所論述的是根本的「價值轉換」。正因為如此，我們不是更應該好好地傾聽他的主張，閱讀他的書以求得更好的生存方式嗎？

不過，實際上讀了尼采的書之後，真的沒有多餘的精力進行這類的「講解」。而且也會認為閱讀這樣的「講解」是愚蠢的行為。因為，這些講解者與閱讀者的共犯關係正是尼采最討厭的。

這種歸納尼采想法的作法，如果讓尼采看到，他一定會大聲斥責，不要做這種無聊的事！不要把我矮化了！即便如此，我還是在這裡簡單地介紹尼采。因為，或許這樣的方向也是超越人類的大好機會，也說不定。

強烈的自我肯定

尼采的主張都很強烈。他可以毫不在意地寫出「我不是人，我是炸藥」等內容。另外，他在自己的「自傳」《瞧！這個人》（*Ecce Homo*）中，分別以〈為什麼我這麼有智慧〉、〈為什麼我這麼聰明〉、〈為什麼我寫出這麼好的書〉、〈為什麼我是這樣的一個命運〉等為標題。至少，被稱為哲學家的人物當中，如此直接而露骨地自我稱讚的人還真是少見。哲學家最擅長的是理性，而尼采的形象與世人的印象脫節，或者可以說他是有點「危險的人物」。

或許留下「自傳」的人，都具有對外界說明自己對自己生涯的想像之欲望。即便如此，大家都會節制自我禮讚的行為，而尼采卻是如此強烈地肯定自己。當然，尼采暗地裡還是強烈地希望得到他人對自己的肯定。

先撇開內容不談，以「文體」來說，尼采留下了什麼呢？那就是哲學能夠透過各種模式論述。被視為尼采的主要著作《查拉圖斯特拉如是說》，與一般論文的形式極為不同，這本論文是以故事性的內容展開。例如，書中有這麼一段——查拉圖斯特拉眺望著民眾，儘管心中覺得可疑，還是開口了。他說，人類是動物與超人之間所拉起的一條鋼索，是深奧的鋼索。無論你度這鋼索或是走在途中都很危險，回顧或是身體震動停下腳步，也都很危險。

或許你並不清楚查拉圖斯特拉，其實他就是古波斯人信奉的瑣羅亞斯德教的教祖瑣羅亞斯德（Zoroaster）。而且，這個「故事」的樣本是《聖經》。這本書是模仿聖經的諷刺作品，書中波斯先知瑣羅亞斯德取代了耶穌開口說話。這種書寫的方式在以往的哲學界中，也是史無前例。所謂哲學應該是「提問」才對，但是在把問題寫下來的行為上看得到問題在哪裡嗎？這是尼采想問的。

另外，尼采以格言形式出版的書籍，有《人性的，太人性的》（*Menschliches, Allzumenschliches*）等數本著作。如果片段閱讀，處處都是令人喝采的句子。例如，

瑣羅亞斯德教：教祖瑣羅亞斯德，盛行於現在阿富汗的北部地區。教義主張善惡對立，而且善終究會得到勝利。由於宗教儀式中會使用火，所以又稱拜火教，祆教。

尼采指出有人深信只要以哲學家的共同缺點，以及自己為標準進行分析，就算是達成了目標。另外，尼采也對一般的常識提出敏銳的質疑。他認為無論在什麼時代、什麼地方，如果把「人類」視為不變，那就大錯特錯了，頂多也只能說在有限的時間、有限的範圍裡的人類不變。

這麼奇怪的尼采，年輕時在巴塞爾大學擔任教授時，也曾經留下一些所謂的學術論文。不過，當他呈現出尼采本人的風格時，也就是放棄學術性的論文之後，才展現了尼采自己真正的實力。他宣稱「上帝已死」的衝擊伴隨著文體而聞名於世。

上帝已死

一般認為，尼采透過「上帝已死」的宣言批判基督教的道德觀。不過，他不是否定或修正基督教的部分教義。從根源來看，他明白指出上帝不是人類的造物主，相反地，是人類創造出上帝與宗教。

有時，提出「人為什麼會活在這世上」、「人為什麼會死」等沒有答案的問題的人會受到指責。當人們想要對這種荒謬的問題找出答案時，通常都會傾向於接近超越人類智慧，也就是接近上帝、宗教或是信仰等。每個人都會說人類是脆弱的，因而依賴某些事物。不過，尼采要求人們別再以那樣的思考方式過日子了。人類的存在並沒有特別因為神的關係而得到特權，人類只是一般的生物而已。沒有任何根據的出生、死亡，尼采要求人們要正面接受這個事實。

如果是這樣的思考，他者或共同體所提出的價值或道德等，也只不過是社會性的產物而已。再怎麼說，也只是為了方便所創造出來的東西。所以，無論你如何往下挖掘，也找不到遵從這些事物的意義。當然，也不是說因此就不要遵從價值或道德，應該說，不要囫圇吞棗地接受任何價值與道德觀。

不囫圇吞棗，是指靠自己的能力思考、自己選擇、自己創造等，其中的差異極大，人們有時候會否定既有的價值觀。但是，尼采所提的並不是單純的懷疑主義。這裡所說明的細微差異很重要。總之，尼采的目標是投注心力創造與既有事物不同的新「價值」，而不只是單單批評既有的事物。

坦白說，「自己創造」的困難度是很複雜的。由於生產一個確定的東西必須表露出來，也就是必須投向他者，所以他者接受的方式不同，結果也會不一樣。如果順利完成一項作品，表示「產生」新的東西。但是，就算擁有某種意志或動機進行「創造」也可能會失敗，有時候隨便做也可能會成功。而且，以尼采的研究來看，實際上真的成功了嗎？他是否能夠確實提出新的價值觀？對於這個問題，多少也有值得懷疑的地方。他的著作是不是真的很了不起？有時候越讀就越看不懂。有時候甚至會感到不安，覺得他的作品只不過是瞎扯、隨便、膚淺，或是不正常的教科書而已。不過，真正的問題不在於最後的結果，而是為了創造所進行的態度轉換。閱讀尼采是在追求那樣的可能性，而不是追求實踐的結果。這點也很重要。

從奴隸到主人

尼采提出「上帝已死」，是因為基督教的道德是追求人類的「弱點」。在這裡，人類把自己視為「迷途的羔羊」，依賴「主」而被導引到正確的道路上。說話不留餘地的尼采，稱這是「畜群道德」。不過，他想說的是，這個道德的內容並沒有不好，只是本來應該是眾多道德中的一個道德，卻驅逐了其他的道德觀。無法與其他道德觀並存的道德觀真的是正確的道德嗎？這個道德的存在方式是非道德吧。尼采丟出了這個疑問。

與黑格爾的社會關係論合併來說，基督教否定自己，視自己為「奴隸」，與「主人」這個唯一的「他者」共同生活，以這樣的道德觀為基礎。不過，尼采拒絕「奴隸」的說法，斷言能夠肯定自己的存在與價值觀的「主人」的生存方式，是「較好」

的生存方式。然後，為了要區別以往所說的「人類」，這個「主人」被視為「超人」。主人不依賴奴隸，而是被要求以主人的身分獨立，而且以自己本身的身分存在。

如果更明確來說的話，擁有拒絕「主─奴」關係能力的人，或是不被這種關係束縛的人就是「超人」。如果是這樣來理解的話，那麼，無論是康德所提出的獨立態度，或是靠自己的意志遵循定言令式的態度，以及尼采所努力的超人目標等，都要求具有「卓越」的樣貌，在這個意義上是極為「道德的」，也具有某種共通性。

只是，一般而言，康德被視為嚴肅的道德家，而尼采則被視為罪犯。他們所提出的道德內容雖然不一樣，但是對於道德的態度卻有著共同點。總之，就是以擁有強烈意志的「主人」的個體「獨立」生存。所謂生存，在本質上避免不了將他者或弱者納為己物。所以，尼采認為生存不可能沒有「侵犯」、「壓制」或「壓抑」等。無論自己有多注意，也會強制地堅持自己的形式以及做出「壓榨」的行為。他者關係光靠好聽的話，是無濟於事的。

這樣的說法非常具有魅力。不過，一旦走錯一步，就會被後來的納粹主義與現代極右派的政治活動扭曲。尼采的思想中有說不完的勉強或誤讀的要素，這點是無法否定的。不過，我們所追求的不是這類的讀解或是行動。從尼采的角度來看，或許會認為

費奧多爾．杜思妥也夫斯基（Фёдор Михайлович Достоевский，俄國，一八二一－一八八一）思想家、小說家。走向寫實主義，根據後來的俄羅斯正教義，批判偏重理性的物質文明，面臨自我意識的分裂。著有《卡拉馬助夫兄弟們》（一八七九－一八八〇）等書。

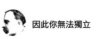

這只是單純的折衷主義（Eclecticism）而已。但是，既然我們與他者共同生存是無法改變的「現實」、「事實」，尼采所說的全面性肯定自己的生存的「意志力量」就更為重要了。

不過，就像是我們讀俄國作家杜思妥也夫斯基的《罪與罰》，尼采的生存方式也會在某處遇到瓶頸，我們會覺得需要某種「救贖」或是代替我受罪的「他者」是必須的。或許尼采與康德的思考無法簡單地運用在實際的生存上，但重要的是「帶著」尼采的思考生存，而不是遵循著尼采的教導生存。

《罪與罰》

（Преступление и наказание，一八六六）

杜思妥也夫斯基的長篇小說。書中結合殺人的邏輯、貧困、神的存在、自我犧牲等主題，對於書中人物的心理有著細膩且深刻的描述。

道德家的尼采

康德完全把理想置於最優先的地位，尼采則是絕對肯定完全的現實。這兩種思想都給人極端的印象。看起來非常哲學式的思想，也非常地非現實。如果以「活生生」的人來形容的話，或許就是你不想與之為友的類型；相反地，也或許你會覺得他們是非常具有魅力的類型。如果是以思考方向來看，康德的特色是從個人直接與社會及世界連結，而尼采則是從世界的價值談論自己的思想與生存方式。在這當中，與他者共同生存的事實並沒有被置於思考的中心點。喔，不，也可以說正因為沒有置於中心點，所以才會產生如此強而有力的特別思想。他們兩位都是發現「人類」、試圖清楚確認「人類」的輪廓。

因此，雖然這樣說好像矛盾，不過，無論是康德或尼采，兩位都是優秀的道德論者。雖然尼采反對康德的道德觀、物自體與現象界等建立思想的方式，不過他們深究問題的方式都具有共同點。康德跟尼采只是從正反兩個不同方向進行思考而已。典型的發言如下：康德說，「無論在什麼樣的情況下都不可以殺人」。相對於此，尼采則說，「就算世上有人反對或責罵，如果自己認為對的就照著做，即便是殺人也一樣」。

總之，在康德的道德論中，現象界裡經常出現的實際殺人事件並不存在於「物自體」的世界裡。從一開始就不列為前提，也不包含在內。這也是康德的討論一旦成為本質性的討論，就同時會與現實脫離的部分。另外，在尼采的道德裡，規則是自己創造出來的，既不是既有的東西，更不是普及於一切的東西。從一開始，不可殺人的道德論述就不存在。

康德與尼采所進行的探索即將在本書第十八章提及，是他者關係的基本，也是古代所產生的款待文化，也就是把「主人－客人」的關係完全轉換為「主人－奴隸」的關係。總之，從基督教時代到現代約兩千年之間，款待文化被救濟文化取代。如同後來的德希達所說的，款待文化是世上數千年以來所培養出來的文化。尼采的魅力在於以超人的身分確實質疑主人與奴隸的關係性，以個體屹立在世界上。不過，他卻沒有重新建構主人與客人之間的關係。他頂多只不過是在古希臘的貴族社會中發現主人的道德而已。如同德希達所探索的，徹底款待客人的態度，才是更需重視的基本人際關係。

自由與道德

一般的道德觀念重視設身處地的思考方式，例如，如果自己不想被殺害，就不應該殺人。這種想法是以邊沁（Jeremy Bentham）與米爾（James Mill）等人的功利主義之「最大多數的最大幸福」原則為基礎，認為所謂自由是只要不要影響他人，做什麼都可以。當然，如果是康德的話，他會說不管在什麼樣的情況下都不可以殺人。

相對於以上這些說法，尼采認為如果能夠得到與生俱來的生之喜悅的話，就算被道德禁止也應該積極進行。這就是尼采所謂的「自由」。除此之外的倫理式的說明，不是混雜著「虛偽」，就是成為「奴隸的道德」。由於「不想被殺」的弱者的情感，使得比他強的強者的「殺了他！」之情感遭到封鎖。

當道德的枷鎖鬆懈，經常出現「強者」單向地炫耀其力量。例如，現在活著的自己無法得到完全的滿足，追求到最後變成任意殺人以得到他人的注目，希望大家看到能夠報復世間的自己。誤以為能夠殺人的自己是「強壯的」、「獨立的」、「主人」等，在某種意義上來說，這是逆向的「奴隸的道德」，與真正的「主人的道德」在本質上是不同的。

人類本來是自由的，應該肯定自己的生存。但是，其實事情並沒有這麼簡單。實際上我們在這世上受到各種不同的束縛，其中道德束縛當然是維持社會時重要的一環。然而，不是每個人都會隨時抱持著維持社會的想法生存，有時候也會帶點某種反社會的特質。我們應該創造違背反社會的社會關係性。主人熱情款待客人所成立的傳統款待文化，原本就是以他者可能是反社會、反共同體為前提。或者說，在不知不覺當中，社會的另一方不再把反社會性考慮進去，這樣的作法才是問題之所在。

永劫回歸——人生的肯定性

尼采把沒有「奴隸」的「主人」視為超人，超人不依賴任何人。的確，這種情況已經超越了人類的一般作為。人類本來就是社會性的生物，所以不依賴任何人是無法想像的狀況。而尼采創造出無法想像的事物。這樣的思考雖然大幅超越一般人的想法，但同時也是危險的。

這也適用於自己的生存方式。「不，我還要再來一次。不，無論多少次，我都還要過完全相同的人生」，像這樣對自己的生存給予絕對的肯定，就是尼采所說的「永劫回歸」。

每一個人都會死。不過，既然這個「我」已經生了，那就是永遠了。那種說什麼重生之後會過著不同的人生，或是說你前一輩子應該是一個了不起的人物等，都只不過是胡扯。尼采認為人生是永遠地重複，沒有增減，也完全沒有改變。人就是原封不動地又回到起點。

永劫回歸的想法，感覺很像當時在歐洲廣為流行的佛教輪迴思想，只是輪迴觀是不會回到完全相同的人生的。世上的所有事物都是有機地結合，死亡也會與新生連結，這就是輪迴。另外，輪迴思想主張自己死後會以另一個自己重生。不過，尼采認為就算重生，也是完全相同的自己「重生」。尼采的說法不太受人喜愛，因為大部分的人都希望如果有機會重生的話，能夠活出另一個自己。也就是說，因某事感到後悔、想重頭來過、想過過不同的人生，或是後悔當初沒有做什麼，希望有機會重生以便修復、修正等。不過，尼采強烈呼籲人們應該放棄這樣的想法。總之，如果死了，就沒

輪迴思想：主要盛行於佛教與婆羅門教。認為人死後會以其他人或其他生物的形態重生，生前的行為將決定來世的命運。

機會了。雖然永劫回歸以絕對的虛無主義為基礎，但是卻不感嘆人生無常，而是認為人類本來就應該充分地享受，這僅有一次的人生並且肯定自我。

在這裡無法忽略尼采靈魂的強烈咆哮。就如同尼采討厭蘇格拉底把喝毒藥視為自己的命運一樣，尼采也對自己的「表現」加以抨擊。

不過，雖然尼采如此強調這種異於常人的堅強、超人式的生存方式，但是實際上他的身體卻是相當羸弱。這樣的尼采寫出幾近異常的健康與生命強度（內在充滿充實性的自我經驗）的文章，其實也可以說是他正闡述著他自己生命的脆弱。同時（正因如此），他的「超人」想法更是肯定自己的生命。而且，他斷言就算是永遠不斷重複也沒關係。從這裡可以看出其他哲學家所沒有的氣勢與生命張力。

作為兇器的瘋狂

令人難以理解的是，尼采一方面談論「超人」，另一方面又談論「幼兒」。兩者微妙地具有不同的特質。至少，尼采的超人可能是「強者」，可能與其他動物一樣，在弱肉強食的「規則」之下只依靠「力量」生存；也可能是獨立、高傲的貴族式超人等等。總之，更應該注意的是這兩者之間的差異性。

在尼采最後十年的人生中，他都處於瘋狂狀態。從他留下來的當時的相片可以發現，他已經失去往日銳利的眼神，只剩下模糊散漫的目光。那個堅持「強壯」的尼采，似乎沉溺於「幼兒」的世界中。或許這也是他自己描繪的生存方式，也說不定。

因為，尼采曾經提出有名的精神的三種變形，那就是從駱駝到獅子，最後到幼兒的三種狀態。所謂駱駝指背負許多行李的存在，行李越重越能感受到駱駝的強壯。或許勤奮研究希臘古典文獻學時的尼采，就曾經是駱駝吧。但是，駱駝載運貨物途中卻突然變成獅子。那是因為駱駝看透了世界，而清楚看到自己所要尋找的對象。套用在尼采身上，那就是基督教的道德論。雖然獅子試圖從正面對抗、征服比自己更強大的對象，但是能做到的卻可能只是批判而已。因此，獅子又轉變為幼兒。幼兒什麼都不知道，眼前也沒有任何障礙。在那樣的狀態之下新的價值被創造出來。尼采說，幼兒是「一個新的開始」、「一個遊戲」、「一個自轉的車輪」、「一個原始的動作」、「一個神聖的肯定」。

事實上，尼采絕對肯定生，他提出「永劫回歸」的指標，也描繪出「超人」的生存方式。對於還沒經過「駱駝」或「獅子」階段的人而言，這些或許不容易理解。就算是經歷過這些過程的人也或許會感覺到莫名其妙。我自己本身是處於哪種狀態？想也想不透。不過，即便如此，所謂幼兒＝超人，這到底是什麼說法啊？其實可以想像兩種狀況。

一個是，忘掉過去的記憶，不被世間的阻礙束縛的生存方式，這點尼采本身也是如此。與其說是幼兒，倒不如說更接近老人。這時，永劫回歸的想法也更具有親近感。不過，這與當初尼采所提的超人有些不同。總之，存在並不是具備自己的「強壯」、創造新的價值，而是老成、成熟、老練；總之，與其說是「超越他人存在」，不如說是「成熟的人」。

另一種狀況是讓自己瘋狂，或是表現出瘋狂。而且，就算自己並沒有瘋狂，自己也選擇了這種生存方式。事實上，尼采曾經說過，如果他沒沒無聞地埋沒在「大眾」之中，不依賴既有的價值觀或倫理觀而創造自己的生存方式，他在這社會上將沒有立足之地，只有進入精神病院一途。這段話批判了以平穩、平等為價值的「大眾社會」，同時也表現出對於平凡生存的人的蔑視。不過，這段話也表明了尼采的生存意志的樣貌，以及象徵了生存本身的意義。尼采晚年的發瘋是其精神性必然發展的方向，應該不會是他自己所期盼的。

因此，在這裡提到的「瘋狂」也可以說與「犯罪」同義，兩者都是意味著脫離平庸的人生。不過，如果看看最近的犯罪，倒不如說尼采所謂的超人，感覺是輕鬆脫離人類領域的方法。

過著沒有人理解的生活方式並不容易。不以他者的認同為媒介地努力生存，這不是普通人，而是擁有超乎一般人的熱情並且加以實踐，這就是尼采的「生存的意志」。

獨立不就是這麼一回事嗎？

如何？離開雙親獨自生活、自己賺錢過活，這些遠遠談不上「獨立」，只不過是「自己開伙」、「自己住」而已。追求自己本身，在與他者之間的阻礙中孤傲地生存。如果獨立自主只有這條路而已，你對獨立還會有所期盼嗎？結果，我們不是「主人」而是像「奴隸」般地，只要有些微的幸福就覺得滿足。往超人的方向前進一步還算容易，但是在那樣的漩渦中生存、死去，這需要毅然決然的氣概與勇氣，而你有嗎？

遊民哲學家狄奧哲尼士●繼承犬式生活的人

在這裡想介紹古希臘哲學家中接近尼采思想的哲學家，犬儒學派（Cynicism）的狄奧哲尼士（Diogenes，希臘，西元前四一二—西元前三二三）。

他的老師是蘇格拉底的學生安提西尼（Antisthenes）。安提西尼受到蘇格拉底禁欲主義的影響極大，主張「與自然一致的生命」（Bios）才是美德，其餘的都只是「迷惑」。就算是物質上的豐富，也只不過是這種「迷惑」而已。犬儒主義者認為赤足、衣衫襤褸，並且把所有的家當裝在一個「布袋」的生活是種理想狀態，並且實際付諸行動。也因此這個學派被稱為「犬儒學派」，因為他們的目標是過著像狗一樣的生活。

狄奧哲尼士被稱為「木桶中的哲學家」，他總是被描述為不道德地存在、變態者。對於食欲或性欲等欲望，他認為應該盡量簡單地解決。他也主張應該生吃食物，性欲方面則應該盡快地以自慰的方式解決。他不僅如此主張，同時也如此行動。即便如此，他還是非常受到市民的喜愛。

有一個知名的小故事描述亞歷山大大帝到訪時，狄奧哲尼士毫不在乎地大吼：「到一邊去，別擋住我的陽光。」由此可知他面對權威時態度絲毫不為所動，如同尼采筆下的查拉圖斯特拉一般。

哲學已經大眾化了嗎？●法蘭克福學派

一九二四年德國法蘭克福大學成立了「社會研究中心」，其中某些學者因為具有猶太人血統，不得不亡命美國以躲避德國納粹政權的迫害。到了美國之後他們仍然持續研究，故被稱為法蘭克福學派（Frankfurter Schule）。

法蘭克福學派的中心人物是馬克．霍克海默（Max Horkheimer）與提奧多．阿多諾（Theodor W. Adorno）。雖然他們以馬克思．韋伯（Max Weber）的現代化論與西歐的馬克思主義為基礎，但是他們卻沒有陷入教條主義的解釋，而是把佛洛伊德的精神分析加入社會理論，並且深入研究現代藝術的領域，發展獨特的社會批判。特別是對於產生納粹主義的現代理性，他們透過正面的追問，建立戰後思想的重要基礎。後來人們稱呼這樣的過程為「批判理論」。在美國，一九七〇年前後流行的學生權力，以及一九九〇年流行的文化研究等，都是以此為理論基礎。

在法蘭克福學派研究者共同著作的《啟蒙辯證法》（*Dialektik der Aufklarung*）中，從「大眾社會」的觀點，重新檢視現代社會與生於現代社會的人類樣貌。其與尼采指摘的虛無主義（Nihilism）時代，有某些相通的部分。總之，尼采強烈批判「被牧羊人領導的羊群」之愚蠢行為，而大眾社會正是不得不生存在這種社會機制裡的人群。

哲學的再建構

Chapter Eight

胡塞爾
Edmund Husserl

害怕面對現實
「還原與中止判斷」

世間空虛的聲音

＊這世上有什麼是可以相信的？我懷疑這一切。

＊每個人都說些無礙的話來掩飾自己的所作所為。

＊到底有沒有確定的事物？內心充滿著不安。如果能夠，我一定要設法逃出去。

喔，不，我們沒有資格說出這麼狂妄的話……謙虛的胡塞爾一定會這麼說。以日本的年代來看，胡塞爾大約生於明治、大正以及昭和初期。在自然科學抬頭、機器文明發展當中，人們感到惶恐不安。現在也是如此。不過，在這麼混沌的世間裡，該以什麼為依據進行思考呢？關於這個問題，沒有任何一位哲學家或是有自信的人回答得出來。

因此，胡塞爾應該也瞭解你的煩惱吧。他是一位嚴謹的學究型人物。不唱高調，一步步踏實地踩著研究的步伐鑽研這個問題。結果，他從最單純、最基本的事物，也就是從存在於「生活世界」的「我」出發。胡塞爾主張忘掉世間的價值觀、習慣或是學問方面的知識等所有的一切，直接面對你所見到的、你所思考的所有事物，也就是直接面對你所生存的現實世界。這就是「現象學」。

現象學主張人類的意識可以創造出各式各樣的事物，同時能夠以確實的腳步生存。但是，「現實」真的能夠這麼容易得手嗎？

本章將透過「現象學」等關鍵字，為「害怕面對現實」而膽怯的你，介紹胡塞爾的思考方式與生存方式。

胡塞爾 Edmund Husserl

一八五九年四月八日－一九三八年四月二十七日

提倡現象學而知名的哲學家。現象學成為後來大放光芒的存在主義的基礎。

出生

生於奧地利帝國普羅斯涅茲（現捷克領域）的一個猶太家庭（與柏格森同年）。

雙親

猶太人的父親經營舶來品店，成長於富裕家庭。

學歷

萊比錫大學（自然科學）、柏林大學（數學）、維也納大學（數學）。博士論文《對變分法理論的貢獻》。

兵歷

一八八三年服兵役。

職歷

哈雷大學講師（一八八七年）、哥廷根大學（Georg-August-Universität Göttingen）助理教授（一九〇一年）、哥廷根大學正教授（一九〇六年）、弗萊堡大學（Albert-Ludwigs-Universität Freiburg）正教授（一九一六－一九二八年）。

政治

受到納粹的迫害而離開大學。在維也納發表反對納粹的演講內容。

宗教

從猶太教改信新教（一八九六年）。

交友

聽了布倫塔諾（Franz Brentano）的課而決定往哲學之路發展。一九一九至一九二三年聘海德格擔任助理。

婚姻・家族

育有二子，次子在第一次世界大戰中陣亡。

病歷

消化不良、尼古丁中毒（一九一五年）、肋膜炎（一九三六年）。

死因

孤獨中因肺炎病逝（七十九歲）。

著作

《邏輯研究》（*Logische Untersuchungen*），一九〇〇－一九〇一年

《純粹現象學與現象哲學的觀念》（*Ideen zu einer reinen Phanomenologie und phanomenologischen Philosophie*），一九一三年

《歐洲科學的危機與超驗現象學》（*Die Krises der europaischen Wissenschaften und die transzendentale Phanomenologie*），一九三六年

參考文獻

木田元《現象学》（岩波新書，一九七〇年）

谷徹《これが現象学だ》（講談社現代新書，二〇〇二年）

竹田青嗣《現象学は〈思考の原理〉である》（ちくま新書，二〇〇四年）

關鍵字

「現象學」、「中止判斷」、「現象學還原」、「生活世界」

正視現實

當有人說你「沒有面對現實」時，表示你在逃避自己不想看的東西或是裝作沒看見。大家都說，在現實中不見得每件事都能夠如願，也不見得每件事都對自己有利。但是，如果是這樣的話，又該如何面對現實呢？積極參與對自己不利的事、討厭的事或是不關心的事嗎？辦得到嗎？還有，所謂「現實」到底是什麼？掌握現實的方法又是什麼呢？胡塞爾的目標就是探討這個模糊的概念。

雖然胡塞爾進行如此驚人的研究，但是這位哲學家卻不怎麼有名。在本書中的哲學家中，大概可以排知名度的倒數一、二名吧。不過，胡塞爾的哲學，也就是「現象學」可以說在現代哲學中，建立了最哲學式的研究管道。當然，你無法從胡塞爾的哲學期待什麼「人生道理」。談到哲學，或許有人認定就是指導你某種生存方式。而現象學則是思考如何面對各式各樣人生道理共同存在的現實。

自然科學越來越影響我們日常生活的想法，透過科學技術產生的物質（商品），在我們生活中的地位也越來越重要。在這當中，我們應該確保能夠重新反省整個現實的空間。

現象學的特徵

胡塞爾在掌握現實之際，首先確實準備了可以依靠的知識基礎。他先學習數學，接著是邏輯學，最後以「現象學」作為「嚴密的哲學學問」。

對於胡塞爾而言，面對現實最重要的就是知道如何掌握、察覺「現實」。因此，他只是簡單地掌握「意識」的樣貌，試試能否以語言說明，論述創造現實的方式。這就是現象學。

簡單來說，如何以生活的世界為基礎進行思考與認識，這就是胡塞爾所提出的問題。他除去多餘的偏見與既有的世界觀，把焦點放在自己的「意識」的發生與運作。

舉例來說，其中很重要的就是「視覺」。笛卡兒懷疑「感覺」，認為感覺是「不確定的東西」。但是，胡塞爾要問的並不是追究「不確定」與否，而是如何在視覺上正確掌握客體的對象。

笛卡兒派認為自己是觀察主體，而這個觀察主體與世界這個對象是不同的東西。以簡單的例子來說，假設我們使用顯微鏡與望遠鏡來觀察物品。就算「眼睛」與「對象」之間有器具存在，「眼睛」也不會對於觀察的「對象」產生任何影響。或者，對於來自絕對觀點的觀察，「對象」被分割為獨立的事物。這種思考就是主客「二元論」。不過，胡塞爾卻說，等一下。

如果你仔細想想，利用顯微鏡觀察物體時，你不是也看得到自己的睫毛嗎？這到底是為什麼呢？其實就算是平常也是一樣，戴眼鏡的人看得到鏡片以及鏡架，鼻子高的人也可以把自己的鼻子視為「看得到的對象」的一部分吧。所以，從這裡就可以質問，可以簡單地區分「眼睛」與「對象」嗎？胡塞爾的思想就是像這樣從面對現實的「執著」開始的。

胡塞爾以更嚴密的「看得到某物的我」、「被思考的我」，來重新掌握笛卡兒直覺地（或者說回憶地）記錄「思考的我」，並且朝向「我看到的某物」、「我思考的某事」之記錄。不過，進行這個論述時，必須有能夠思考「自己」的「自己」，而不是平常思考某事的「自己」。胡塞爾稱之為「超驗主體性」（Transzendentale Subjektivität）。他認為如果從這種角度看世界，就會看到不被狹隘的「我」迷惑的現實。

從認識到真理

不過，胡塞爾雖然執著於「確實抓住現實」，但是這不單單僅限於「認識」的問題，其中還包含與真理、真實以及正確相關的問題。

由於康德主張「正確」只存在於「理想界」而非現實世界中，因此把以前絕對的真理當成現實掌握的工作便不復存在。就像是要追擊這個理論一般，尼采認為真理是「強壯」而非「正確」。總之，在現實世界中的「真理」不是唯一，而是鬥爭的地方。另外，尼采指出，所謂各種價值只要擁有某種意圖而發生，就必須再回到原點。胡塞爾的目標與他們的相同，從一開始就不建立任何絕對事物地掌握「現實」。

即便如此，對於胡塞爾而言，康德的「理想界」不是必要的，確實掌握「現象界」裡的認識或「正確」的樣貌，反而才是真正的課題。還有，胡塞爾的價值判斷採取一貫的中立態度，而不像尼采那樣把「強壯」加入新的道德之中。

以結果來說，現象學沒有讓既有的價值觀或常識居於優勢的地位，而是追究既有的價值觀或常識為什麼會產生與發展。結果，胡塞爾以多數的認識、多數的價值觀可能存在為前提，嚴厲批判以前主張任何一種價值觀是正確的哲學家們。

胡塞爾的關鍵字「Epoche」經常被譯為「中止判斷」，也就是「加上括號，存而不論」的意思。結果漸漸地這個詞就被誤以為是「什麼都不想」、「忽略不好談論的事物」、「世上沒有絕對的東西」等。不過，所謂中止判斷指暫時停止「判斷」，並不是教人停止思考。中止判斷帶有以後再詳細思考的強烈意志。舉一個例子好了。

有一首日本知名童謠《手掌心上的太陽》（手のひらを太陽に）。歌曲中唱著，我們大家都活在這世上，總之，因為活著所以我們歡笑。這段歌詞如果以「中止判斷」來看的話會怎樣呢？通常我們會認為先有「生存」的現象，在這之後才有「笑」的行為。

但是，事實上「中止判斷」轉變這種想法，把「笑」的行為視為原因，「生存」的現象則是結果。首先，笑是可能的存在，而自己也包含其中地存在世上。我們先建立這樣的認知。在這之後，透過共有笑的行動，瞭解彼此的生存。一旦確定生存之後，也就看不到「笑」的意義與意圖。不過，相反地，「笑」存在這世上，確認這是確實的事物，這就是「現實」。如果思考為什麼我們會笑，就會發現位於最底層共享「生存」的現象。

現象學還原了什麼？

胡塞爾的關鍵字都非常地與眾不同。「中止判斷」是如此，「現象學還原」也是奇怪的用語。

「現象學還原」的「還原」，指將「世界」還原為「意識」。一般人總以為所謂

「世界」是眾人共有的東西，其中的內容是相同的。不過，其實世界只是非常主觀的形成物而已，始終是透過「觀察主體」而產生的。胡塞爾認為世上的各種現象（這裡當然包含了過去與未來）是從我們所見、所知而產生的。因此，共存的他者或社會所呈現的多種價值觀或真理觀念不應該是單一化，而是尊重其原來的樣貌。總之，對於胡塞爾而言，他不把以往所建構的「真理」，也就是某種思考視為唯一絕對的東西，而認為應該各自地重新給予正當的評價。這就是「現象學還原」。

因此，如果要更加詳細說明胡塞爾的想法，就是像後來沙特的存在主義那樣，更加地激進並且結合馬克思主義，對於各種對立或鬥爭沒有「置之不理」，而是再度地從「我」確實面對「我」的「實踐」。當然，至少胡塞爾並沒有強調以前世上的自我實踐運動，而是比較傾向於論述這種意識的狀態。從現象學衍生出許多運動與思想也就是這個緣故。

雖說如此，胡塞爾的思想也有缺點，他始終是科學性的。也就是說，他跟笛卡兒展開相同的論述，認為不管在什麼樣的條件下、不管是誰都應該共有相同的步驟、相同的意識。認為「我」可能是任何地方的某人。如果把這種想法視為是他自己特有的看法來進行討論，會更為清楚一些。但是，胡塞爾並沒有這麼做。結果，他所批判的「認定」也在這裡潛入了他的思想。最後，他陷入了被他放棄的主張的相同問題點。

「意識」是眾人共通的這種說法要如何確定呢？並不是試圖說明最難說明的事物的態度不對，而是這本來就是相當艱難的工作。而且，嘗試指出大家所認定的事物或是大家的共同認知，這真是太輕率了。更何況又要具備科學性，所以感覺他更讓自己陷入泥淖之中。

共同理解的可能性

那麼，實際上胡塞爾對於視覺體驗提出了什麼樣的說明架構呢？如前所述，我們所看到的「現實」並不是與「我」完全分離，「我」也構成了「現實」的一部分。但是，胡塞爾認為除此之外還有其他狀況。

首先，如果把「看到的東西」當成「現實」的話，現實就只不過是分割的一部分而已，因為我們不可能看到整個現實。就算從太空看整個地球，也無法看到地球的背面。就算看到地球背面的部分，也不能說這就是整個世界。但是，有趣的是，我們會覺得我們看到了包含了一部分的「整體」。另外，我們也能夠想像這個「整體」。就像我們看到了骰子的一面出現了「⚀」，就能夠想像骰子的背面是「⚅」一樣。

還有，當「我」看「現實」時，並不是看著「現實這兩個字」，而是看著非語言的

「某個事物」。這個我們看到的「某件事物」又被分割為「焦點」與「非焦點」兩種。前面舉了從太空中看地球的例子。實際上眺望地球時，應該也一樣看得到地球周邊廣大的宇宙空間。但是，人總是習慣會特別注意某個對象，並且將此對象的周邊視為「背景」而加以區別。能夠有意識地全面掌握整體的，大概只有冥想或是發呆等特殊場合而已。

前面說明了「看見」的次元，胡塞爾接著又進入「意識」的層面。總之，「我」不是模糊地進行「看見」的行為，而是在意識的作用下進行「看」的行為。這是有意識地將注意力投向「某事物」。當我們聽到聲響時，為了確認為什麼會有聲音以及聲音來自何方而回頭，為了找尋對象而「看」。這時，我們的態度很明顯地產生「做某事」、「看某物」的意識。

胡塞爾透過這樣的方法試圖詳細找尋某種「共同的事物」。當然，這個「共同的事物」是某種程度的大多數人都能夠接受的事物，也具有這樣的意義。胡塞爾本身或許也不認為能夠找出完全普遍的事物，實際上這樣的嘗試也是相當困難的。不過，胡塞爾努力的是，即便如此也應該找得到某種程度上，能夠共同接受的「框架」或「結構」。假如不做這樣的努力，將會一直以臆測的態度生存而無法與他者共享想法與認識。以這樣的「框架」或「結構」為基礎之後，才有可能窺見彼此間是否願意開始對話的確實態度。

總之，在這裡就如同尼采所提出的問題，對於非常積極而且必然進行的各種思考與認識的相對化，採取制止的態度。尼采認為不僅是宗教，連所有的科學都被納入一個信仰體系，也要被判罪。但是，難道宗教或科學就完全沒有值得相信的部分嗎？應該也不是如此吧。我們應該對於適合自己的部分加以運用才對。在這個意義上，視所有的事物都是相對的，或是懷疑所有事物的這種態度本身，就是相對主義的絕對化與懷疑主義的絕對化。

另一方面，胡塞爾的思想顯示，對於不可能一致的價值觀、信仰，甚至審美觀或是整體文化的現象等，本來就不容易透過所謂自然科學的標準掌握。從一開始就不容易統一、無法單純地互相瞭解的狀況儼然存在。以這樣的意識為出發點之後，再來追求瞭解他者的可能性。可以說，透過現象學也能夠進行這樣的討論吧。

接近事實本身

胡塞爾的現象學所帶來的衝擊，並不是提出絕對的事物或普遍的事物，而是明確指出相對主義與懷疑主義所無法解決的現實面。因此，正由於不是直接的，所以非常不容易明白。不過，對於自然科學等學問，現象學最後還是確實地提出某種擁護。

包含哲學在內，解釋「現實」的學問多不勝數。胡塞爾所提出的異議是，「面對現實」不是從解釋開始，而是從「接近事實本身」開始。不過，現實的背景包含了過去與歷史的深度。眼前的事實能夠道盡如此厚重的累積內容嗎？沒想到用普通的方法還是無法面對現實。

哲學消失之日●與自然科學的搏鬥

馬克思、佛洛伊德與尼采均對於「科學」有著某種程度的執著。尼采看起來似乎與自然科學沒有什麼關係。不過，他的哲學必定是「健康」，甚至也是生理學、物理學，而且他也受到達爾文的進化論影響。到了馬克思與佛洛伊德，他們各自標榜自己是「科學的社會主義」與「科學的心理學」，他們使用的比喻用語也多與科學有關。從十九世紀後半開始的後半期，所謂「科學」指的是能夠意氣風發地談論革新舊學問。不過，現在的人不會特地加上「科學的」三個字。

如果往回追溯，笛卡兒的立足點是自然科學更勝過哲學，康德則是研究行星的運行等，在自然科學界中也得到第一線的研究成果。連黑格爾也對骨相學、醫學等當時的自然科學有興趣，或許那個時代要求哲學必須面對自然科學的成果。

到了十九世紀末至二十世紀初，科學技術大大地影響我們的日常生活。生於這個時代的胡塞爾、柏格森以及維根斯坦等哲學家，都從正面與自然科學、數學或是邏輯學搏鬥，從搏鬥的過程中探索哲學。從結果來看，他們發展了根本的哲學批判。

今後，哲學與自然科學的關係更是無法避免的。

依賴某種事物不好嗎？●巴斯卡的「祈禱」

與笛卡兒幾乎同時代的巴斯卡（Blaise Pascal，法國，一六二三－一六六二）是一位信仰虔誠的人。另一方面，他從年少時期就開始磨練科學式的思考方式。後來他把對於人類、社會的深刻觀察歸納在《沉思錄》（*Pensée*）一書中。笛卡兒在科學與信仰之間痛苦掙扎，最後往科學靠攏。巴斯卡則認為信仰在於理性的行使之中，他把兩者分開，對於「信仰」也認真面對。

現在或許有人認為宗教或信仰是落後且非科學的東西，是為了必須依靠什麼東西才能生存的人而存在的。這方面的意義不能說沒有。但是，重要的是巴斯卡所搏鬥的是意義上的「信仰」。當生命中的重要人物過世後，我們會希望跟死者一起生活，或是腦中會浮現對死者的思念，這時我們會「祈禱」吧。與病痛奮戰的病人，我們會給予祝福，「祈禱」他這一天平安度過，明天會更健康。就算與神的存在、宗教體系或信仰無關，我們也會祈禱。這種從內心深處自然流露的情感，無法以理性、情緒或是思考等形式完全地表現出來。

從這層意義來看，巴斯卡以「信仰＝祈禱」與笛卡兒的理性對峙。笛卡兒的思考是面對證據，瞬間飛躍。相對於此，巴斯卡認為其實還有許多模糊不明的中間領域值得深入探討，而其領域是笛卡兒的「理性」所無法掌握的部分。

哲學的再建構

Chapter Nine

害怕自由地活著

「純粹綿延與直覺」

柏格森
Henri Bergson

世間總感覺得到
的浮躁的耳語

* 經常被說消極而且太過拘謹。

* 即便如此還是能夠活到現在，
所以不認為這是個什麼問題。

* 但是，對於跟隨眾人的腳步生活的自己，
有時還是抱著些許的不安。
不想煩惱太多……

在一個晴朗的日子，坐在公園的長凳上，旁邊人說：「時光的流逝真是平穩啊，這表示我還活著吧。」柏格森就是會講這種話的人。

提到哲學家，感覺就是執拗而且帶著痛苦的神情思考的模樣。不過，柏格森卻給人開朗、穩重的印象。雖然柏格森都已經達到法國知識分子的最頂端職位，也留下了光輝的業績，但是納粹進攻法國之後，由於柏格森的猶太人血統使得他不得不過著貧困的生活。然而，不知為何柏格森的話語裡、人生中卻看不到黑暗的影子。

從柏格森的言論中，可以感受到相當強烈的力量。那不是主動的、動物性的強烈力量，而是被動的、植物性等東西所擁有的深奧力量。對於生命我們總是容易只看到其中一面，但是柏格森讓我們看到生命的其他可能性。

例如，聽到美妙的音樂時，人們總是會開始分析哪一段音樂多好聽等等。在每個人拚命尋找真理時，柏格森總會建議大家聽音樂時只要享受整首曲子的旋律就好。這就是柏格森與別人的不同點。從柏格森的角度來看，你的不安就是自由的喜悅呀！

本章將透過「純粹綿延」、「直覺」、「想像」、「生命衝力」等關鍵字，為「害怕自由地活著」而感到不安的你，介紹柏格森的思考方式與生存方式。

柏格森 Henri Bergson

一八五九年十月十八日－一九四一年一月四日

二十世紀初活躍於全世界的法國哲學家。

出生
生於法國巴黎，為四男三女中的次男。幼年時期輾轉移居歐洲各地。後來離開家人，以公費生的資格寄宿伊斯蘭學院（九歲）。

雙親
波蘭系猶太人的父親是音樂家，母親為愛爾蘭系猶太人。

學歷
高等師範學校。

兵歷
擔任特派使節遠赴美國，說服美國加入第一次世界大戰。

職歷
法蘭西學院（Collège de France）教授（希臘、羅馬哲學→現代哲學）。

政治
第一次世界大戰結束後，與愛因斯坦、居禮夫人等共同擔任國際知識合作委員會（聯合國教科文組織的前身）會長。

宗教
猶太教。晚年傾向於包含基督教的神祕思想。

交友
廣受英、美各大學的邀聘。

婚姻・家族
與妻育有一個女兒。

病歷
為失眠與風濕所苦。

死因
因感冒導致支氣管炎病逝（八十一歲）。

著作
《時間與自由意志》（*Essai sur les données immédiates de la conscience*），一八八九年
《物質與記憶》（*Matière et Mémoire*），一八九六年
《創化論》（*L'evolution créatrice*），一九〇七年

參考文獻
市川浩《ベルクソン》（講談社学術文庫，一九九一年）
金森修《ベルクソン　人は過去の奴隷なのだろうか》（NHK出版，二〇〇三年）
篠原資明《ベルクソン　〈あいだ〉の哲学の視点から》（岩波新書，二〇〇六年）

關鍵字
「純粹綿延」、「想像」、「直覺」、「生命衝力」

在變化中生存的「自由」

每個人都會想要自由吧。但是，同時也有許多人害怕自由地生活。自由具有可能性，也有束縛，會成為哪一種狀態均取決於你自己。越是這麼想就越會感到不安，柏格森這位哲學家一邊找尋這個「不安」的源頭，同時也追求享受生命的過程。

十九世紀中期，神經生理學與科學心理學等嶄新學問解開了意識與心理的機制。在陸續出現的成果中，柏格森全面主張「生存的樣貌」無法利用自然科學的方法掌握。

例如，柏格森的主要概念「純粹綿延」是用來表示恢復、再度呈現生存「著」的狀態，或是生存是「動態」的狀態。或許這聽起來像是非科學性的說法，不過柏格森並沒有藐視自然科學的成果。倒不如說，他不但從頭到尾仔細研讀，還表明自然科學是應該談論的事物。可以說，是他探索與人類「生存」的時間有關的自由這個名稱的固有性。

透過直覺掌握生命經驗的領域，除去「時間」或「歷史」的糾紛，肯定自己是「活著的東西」，並且進行生命＝經驗＝直覺主義的思考方式。柏格森的主張與一般人的印象大為不同。他不只是追求根源，有時候也非常激進。

掌握「對象」時，自然科學會對該對象進行觀察、分解、重新建構……等步驟，以明白該對象的性質，或說「本性」。不過，人類所認為的「生存」或是意識到的生存應該與這類的「本性」有某種差異。至於要如何掌握呢？這真是相當困難的課題，最後不得不以抽象的方式說明。柏格森所面臨的課題，就是闡明這個「本性」。

以往的哲學通常都是探討固定、靜止、實際存在，以及不變的事物。但是，柏格森探尋的目標是「流動性」，也就是「變化」。我們經常說，就算單純針對一個人，這個人身體上的細胞也是時時刻刻變化著。昨天與今天絕對不可能完全相同。嚴格來說，「生命」不可能永遠保持同樣的狀態，而是不斷進行非常微小的變化。在變化當中能夠保證的，只是「存在」而已。

柏格森從「變化」與「在變化中生存」之間發現自由。如果硬要說，既然生命體以生命體的狀態存在，只要不死，那麼無論在什麼樣的狀態下，也就是只要進行些微的生命活動，那就是「自由」。更進一步地說，「照顧」或是「感應」身心的「變化」時，「自由」就從自己的身體、自己的內心中湧現出來。若以稍微浪漫的說法來說，當你此刻在這裡意識到自己時，也就是你理解自己正處於生存的變化時，這一瞬間你確實是自由的。

當然，這與一般的「自由」概念不同。假設我們要找出意識「自己是自由」時的必要條件，這個條件應該是自己的生存可能性不會被他者或自然約束。這正是黑格爾所謂的自由。總之，不是「奴隸」。如果是這樣的話，至少在這日本列島上居住的每個人應該都可以說是「自由」的，至少在我看來是如此。但是，我們心中反而留下模糊不清的「某種不自由的感覺」。為什麼？

原因有二。其一是，自己現在的狀態確實沒有受到強烈的束縛，但是細小的束縛卻是堆積如山，或者因為我們活在看不到的束縛中，所以感到不自由。另一個原因是，我們現在感覺到某種程度的自由，但是離更多、更高質、更深遠的自由還遠得很。柏格森認為這兩種狀況在某種意義上是自由的，同時也是完全不自由的。那麼，簡單說就是要依照心情而定，這個「心情」確實是柏格森所提出的。

什麼是「想像」？

在這裡所說的「心情」，並不是自己有意識地想些什麼，也不是對方針對自己運作些什麼，而是非關主客的「像」。不是在意識上、實踐上或是在法律上的那種感覺，是處於更模糊的意識。因此，柏格森稱這種情況的「影像」是「想像」。以中文來稱呼「想像」或「影像」，或許會讓人以為具有明確的輪廓。不過，事實上並非如此。倒不如說，這與物理上的視覺不同，是映入眼簾的影像「好像什麼之類的東西」。這不是把焦點放在意識、感覺或是記憶的某事物上，而應該視為與整體性連動的「直接接觸生存」的契機。

另外，柏格森認為想像的存在，是位於物質與「表象」的中間，這不僅僅是處於中間的位置，而是包含所有要素的綜合性東西，也就是描述「生存」的整體性。或許從經驗上的次元來看反而可以透過直覺理解。例如，我們都曾經有過突然淚流滿面或是笑意湧現的經驗。柏格森認為這是過去累積的經驗、記憶以及想法等，與「現在」結合而形成一個想像。在這個意義上來說，想像或許也可以說是在感覺上掌握「純粹綿延」的瞬間、契機以及影像。

柏格森稱這種掌握的特性為「直覺」（Intuition）或「哲學的直覺」。

當我們有意識地看某物時，也就是「注視」某物時，視覺捕捉的對象與感知此對象、「認識」此對象的主體，被明確地區分開來。這兩者被區分時，就已經陷入某種「固定性」之中。如果原封不動地掌握該對象的樣貌，在實際上模糊且不分主客的狀態中，就會產生直覺。不過，這個直覺並不單單只是「模糊」而已。如果勉強說的話，那就是「有企圖地模糊」。以視覺來說，不是把焦點放在某事物上面，而是模糊整體且有企圖地觀想（感覺）。

看過以上的說明，或許讀者會覺得很模糊。不過，當時的柏格森對於失語症，就是以自然科學的研究為基礎而建立理論的。

超越時間的「純粹綿延」

物理上的時間指一般的時間流逝，可以安排在時間軸上。總之，有起點也有終點，也能夠進行量化或操作。相對於時間，人類生存的「純粹綿延」一旦化為語言，就會失去原有的樣貌，只能把原封不動的內心狀態視為「流水」。人類就像生存的「流水」一樣，只是透過直覺掌握生存的實際樣貌，較艱深的說法就是「內在生命的連續性」。總之，「綿延」就是隱約地描繪未來而前進，同時懷抱著未來連續性的發展。

舉例來說，有人說可以把時間想像為物理性的時間，把旋律想像為純粹綿延。只是，由於旋律是被異化的東西，所以不能與「純粹綿延」完全等值。像旋律這類的東西在身體內部、意識中流動的感覺，才是「純粹綿延」吧。連接出生到現在的每個「間隙」的每個人固有的時間性與寬幅，就是「純粹綿延」，而感受到這點的那一瞬間就是「自由」。這是柏格森的主張。這樣的限制正巧妙說明了他的立場薄弱與內心堅強的兩面。柏格森雖然已經到達法國知識分子最頂端的職位。但是，受到來自入侵者納粹的壓力，他也堅韌地試著生存到最後。這樣的姿態就有如被冬雪覆蓋，一直等待冰雪融化的樹木一樣，讓人感受到從底部慢慢湧現的堅忍耐力。

生命衝力

柏格森的主張或許影響不大，但是在那底部深處卻可以窺見寧靜、強韌而可怕的正向生存意志。而且，他也企圖傳遞突然激烈閃耀的「生存」樣貌。或許，這就是呈現「自由」的最大可能性，也就是所謂的「生命衝力」（Elan Vital）。柏格森確實地重新檢視平常看起來只是綿延流動的「現實」，視其中的某種想像為某種創作、某種作品。

柏格森以達爾文的進化論為基礎，同時，他認為生命進化的無限潛力，也就是動力是來自於生命內在的「生命衝力」，這是以上帝計畫為最終目標的目的論，或是根據特定法則而有計畫地行動的機械理論等所無法說明的。其對於人類而言的時間樣貌的特徵，給予正面、強而有力的印象。

事實上，柏格森所提的某些主張聽起來像是神祕思想，讓人無法明白。確實他自己本身對於神祕思想也具有強烈的興趣，連他的妹妹都參加了被稱為「黃金黎明團」的神祕思想教團。或許無法從這方面去理解他的思想，不過希望各位再想一想。其實就

黃金黎明團：正式名稱為「黃金黎明隱士修道會」（The Hermetic Order of the Golden Dawn），一八八〇年代後半成立於倫敦，一九〇〇年左右達到最高峰，一九三〇年結束。受到猶太神祕哲學、共濟會、神智學、煉金術，以及埃及神話的影響而結社。

算沒有新興的宗教團體所說的透過修行到達某種境界，或是神祕思想所說的，透過解放自己的內心而看到本質等這類的說明，我們也可以透過一般的常識來思考柏格森的說法。或許你所說的「運氣」或「偶然」，就已經很接近了。

只是，柏格森所說的「生命衝力」還帶點積極的意義。若要說的話，就是在緊急的情況下不管如何地「跳躍」之意。而且，讓這個「跳躍」成為可能的，就是每個人各自的「過去」、「經驗」、「記憶」之「純粹綿延」。總之，就是「好運也要靠實力」的意思。不用說，在這裡需要某種的「鍛鍊」，並不是莫名其妙就可以獲得成果的。

令人意想不到的，柏格森對於生命的想法，竟然與現代的分子生物學的見解有共同點。我們都認為布朗運動只是無數個分子進行隨機運動，事實上布朗運動是具有規則性的。只是由於其中有些分子沒有依照規則進行運動，所以整體就看不出統一的動作。這種絕妙的「機制」與「構造」，正是生命的驚人之處。

這也可以應用在個人的自由，著眼於飛躍的部分。另外，也可以適用於社會、民族等人類的集合體。這點正是柏格森思想的獨特之處。

以上就是柏格森的哲學。柏格森認為就算一個人處於孤立狀態，也能夠堅強、自由地生存。不過，雖然這裡探索了處於「世界」裡的「我」的生存方式，卻看不到與他

布朗運動（Brownian Motion）：一八二七年由羅伯特・布朗（Robert Brown）發現，一九〇五年愛因斯坦將其理論化。指介質中的極小粒子會因為進行熱運動的介質分子的衝突，而產生不規則運動的現象。

者的關聯。的確，自由或許是「我」一人所想的東西。不過，若要追尋自由，還是不能無視與他者之間的關係，因為他者也一樣想要追求自由。當彼此都有自己想望的自由時，兩者有時會互相融合，有時會相互對立。如果忽略這個相互作用的話，就無法談論自由的樣貌。

每個人各自前往自己想要的方向活動，這不是自由。在這樣的前提之下，創造出某種共同的方向性與傾向之後，自由才會產生。柏格森所主張的「變化」，就包含了這樣的想法。不過，即便如此，與「他者」間的相互作用，還有該作用發生的「場合」之重要性，卻很難充分說明。而且，也有可能這個「場合」與「他者」的存在會損及自由的存在。因為自由與否是根據場合、根據他者而定的。

那麼，你是否享受著「自由地生存」呢？

電影結構的日常人生●柏格森的電影論

不知各位是否知道，有人為了從科學的觀點區分以往的唯心論，以及從馬克思主義發展出來的實踐認識論而利用相機來比喻。從明治時代起到至少一九七〇年代左右，這樣的理論經常被提起。不過，在同時代中，除了「靜止畫面」的認識論之外，柏格森也以電影這種伴隨著時間、流動性的「動態畫面」為主要的思考對象。

以往的唯心論只是透過相機掌握對象而已。不過，馬克思主義不僅理解這種裝置的結構，而且也能夠認識這些影像連結的原因，繼而能夠改變這樣的認識。不過，在這樣的理解中，對象畢竟只是靜止的物品。因為被固定住，所以無法把「變化」與「變動」列入考慮。

當然，利用相機當作隱喻確實是非常容易瞭解。但是，以認識的結構來說的話，卻帶來很大的限制。不過，至少對於生在習慣電影或動畫的人們而言，這樣的差異具有極大的意義。

柏格森提出電影論，我們的知識說明了這個理論具有電影式的結構。電影的單張「畫面」基本還是靜止畫面。不過，一旦察覺這些沒有變化的「靜止畫面」是連續狀態時，「變化」於焉產生。

撞上牆壁時該怎麼辦？●雅斯培的「界限狀況」

雅斯培（Karl Theodor Jaspers，德國，一八八三－一九六九）是最近比較少被提及的戰後「另一個」存在主義哲學家。雖然他跟隨父親的腳步學習法律，但是後來他轉向醫學、心理學。雅斯培不僅留下精神病理學的相關著作，另一方面，在與胡塞爾、海德格的交流中，他也展開了正式的哲學之路。他曾經為了掩護猶太妻子，拒絕與納粹合作而被迫離開大學。第二次世界大戰之後，他成為追求自由的哲學代表人物，特別是他以自身的經驗為基礎所發表的「界限狀況」（Grenzsituation）受到不少人的支持。

所謂「界限狀況」指我們極力想避免的事物存在於世上。從這樣的事實出發，強調「接受」這樣的基本事實。無論願意接受與否，死亡、痛苦、爭鬥、折磨等都會出現在我們的人生中。這些都不是能夠簡單克服的，有時候甚至會陷入「挫折」的狀態中。不過，雅斯培認為重要的是我們要把「挫折」當成考驗，確實地接受這樣的狀況。他稱這為「包括者」（das Umgreifende），人生中包含了連理性都難以忍耐的事物。雅斯培以如此整體的視野看待人生。確實，無論戰勝國或戰敗國，第二次世界大戰對於人心的傷害極大。不過，雅斯培認為每個人都應該從正面面對那個時代所帶來的「傷痛」，並且認真地活下去。

哲學的再建構

Chapter Ten

害怕孤單一個人

「無法說的話與語言遊戲」

維根斯坦

Ludwig Wittgenstein

從街角傳來
的真心話

*不相信人可以互相瞭解，
也不相信有人會瞭解自己。

*別人是別人，自己是自己。
父母或情人等都是他人。
這樣的想法比較輕鬆。

*但是，一想到這世上只有自己瞭解自己，
還是覺得有點寂寞……

人們是為了互相瞭解而使用語言的。但是，同時語言也經常背叛說話的人。即便如此，也不會有人因此而停止使用語言。因為，只要限制語言的使用方法，事先言明在該設定範圍之內不要誤解語言的內容，這樣做不就好了嗎？維根斯坦所想的是語言的正確使用方法，其研究成果就是「符號邏輯學」，對於現在的電腦語言有著極大的幫助。

正確與錯誤會改變社會與文化。但是，如果遵循具有正確傳遞語言規則的符號邏輯法則進行說明，就不可能產生錯誤。不過，對於生存的意義、美麗的事物或是善惡等超乎規則所能解釋的部分，維根斯坦也斷然表示「應該沉默」。無法讓人理解的事物就別說，留在自己的心裡就好！感覺維根斯坦應該會這樣說吧。

不過，光是明確界定語言的使用方法，還不足以解決維根斯坦的煩惱。就像你會感到不安一樣，只有自己瞭解自己，別人完全無法瞭解自己。當你為這些想法感到煩惱時，是否有條路可以讓你逃離這種孤獨感、絕望感，以及疏離感呢？

本章將透過「無法論述的事」、「語言遊戲」等關鍵字，為「害怕孤單一個人」而感到茫然不安的你，介紹維根斯坦的思考方式與生存方式。

維根斯坦 Ludwig Wittgenstein

一八八九年四月二十六日－一九五一年四月二十九日

將符號邏輯學精緻化的維也納孤傲哲學家。

出生

出生於維也納（與海德格、希特勒、卓別林、和辻哲郎〔Watsuji Tetsuro〕同年）。

雙親

雙親均為猶太人。父親為當時世界三大鋼鐵王之一的大富豪。維根斯坦是八個小孩中的幼子，上有四個哥哥與三個姊姊。四個哥哥中有三人自殺（留下的哥哥為單手鋼琴家）。一九一三年父親去世，維根斯坦繼承三十萬克朗。他把三分之一捐給詩人里爾克（Rainer Maria Rilke）等藝術家們。

學歷

夏洛特工科大學（現柏林工科大學；機械工學）、曼徹斯特大學（University of Manchester；航空工學）、三一學院（Trinity College；邏輯學）。進入教師養成學校就讀，取得教師資格。

兵歷

第一次世界大戰時志願從軍（要塞砲兵等）。由於立下戰功而晉升少尉並取得休假，休假中完成《邏輯哲學論》。成為戰俘時，從戰俘收容所寄送原稿給羅素（Bertrand Russell）、弗瑞格（Gottlob Frege）。一九一九年獲得釋放，返回維也納。第二次世界大戰時在醫院擔任助理與實驗室的技師。

職歷

修道院園藝助手、中小學老師。得到經濟學家凱因斯（John Maynard Keynes）的援助，取得劍橋大學博士學位（一九二九年），擔任特別研究員。摩爾（George Edward Moore）退休後，被推薦升為道德哲學教授並且接替摩爾的授課課程（一九三九至一九四七年）。

政治

一九三八年奧地利被德國併吞，歸化英國籍。

宗教

新教。

交友

因弗瑞格的推薦而成為羅素的學生。有多位親近的朋友。

婚姻・家族

同性戀者。

病歷

發現攝護腺癌接受治療。

死因

一九五一年在劍橋療養時死於裴凡醫生宅中（六十二歲）。《論確實性》是最後一本著作（未完成）。臨終前的最後一句話是「請轉達大家，我這一生過得很精采。」

著作

《邏輯哲學論》（*Logische-Philosophische Abhandlung*），一九二一年

《哲學探究》（*Philosophische Untersuchungen*），一九五三年

參考文獻

永井均《ヴィトゲンシュタイン入門》（ちくま新書，一九九五年）

飯田隆《ヴィトゲンシュタイン 言語の限界》（講談社，二〇〇五年）

野矢茂樹《ヴィトゲンシュタイン《論理哲学論考》を読む》（ちくま 芸文庫，二〇〇六年）

關鍵字

「無法論述的事」、「語言遊戲」

「獨自一人」的不安

如果你認為「世界是為你而存在」，或許你心中就會產生如國王般的心情。不過，如果一想到「世界上是不是只有你一個人」，別說是國王了，連活下去也覺得厭煩吧。沒有他人的世界，沒有人瞭解自己的世界，活在這樣的世界裡的意義是什麼？不，還活得下去嗎？

「你絕對不是一個人」。由於這樣的訊息深深地刻印在我們的腦海中，所以我們能夠安心地活在這世上。就算這是幻想，這樣的「支柱」也很重要。當苦惱、絕望、自殺等負面想法浮現腦中時，我們是「一個人」。即便有人對我們謊稱「我瞭解」，就算是很勉強，我們也能夠擁有活到明天的意志。不過，如果沒有這樣的人的話，我們將會過得非常辛苦。人類不就是這樣嗎？

維根斯坦正是處於如此的孤獨深淵，他是被世界由一個人構成的想法所折磨的哲學家。

寫到此，感覺維根斯坦好像會留下深刻煩惱的作品。但是，事實上他本人卻具有完全不同的樣貌。

大放異彩的生涯

維根斯坦在學生時代本來是專攻工學，雖說他對於數學表現極高的興趣，不過他還是接受以螺旋槳設計為主的航空工學教育。

而且，他的父親是歐洲屈指可數的富豪之一，家中經常有知名的藝術家出入造訪，從小的生活環境極為優渥。

不過，另一方面，維根斯坦的兩個哥哥分別在他十三歲、十五歲的時候相繼自殺。維根斯坦自己本身也經常為了自己是否會自殺，而感到不安。另外，他放棄了繼承自父親的遺產，把繼承來的遺產都捐給藝術家們，選擇不依賴父親的財產過日子。

唯一在他生前出版的著作是《邏輯哲學論》，而且這本書是他在第一次世界大戰中從軍時所寫的。這本書的寫作風格跟以往的哲學書籍大為不同，文章採取斷句的形式而且大放異彩。書中排除所有情緒性的表現，只是平靜地進行論述。

維根斯坦一生中在學會雜誌中發表哲學論文，以及進行演講等各只有一次。他並沒有一直在大學任教，有時候是園藝師、小學老師或是建築設計師等，好像在摸索自己應該做的工作那樣，不斷地變換工作。不過，有時候也會突然回大學授課。

在這樣的生活中，維根斯坦經常在日記裡寫下他對於宗教與性的糾葛與苦惱。當然，這些與他的哲學著作是完全無關的東西。

光是看到這樣的介紹，維根斯坦給人的印象就跟以往的哲學家大不相同了吧。

符號邏輯學與人生

在哲學上維根斯坦所寫的作品被歸納在「符號邏輯學」的領域中。所謂「符號邏輯學」完全不是針對波瀾萬丈的人生、生存的痛苦，或是政治的實踐等現實問題提出答案，而是組合邏輯主義（Logicism）的潮流，試圖把數學還原為邏輯學，並且把日常的語言翻譯為邏輯語言，明白表示真正的邏輯形式。透過這樣的方式來解決哲學問題。

在這裡，首先以《邏輯哲學論》來歸納他的論述吧。一開始先定義符號邏輯學的「世界」。總之，所謂「世界」指「實際上所有發生的事情」。然後，「可能發生的事情實際發生了」叫做「事實」。這個「事實」的邏輯性「影像」就是「思考」，而這個「思考」可以透過具有意義的「命題」形式進行論述，「命題」則是由被輸入命題的「真」與「假」等「命題要素」組成。對於命題要素進行某數次操作，從命題要素導出否定的結果，從這裡再挑選出命題，然後進行數次的操作等。重複幾次之後的種種命題，就是可以談論的內容。除此之外的，都是無法處理的。

「維根斯坦發展這種內容的哲學」，雖然大家都這麼說，但是卻好像處理得不是很好。維根斯坦的哲學本領並沒有直接呈現出那樣的「成果」，那麼吸引我們的他的熱情、單純的修行、誠實，以及他自己本身苦惱的「生存樣態」等，到底在哪裡呢？

在他的日記中出現的佛洛伊德、尼采、齊克果以及斯賓諾沙等人，並沒有出現在符號邏輯學中，到底他們在哪裡呢？維根斯坦奇特的人生，與哲學研究的符號邏輯學成果很難簡單地連結一起。

索倫．齊克果（Søren Aabye Kierkegaard，丹麥，一八一三－一八五五）宗教思想家、哲學家。反對根據理性理解人類的作法，以上帝之下的存在＝個人為思想的出發點。著有《非此即彼》（一八四三）、《死病》（一八四九）等。

能夠思考的事物之制定界限

另外，維根斯坦對於「哲學」進行根本上的批判，給予哲學莫大的衝擊。總之，維根斯坦斷定以往哲學所做的工作都是「無意義」的。哲學家們說這說那的，都是一些空談，因為他們的大前提是錯誤的。總之，整齊整合的集合體本來就不在這世上，相互矛盾的東西散亂地並存所成立的事實集合體，才是「世界」。

當然，這不是「沒有用」的意思，而是，就算你認真討論也不會得到什麼結果。也就是說，一般的哲學以無法詢問真假為討論的問題，看起來好像會得到具邏輯性且具必然性的答案，但是這樣絕對無法到達最終的目標。

哲學不應該只處理能夠思考的事物，維根斯坦以此為前提，其目的是透過能夠思考的事物為「來自內在」的無法思考事物加上界限。

思考並否定象徵性的主體存在，同時不把主體視為「世界固有的東西」，而是視為「世界的界限」。他說，世界只不過是實際發生的事物之集合體而已，並非由主體所構成的。也就是說，「世界不是**事物**的總體，而是**事實**的總體」。

在這裡，以「我思考」的事實為根據而得到「我在」的答案的笛卡兒，則是做出完全顛倒的論述。或者說，他雖然論述完全相反的內容，但是卻思考完全相同的事物。「思考的我」顯現的不是自己本身的存在，好像也可以說只留下界限、輪廓或是空虛的殘留物。

維根斯坦認為「我」是單獨一人與「世界」對峙。以一般的感覺來說的話，或許我們會很難理解為什麼我們生存在「世界」中，卻只有「自己」享有特權？還有，為什麼與「他者」同在，卻要在「自己」的界限裡生存呢？至少維根斯坦不得不這麼想。

然而，《邏輯哲學論》的前半部所講的既非「世界觀」也不是「倫理觀」，而是所謂的「圖像理論」（Picture Theory），也就是邏輯學上的相關問題。《邏輯哲學論》完全區分有意義的命題所成立的思考與現實或事實，彙總了維根斯坦對於符號邏輯學的異議。

不過，《邏輯哲學論》的後半部突然轉而談論「世界觀」與「倫理觀」。這兩者以奇妙的形式混合在一起，並且讓讀者面臨窘迫的情況。例如，他所說的「世界」限定在「邏輯的世界」，但是這個「世界」也是「我的世界」，而且「世界」與「生存」是同一個的。這就是他的世界觀。

另一方面，在「世界」中，「我的意志」是不相關的現實。因此，世界的內部不可能有「價值」的存在。或者說，所有的一切只不過是同等價值而已。倫理位於世界的外部，死亡或宗教也一樣在世界的外部。

《邏輯哲學論》的內容，使得這本書成為稀有的哲學書籍，與其他的符號邏輯學家的研究之根本差異就在於此。

另外，維根斯坦認為哲學不是進行無法論證的無異議爭辯，而是建立有意義的論證。的確，哲學應該在邏輯學上進行有意義的論述。如果這個定義存在於這世上的話，維根斯坦的主張應該也能夠被瞭解一些吧。但是，維根斯坦的規定太過於單方面，這可以視為哲學的魅力或說是模糊性、神祕性。事實上，吸引他的哲學應該也是這類的哲學。

雖說如此，維根斯坦的邏輯主義思想以自然科學的方法論為基礎，大膽地將日常語言化為符號，進行嶄新的發明。但是，就算他的研究從這樣的觀點進行論述，也不會讓人產生接近的感覺。這裡也可以視為一般人所稱的「後期維根斯坦」。

語言遊戲

一般人認為後期維根斯坦推翻前期所提出的邏輯實證主義（Logical Positivism），針對日常使用的語言進行分析，雖然很難理解維根斯坦本人是因為什麼變化而轉為「後期」。不過，即使他曾經宣稱「所有的問題都已解決」，但是他試圖重新歸納其他著作而再度提出問題。而且，很遺憾地，本來應該成為他的第二本主要著作的《哲學探究》並沒有完成。在這樣的情況下，沒有人知道問題是否獲得解決。不過，就算一味地強調維根斯坦的前期與後期的差異，也是沒有用的。重點是應該掌握到底出現什麼問題，然後該以什麼樣的方式解決問題。

維根斯坦所提的問題，指「生存」。總之，我們與他者一起在這世上生存，就算他者或世界沒有任何確定性也一樣共同存在。若沒有共同存在的話，「自己生存」也不可能發生。在這裡只能以直覺式的方法說明。不過，維根斯坦正是因為踏出這一步而被稱為「後期」。

一般來說，維根斯坦後期的研究以語言遊戲理論為代表。簡單說，就是從「遊戲」的觀點來理解語言相關的活動。或是，自己以參加遊戲的身分，也就是以「遊戲者」為前提轉換思考。維根斯坦指出，語言遊戲是為了突顯說話是人類活動的一部分而使用的。

他舉出了語言遊戲的實際例子，維根斯坦認為語言遊戲中有「命令、遵從命令行動、觀察、測量並論述、根據論述創造、報告、推測、驗證假設……」等各種事項。最原始的典型例子，就是利用「基石」、「棟樑」、「石板」以及「橫樑」等四個詞，加上「命令」、「遵從命令行動」等兩個限制活動的例子。當然，這樣的「實例」本身也不是無法理解。至少語言遊戲是以日常生活的一部分為起點，如果連結語言以及伴隨發生的事情，語言是可以看出某種程度對應關係的工具。

不過，雖說如此，那是不是世界上所有的事物，都能夠反應在符號邏輯學上進行歸類？這又是另外一個問題了。在各式各樣的活動、情緒以及各種語言當中，要針對什麼事物進行什麼樣的連結？這只能不斷靠經驗親自摸索才行。

如果沒有抱持這樣的觀點，簡單說，「遊戲」的分析就會變成站在「神」的角度進行，也會使人從「起源」與「先驗性」等什麼都沒有的地方開始。而且，由於自己沒有加入這個遊戲，所以重點是觀察這個規則是否恰當、遊戲是如何成立等。不過，對於「你」這個實際參與遊戲的人而言，既然遵循這個規則，就不得不思考對自己能夠做什麼。

從這個意義來說，重要的是使用的「場合」，而不是語言的意義或正確性。維根斯坦稱這個「場合」是「生活形式」。不過，由於場合裡有根據習慣或文化所形成的規則，本來就不能探問這些規則的真假。或者說，詢問真假並沒有意義，極端來說也會妨礙遊戲的進行。如果以足球跟棒球之類的「遊戲」來看的話，就是根據已經存在的規則進行語言遊戲。基本上，遊戲者、教練、評論家或是大眾傳播媒體都不問規則的真假而成立「遊戲」，在這樣的大前提之下，每個人各自擔任自己所扮演的角色。

不過，在這裡簡單地看著維根斯坦的「轉變」就可以感到安心嗎？難道只有我一個人感覺到有太多的東西產生？尼采宣稱「上帝已死」，自己也死亡。語言遊戲論讓人感覺到，是依照神的安排而產生世界秩序的和諧。就好像看到不良少年經過歲月的累積而變得圓融一樣。

最後，連維根斯坦自己也無法逃脫「一個人」的恐懼。懷抱著「不可能只有一個人」的不安，與絕對無法互相瞭解、互相混合的「他者」一起被扔進語言遊戲之中，這就是人類。

別說是解決問題了，我看維根斯坦只是丟出一個更棘手的問題吧。

哲學是數學嗎？•弗雷格的「符號邏輯學」

持續了兩千年的亞里斯多德的邏輯學被弗雷格（Friedrich Ludwig Gottlob Frege，德國，一八四八－一九二五）革新。他大量地發表文章，從探求真假的邏輯學引進「數量詞」以及「變項（以及函數）」等數學方法論，並且將命題的內容結構化。所謂數量詞指表示數量的數詞，或是「很多的」、「所有的」、「一個人的」等表示量化的形容詞之統稱。變項就是事先決定一個假定符號，例如p、q等，這個符號是可以代替任何東西而預先設定的「範圍」。

這麼一來，就算我們平常使用的語言「不完整」，但是如果運用「符號法」的話，就能夠得到以邏輯說明的結論。弗雷格稱之為「概念文字」（Begriffsschrift）。

符號邏輯學發展出來的，正是語言中隱藏的符號性。當我們使用語言時，可以特意分出兩個功能：表示某種事物的功能以及傳達某種訊息的功能。弗雷格將此區分為「意思」與「意義」。

本來哲學完全排除了人類的情感與倫理等對象，只以能夠利用邏輯論述的東西為討論對象。這種思考稱為「邏輯主義」。弗雷格從根本革新了邏輯學的古老方式。從這層意義來說，他的成果後來被稱為「語言的轉向」（Linguistic Turn），並且得到極高的評價。只可惜他的理論在當時幾乎沒有人理解。

魚類也是哺乳類嗎？•羅素的「描述詞理論」

指摘弗雷格的邏輯學有矛盾的是羅素（Bertrand Arthur William Russell，英國一八七二－一九七〇）。例如，「哺乳類裡有獅子跟豬」，這個說法成立。不過，我們不能說「哺乳類裡有獅子跟魚類」。符號邏輯學裡有很多在實際生活中不會使用的說法，為了避免這樣的情況，羅素探討是否能夠利用符號進行邏輯性的論述。結果，集合論中代表「種類」的「哺乳類」跟「魚類」，以及代表「成員」的「獅子」跟「豬」被視為不同的類別而被區分開來。所謂「種類」就是不區分個體的集合體，所以必須列為一起。這是羅素導出來的規則。

還有，「現在的法國國王是高個子」，這句話以實際上不存在的「現在的法國國王」為主詞。在羅素較早的邏輯學中，由於只看主語「現在的法國國王」與述語「高個子」的連結，所以不討論真假。羅素以①現在至少有一個法國國王存在、②至少有一個人存在、③這個人是高個子等主語內容論述主語。不過，由於這句話的第一部分為假，所以整句話為假。透過這樣的說明，證明了有意義的命題一定有辦法判斷真假。這就是「描述詞理論」（Theory of Description）。

Chapter Eleven

無法幸福的理由
「自然與神」

斯賓諾沙
Baruch de Spinoza

世間傳來的求救聲

* 老是發生一些不好的事，而自己卻無能為力，也沒有人伸手援助。

* 人類既軟弱又迷惘，依賴著什麼而活著？

* 想設法從痛苦抽離，希望得救，想要幸福。因此，信仰、上帝、神佛是必需的。我可以信教嗎？

你只想到自己要得救，因此你無法得救。所謂信仰是更機械式的東西……斯賓諾沙一定會對你這麼說吧。

在日本江戶時代，本來採取鎖國政策的日本政府允許只有在長崎的出島可以跟荷蘭人交易。那時，斯賓諾沙剛好在荷蘭出生。他是一個信仰虔誠、認真且一絲不苟的人。他透過得出真理最好的學問，也就是數學，特別是幾何學的方法，認為上帝與自由是能夠毫無疑問談論的東西。最後，他得出「上帝是通往幸福的唯一裝置」的結論。當然，他因此被質疑信仰不夠虔誠而被逐出猶太教會。雖然他非常認真地思考上帝，卻無法被理解。

對於斯賓諾沙而言，上帝是唯一的實體，其他的事物則完全屬於另一個次元。在某種意義來說，斯賓諾沙的想法比較接近日本人所講的自然，同時與日語中的神離得最遠。使用裝置這個詞彙很容易招致誤解。總之，他指的是這世上所有成立、變化的契機。因此，他認為確實認識這個裝置就是信仰。

或許你會覺得這樣好無趣喔，希望有更多溫暖的感覺。如果是這樣的話，那麼，你認為幸福到底是什麼呢？

本章將透過「神即自然」等關鍵字，為感嘆「得不到幸福」的你，介紹斯賓諾沙的思考方式與生存方式。

斯賓諾沙 Baruch de Spinoza

一六三二年十一月二十四日－一六七七年二月二十一日

荷蘭哲學家、神學家。希伯萊文名「Baruch」是「得到祝福」的意思。一般來說，化為拉丁文的「Benedictus」比較為人知曉。

出生

荷蘭阿姆斯特丹。

雙親

生於富裕的葡萄牙系猶太商人家庭。幼年時期接受伊斯蘭教的拉比養成精英教育。

學歷

沒有受過專業教育，自學笛卡兒哲學。

兵歷

無。

職歷

據說生活費來自朋友的幫助，不過也以磨製鏡片為生。

政治

與當時的荷蘭政治有深遠關係。

主要著作

因政治上的顧慮而無法出版《倫理學》。《神學．政治論》以匿名方式出版，不過後來成為禁書。

宗教

因泛神論而於一六五六年被逐出猶太教會（二十三歲），從猶太人改籍為荷蘭人。

交友

英荷戰爭中，與荷蘭主流派的共和派政治家約翰．維特（Johan de Witt）成為至交（一六七二年遭屠殺）。對於斯賓諾沙而言，與萊布尼茲（Gottfried Wilhelm Leibniz）的交流沒有什麼收穫。

婚姻．家族

終身未婚。

死因

在海牙因研磨鏡片的粉塵導致肺炎去世（四十四歲）。

著作

《笛卡兒哲學原理　附形而上學思想》，一六六三年

《神學．政治論》（*Tractatus Theologico-Politicus*；匿名出版），一六七〇年

《倫理學》（*Ethics*；死後出版），一六七七年

參考文獻

工藤喜作《スピノザ》（清水書院，一九八〇年）

ドゥルーズ《スピノザ　実践の哲学》（鈴木雅大訳、平凡社ライブラリー，二〇〇二年）

上野修《スピノザの世界》（講談社現代新書，二〇〇五年）

關鍵字

「實體」、「神即自然」、「幸福」

「幸福」在哪裡？

斯賓諾沙在二十三歲時被逐出猶太人的社會。他以一個無神論者的身分被世人另眼相看，同時他也儉樸地度過四十四年的短暫生涯。他的工作是研磨眼鏡的鏡片，主要著作《倫理學》甚至是在他死後才出版的。雖然無法說他特別完成了「什麼」，不過他的生存方式與思考方法則是全面地探尋「自由」。

而且，《倫理學》這本書獨具風格，無法想像這是一般的哲學書。書中一開始就突然進入「定義」的說明，「定理」與「證明」相互連鎖而且緊密連結，在某些意義上來說是機械式的說明。

即便如此，斯賓諾沙之所以具有魅力，是因為一旦進入他文中的脈絡之後，就可以清楚看到交織著思考的網絡，並且能夠沉浸在他獨自的世界裡。

《倫理學》這本書採取警句集的格式而非散文形式，內容簡潔。從中可以窺見探究者特有的「孤獨」感，可能是與社會或他者的關係薄弱而故意分離的吧。另外，書中也呈現了他對「上帝」與自己的「幸福」做了諸多的探討。當然，雖然斯賓諾沙遭共同體放逐而被孤獨追得走投無路，但是他也不會因此而無視於社會、國家的整體性。

讀解困難的原因

斯賓諾沙的主張非常簡單。相反地，讀過斯賓諾沙的書之後再看其他的哲學書籍時，雖然都是進行某些「論述」所以也沒辦法評論難易，但是大部分的哲學書籍會讓人感覺有些文化、社會方面的偏見，而斯賓諾沙則讓人強烈感受到他堅持採取無偏見的思考方式。

舉例來說，《倫理學》最開始是「定理」。書中有七項，不過在這裡先大約歸納為四項。

1.「存在」指存在於自己本身當中，或是存在於其他事物當中等兩者之一。（如果不是來自於他人的思考，必然就是來自於自己的思考。）

2. 結果，必然會產生一個被給予的原因。（若要認識結果，一定要認識原因。）

3. 所謂概念指相互之間沒有共通性，不包含其他概念。（真實的概念必然與其對象一致。）

4. 被認為不存在的東西的本質不包含存在。

為什麼斯賓諾沙會以這樣的說明作為書本的開頭呢？或許讀者會感到驚訝而不知所措。不過，其實他的目的很單純。在書中的最後，他是為了要確定「上帝」的特別存在，也就是「唯一的實際存在」。這就是斯賓諾沙的目的，「存在」就是追問「上帝的存在」。因此，與特定信仰或特定文化中的固有思考無關的人（例如，寫出這句話的筆者自己）就無法瞭解真正的意義。反過來說，對於與特定信仰、特定文化中的特有思考相關的人（例如，當時生於荷蘭的信仰虔誠的人）而言，這是不能忽視的嚴重問題。事實上，斯賓諾沙的一生毀譽參半。第一項理由就是因為他所寫的內容與信仰有關的緣故。

確實如這些定理所述，對於斯賓諾沙自己而言，他所說的「上帝存在」指存在於自己的「內在」，但是，對於（例如寫著這句話的）「我」而言，則是存在於其他事物的內在當中。我們只能冷靜地說「上帝存在」，是從他們的信仰或文化背景所產生的結果。不過，相反地，如果能夠保留這個不知如何處理的「上帝存在」大前提的話，後面的閱讀將會變得非常順利吧。

因此，為了不要讓這個「上帝存在」的思考混亂你的腦子，請把上帝替換為X吧。然後把「上帝存在」改為「X存在」，再把句子改為「X是存在於自己內在的事物」。接下來，我們再繼續往下讀吧。

《倫理學》的定理

斯賓諾沙主張與笛卡兒的身心二元論正面相對，這個對立根據掌握「實體」的方法而清楚區分，斯賓諾沙不認為「精神」或「身體（物體）」是實體。這世上只存在一個東西，那就是「實體」。對於斯賓諾沙而言，「精神」或「身體」都依賴其他的東西而存在。由於「精神」與「身體」本身無法確定，所以不是實體，只有X的「這種東西」才是實體。

總之，這世上除了「X」之外，沒有其他的實體。存在於這世上的東西、感情或意識等，都分別與其他事物有關，如果不這樣的話就無法存在。相對於此，「X」則指與這些東西完全不同位相、不同次元的東西。與其他東西既無連續性，也不具有長、寬、高等特質，這就是「X」。

另外，對於斯賓諾沙而言，他把「X」解釋為「自因」（Causa Sui）。這個「自因」又是一個難懂的詞彙。不過，斯賓諾沙在《倫理學》中一開始就為這個詞彙加上定義，也就是「其本質包含著存在的東西」，另外「其本性必然存在」。自因不是來自任何地方，也不是從其他的東西產生出來的。

就像這樣，把「上帝」當作「X」的方法，以及關於「實體」的假設，前面提過，不僅會受到對於宗教的理解不同所影響，甚至從關係論的觀點或許也會產生批判的聲音，一開始就會出現「實體」等不存在的反對聲音。事實上，這裡就是對於斯賓諾沙理解的分歧點。不過，重要的還是先把「X」視為絕對的東西，然後確保這個「X的場所」。

假設有一個不依賴任何東西的「X」「存在」著，就把這個視為「實體」吧。這麼一來，除了這個「X」之外，沒有自己本身的「存在」，也沒有「實體」。「人類」或「主體」或「我思考」並沒有什麼特別。除了X之外，所有的一切都是「虛假的存在」、「虛假的實體」。

結果，人類各自的「精神」中的「自由意志」也不存在。對於斯賓諾沙而言，「自由」是「絕對」的。「X＝上帝」具有全體的意志，只有「X」擁有絕對的自由意志。

另外，在這裡絕對不能弄錯的，是不能把斯賓諾沙的「上帝」人格化，也不能簡單地與日本視萬事、萬物皆為「神明」的宗教觀混為一談。的確，斯賓諾沙的主張很容易與泛神論的「自然」的運作與狀態視為相同。不過，仔細想想，堅持「X」為「唯一」「絕對」的實際存在正是斯賓諾沙的思想根本。

只是，雖說「X＝上帝」是「唯一」「絕對」，但是，如果把斯賓諾沙的想法理解為一般的「泛神論」，就會跟神祕思想的宗教論視為相同。絕對不是如此的。不是利用「上帝」說明一切，而是把一切視為「上帝」。這點就是斯賓諾沙受到基督教神學家與無神論者攻擊的原因。

自然與上帝與人類

那麼，《倫理學》究竟是一本什麼樣的書呢？或許你會產生這個疑問。從書名來看，自然會認為是有關倫理的書。如同各位已知的，「X＝上帝」不是主題，始終只是一個「裝置」而已。另外，經常被混為一談的是「道德」。不過，在這裡道德指世上的人類有默契地互相交換的約定。事實上，斯賓諾沙在這裡想要發展的既不是自然也不是上帝，而是探求自己是否能夠幸福地生活。而且，不是單純的提問，反而是著重在實際的生存、創造自己的生存意義。

斯賓諾沙說，人類如果想要「幸福地生活」，與其虔誠地信仰或是根據自由意志活動，更重要的是「先」要完全理解幾何學上的定理等自然法則。

人類的身心都是在世界（上帝、自然與人類等都包含在內）的網絡內構成，先有各要素間的因果關係之後，才有個別要素的存在。「我」或是「自由意志」的存在是不被認同的。同時，斯賓諾沙主張每個要素都各自有其絕對的固有性，這也是唯我論的終極形態。

如前所述，斯賓諾沙的探討始終以「上帝」絕對的實際存在為主要軸心。無疑地，有人從一開始就難以接受這種論調。另外，也有人從一開始就除去其核心部分，把斯賓諾沙的思想當成佛教的「緣起」或「輪迴」思想輕鬆地往下讀。不過，後者的情況也必須小心。特別是最明顯出現兩難的情況，是把斯賓諾沙當成生態學來看。

最近，斯賓諾沙的論說被用來當成生態學的理論支柱。對於視「人類」為絕對存在同時破壞自然的態度，斯賓諾沙的理論確實讓人以為具有某些批判的效果。不過，斯賓諾沙的主張真的可以這麼簡單連結嗎？

斯賓諾沙的主張裡的「自然」本來就有兩種意義。一個是「能產的自然」（Natura Naturans），這個詞與「上帝」同義。以斯賓諾沙的說法是「上帝或自然」或是「上帝即自然」。或許有人會對於這個詞彙陷入深沉思考，不過斯賓諾沙並不只強調這一面。另一個意義是「所產的自然」（Natura Naturata），這個詞可以視為我們平常所稱的「自然」。既然這兩者都稱為「自然」，所以「X＝上帝＝自然」，同時自然也是次要地存在。

如前所述，斯賓諾沙的文章讓人讀起來感覺隱藏著「自然很重要」的訊息。不過，實際上他所呈現的主題是，絕對不能忘記自己的生存方式或是幸福的追求，要從各種關係的網路「之間」解讀而得，不是從上帝，也不是從自然。

從「網路」之間解讀的意思是，要完全理解跟幾何學定理一樣「實際存在」的定理。就算「我」不存在，「我的生存方式」也就是建構倫理這點，也跟以往的哲學大為不同。從這個意義上來說，斯賓諾沙的思考是不以主體或個體為立足點的整體論（Holism）或一元論（Monism）。斯賓諾沙以外的哲學家都採取二元論（Dualism）。由於以「主體」的「我」為據點，所以世界或對象或他者出現在自己眼前。不過，斯賓諾沙的思想認為未來「看得見」世界，而「我」則是到處都找不到，消失了。但是，在「世界看得見」的現象中「我存在」的事實，則是從一開始就內涵（Intension）在其中。

這樣的思考確實很接近東方的思考，因為這是從一般人常說的整體論，穿過無我而接受世界的整體意志。不過，一旦允許這種歸納方式，就會把達到這種境界化為特權，反而無法批判貶損現實的日常生活的宗教。本來應該是很簡單就能夠接觸世界的，現在卻被階級化、商業化而無法做出這種簡單的行為，這真是讓人很難原諒。

就像這樣，斯賓諾沙不以「我＝上帝」的姿態被視為脫離現代的思想，與生態學之間反而更為親近。

但是，斯賓諾沙的思想不是簡單的沒有「我」的哲學。嚴格來說，斯賓諾沙不是談論關於「我」的自明性或是「我」。雖然一切都是以笛卡兒提出的「我在」為前提，但是後來卻沒有針對該部分進行說明。因此，「幸福」不是談論「我」，也不是我在談論「幸福」。《倫理學》這本書不是斯賓諾沙這個作者書寫自己的思想，應該說存在這世上的事物必然會論述這個現象。

在實現「幸福」的草圖上，「我」不在中心點上，而「身體」很重要。不是以個體的「我」思考「生存」，而是在細胞不斷生死變化的複合關係中思考「生存」，然後思考這個「生存」的「實踐」而非「樣貌」。

幸福的追求

雖然介紹的順序顛倒，不過斯賓諾沙在一六六一年寫的《神、人及其幸福簡論》中，簡單地呈現了他當時的思考方式。確實這裡的主題是「幸福」。由於他被生來就擁有的社會種種關係與家族關係放逐，因此斯賓諾沙反而對於這些東西所具有的本質意義深感痛楚。因此，他以孤單一人生存的困難與懦弱為思考的起點。然而，這裡看不到他主動對他者進行任何運作，或是對社會積極進行任何連結等主動意志。倒不如說，他等待著來自他者的幫助。正因為有社會或世界等「上帝」這個最大的整體性的救贖，所以「我」才能夠生存。沒有善也沒有惡，被逼到走投無路的人的心情在論文中自然流露出來。但是，若想得到這種感覺的話，必須重視「認識」所擔任的角色。這點與《倫理學》的主張相同。不過，如果處於被動，是無法得到這個「認識」的。

理由是，光是依賴他者不太好，也不確定這是不是靠自己的力量生存所產生的轉變。不過，在《倫理學》中可以明顯看到決定性的態度變化。

斯賓諾沙強調，不要單方面依賴他者，在共同社會中，與他者一起生存更能夠發現自由。若是這樣，倫理學又是什麼呢？是「自己的生存方式」。總之，對於我們而言，「幸福」是應該追求的重要課題。但是，對於斯賓諾沙而言，這始終只是內在的必然性而已。真要勉強說的話，幸福不是爭取得來的，是我們自己讓自己幸福的。雖然這樣說有點難懂，但是意思就是，從自己本身的本性必然產生的，我們才會稱為幸福。那麼，這個「幸福」所描繪的場所在哪裡呢？關鍵字是「想像力」與「夢想」。

對於斯賓諾沙而言，人類的想像力無非是超越「人類」存在的一個真理。「連胡說八道或幻想都可能有用」。總之，想像力與遭遇過的任何經驗無關。另外，想像力也脫離了當事人所寫的文章的表面意義。想像力就像是密碼一樣令人難以理解，絕對不是已經完成的知識。想像力也具有模糊的特色，與清晰的理性光芒完全不同。總覺得這樣的東西雖然有形象，但是眼前卻沒有任何能夠確定想像力的方法。

斯賓諾沙的探討方向乍看是幾何學，是定理，是數學式的說明。不過，他所追求的主題都是自己的生存方式，也是「幸福」。因此，斯賓諾沙不是想談論「幾何學」，應該說與「幾何學」完全極端的「想像力」才更接近斯賓諾沙的思想。

胡亂地改變數學的同時，在幾何學的秩序中透過想像力而表現出來的就是倫理。斯賓諾沙所說的具體的倫理，亦即感情與欲望等，巧妙地被抽象化、被大肆談論。也因此想像力被大為書寫論述。老實說，斯賓諾沙得到的「敘述方法」的最大效果就在於這個「想像力」。然後，所謂「幸福」不是「這樣的東西」，而是在「想像力」中發現的。

這麼說來，所謂「幸福」是不是就像安徒生童話《賣火柴的少女》的故事一樣，當火柴點燃時，幸福就出現在自己的夢境或想像之中？

全能者伽利略的悲劇

提到近代哲學的創始者，無疑地可以以笛卡兒為代表。在以拉丁文為學問的共通語言的時代中，首先以「法文」研究哲學的，笛卡兒可以列在先驅的位置上。也就是說，近代國家的法國，把笛卡兒放置在透過法文學哲學的起源地位上。亦即，把笛卡兒奉為「起源」是近代國家合理化的一個重要的轉折點。

不過，發展近代思想的不是只有笛卡兒一人而已。許多人賭上自身的性命，對舊有的價值觀、世界觀提出疑問。例如，當笛卡兒以數學的思考為基礎撰寫《世界體系》（*Le Monde*）正打算出版之際，伽利略（Galileo Galilei，義大利，一五六四－一六四二）也提出了地動說。伽利略否定地球是固定的天動說，並且提出地球在宇宙運轉的嶄新世界觀。由於這種說法從根本改變了自己生存的世界，因此可以說這是近代思想的起點。換句話說，伽利略的貢獻也應該可以列在近代哲學與近代思想的起源地位上。

然而，由於伽利略不願在羅馬教廷的審判中改變自己所提出的主張，因此被判有罪。另一方面，笛卡兒最後也放棄出版《世界體系》一書。

哲學界的田原三重唱●笛康叔

在日本的明治時代，「笛康叔歌」在舊制高中與舊帝國大學的學生中廣為流傳。這是「笛卡兒」、「康德」與「叔本華」（Arthur Schopenhauer，德國，一七八八－一八六〇）等三位哲學家的名字簡稱。如果說這是十九世紀後期日本哲學動向的象徵之一，那麼，在僅僅的一百年之間，叔本華的名字幾乎已經消失。與剩下的兩位都還保持相同地位的情況相比，叔本華是主要哲學家中率先跌落的一人。順帶一提，田原三重唱是一九八〇年代由田原俊彥、野村義男以及近藤真彥等三人組成的日本偶像團體。

不過，事實上黑格爾與叔本華同時生在德國。當時有大批學生搶著上黑格爾的課，但是在同一所大學任教的叔本華卻一點都不受學生歡迎。那麼，為什麼「笛康叔歌」裡會有叔本華的名字而不是黑格爾的名字呢？那是因為黑格爾過世後（一八三一年），形式開始逆轉而成為叔本華的時代。剛好日本「進口」西方哲學時，也就是明治初期，黑格爾遭到馬克思的批判，同時也被叔本華的氣勢壓倒。很遺憾地，後來黑格爾的聲勢逐漸恢復，而叔本華則被倔強的尼采奪去光芒。

哲學的翻轉

看不到未來的原因

「此在與沉淪」

Chapter Twelve

海德格

Martin Heidegger

世間虛無的聲音

* 人總有一天會死去，自己總有一天也會死去。想到這裡內心就覺得很空虛。

* 人到底是為什麼而活呢？自己存在的意義又是什麼呢……？

* 怎麼想都想不出答案，也沒有人可以給我答案。為什麼一定要活下去呢？

對你而言，最確定的事實就是「你的死，一定會來臨」。這不是別人的事，每個人都知道這個道理。但是，無論如何就是無法面對死亡，想盡量避免死亡的話題。然而，德國的哲學家海德格極力強調，「你不能逃避死亡，你應該面對你自己的死亡，直視現實，採取你原本的生活方式。」

海德格一生經歷了兩次世界大戰。在那個時代中，西方文明原有的光芒變得黯淡，人們沒有明確的目標或目的。在沒落的社會中，他認為應該與明天會更好，要相信未來積極前進等歷史感覺劃清界線。海德格主張人們應該重視現在更甚於未來，應該從過去發生的歷史學習經驗才對。

今天的日本也是一樣，未來一片黯淡，不要對人生抱持著不安會比較容易過日子。但是，正因為如此，更應該接受無法逃避死亡的事實，更認真、更踏實地珍惜現在生存下去。

話雖然這麼說，但是外遇、加入納粹黨等，海德格自己的人生好像也有許多事都應該重新來過。你、我的人生充滿藉口。即便如此，也只能直接面對自己的死亡吧。

本章將透過「朝向死亡的存在」、「此在」、「沉淪」等關鍵字，為「看不見未來」的你，介紹海德格的思考方式與生存方式。

海德格 Martin Heidegger

一八八九年九月二十六日－一九七六年五月二十六日

二十世紀代表德國的哲學家。

出生

生於德國西南部的梅斯基爾西（Meßkirch）。

雙親

家境貧窮，父親是教堂的看守員。

學歷

弗萊堡大學（神學→哲學）。

兵歷

一九一四年參加第一次世界大戰，因為心臟疾病而立刻遭到除役。一九一五年在郵局擔任檢查郵件的工作。一九一八年在西部戰線從事氣象觀測的工作。

職歷

馬堡大學（Philipps-Universität Marburg）助理教授→弗萊堡大學教授→校長。一九四六年法國軍政府下令無限期禁止教職（不過仍保留研究教授的資格）。一九五一年復職，同時申請退休教授。

政治

加入納粹黨。

宗教

因就業問題而從天主教改信新教。不過以哲學家來説是無神論者。

交友

胡塞爾、雅斯培、加達默爾（Hans-Georg Gadamer）、三木清（Miki Kiyoshi）、田邊元（Tanabe Hajime）、和辻哲郎、九鬼周造（Kuki Shuzo）、沙特、漢娜·鄂蘭（Hannah Arendt）等。

婚姻·家族

一九一七年結婚，有兩個兒子（其中一人是養子）。與政治哲學家漢娜·鄂蘭及另一名學生發生外遇。幫助兩人逃往美國，後來也有書信往來。

病歷

年少時期體弱多病，罹患心臟疾病。

死因

在鄉下的自宅中因心臟麻痺死亡（八十六歲）。

著作

《存在與時間》（*Sein und Zeit*），一九二七年

《形上學入門》（*Einführung in die Metaphysik*），一九五三年

《尼采》（*Nietzsche*），一九六一年

參考文獻

木田元《ハイデガーの思想》（岩波新書，一九九三年）

高田珠樹《ハイデガー存在の歴史》（講談社，一九九六年）

細川亮一《ハイデガー入門》（ちくま新書，二〇〇一年）

關鍵字

「此在」、「與死亡相關的存在」、「本真性」「沉淪」、「存在」

朝向死亡存在的人類

任誰都曾經被「總有一天自己也會死去」的想法糾纏，因此感到不安而備受折磨。既然人會生，「死亡」就是個嚴重的問題，也是個可怕的問題。不過，令人感到驚訝的是，在哲學領域中，「死亡」的問題相對的比較不受到重視。極端來說的話，可能是哲學家認為現世如夢幻泡影，死後或許還會回到真正的世界。或者，比起個體的死亡，共同體或世界的存續還比較受到重視也說不定。

在這些哲學家當中，只有海德格強烈關心存在論並且學習胡塞爾的現象學。另外，他被時間性與存在的問題吸引，以「死亡」為思考基礎探索人類存在的時間性。他認為人們看不到未來是因為大家都沒有面對自己的死亡之故。雖然海德格繼承了胡塞爾的現象學，不過，同時他也走出現象學的範圍之外。相對於現象學以「生」為前提而沒有假設「死亡」，海德格則是從正面攻進黑暗的最深處。

海德格的代表作《存在與時間》以存在論的角度，探討讓我們隱隱感到茫然與不安的日常性問題，例如為什麼我們會生在這世上，為什麼一定會死等問題。對於人類存在而言，探討存在無非是停止「神的思想」。因此，海德格開始思考如何找到這個問題的答案。

不只是人類，所有的生命體都是突然地被丟擲到這世界上，也突然地從這世上消失。總之，沒有任何理由而生，也沒有任何目的而死。海德格稱之為「被拋擲性」（Geworfenheit）。確實，在「生存」當中，每個人都曾經有那麼一瞬間的機會有意識地確認自己的存在。但是，如果除去這樣的機會而過著極為普通的生活時，人們就沒有確定的目的，只是不知道為什麼「存在」而已。這正是個嚴肅的事實。

不過，就算只是偶爾，也只有人類會對於這樣的狀況進行「發問」，想要找出其中的某種意思或意義。希望靠自己的意志生存，而不只是被動地服從命運的安排。海德格稱這種人所處的狀態為「籌畫」（Entwurf）。比起事先積極地接受死亡事實的「先行決斷」（Vorlaufende Entschlossenheit）的自覺，籌畫則更接近重新凝視自己的生存。

在近代自然科學企圖說明生命整體的結構當中，越來越強調人類與其他生物的連續性是理所當然的。作為器官或是作為組織，人類與其他生物一樣，都是透過相同的概念說明。不過，同時由於人類被視為生命演化的最高層，因此，擁有基督教的人類觀的人還是無法放棄人類的絕對優越，也就是上帝的代理人之形象。至少，人類會質問自己的存在。為了找尋有企圖、有意義的生存方式，而不斷從錯誤中找尋任何可能性。可以說，海德格的思考雖然在表面上除掉了神學的要素，但還是以詮釋學的方式說明人類的這種特性。

總之，海德格的語調排除了一般所謂的情緒，但是也因此而更顯現其情緒性。由於冷靜的語調而更直接打動內心，這就是海德格既吸引我們、又讓我們感覺到說不出來的說教語氣（倫理的強迫觀念）的原因。

此在的我

在海德格的研究中，最應該要注意的是他提出了「此在」（Dasein）的「我」的樣貌。在笛卡兒建立基礎的自然科學方法論中，簡單說人類是觀察、認識客觀世界（客體・對象）的主體（主體・主觀），也就是透過主客二元論說明。另外，培根認為這個結果視人類為行使自然科學的知識、控制自然的主體。不過，海德格大大地改變這種現代自然科學的典型人類形象。總之，海德格認為在現代哲學的開端中，「人」相當於科學家的「我」，而不是日常生活中的「我」。他也試圖從人類現在存在於這個世界上的現象，去理解這點。

海德格認為科學上的研究，是學者或哲學家所說、所做的特殊結果。對於過著普通生活的人們而言，身在這世上才是最根本的事。基於這個想法，此在就是「在世存有」（In-der-Welt-sein）。

由於海德格的這種論述，當我們想到以前的，特別是現代哲學家們的提問、不可思議處或是論述時，就會想到他們的問題始終是「專家」、「科學家」、「研究者」、「哲學家」的存在問題。對於海德格而言，還原繼承自胡塞爾的現象學，就是針對被這些學問的堆積暫時遮蔽，或是被各種學派污染的我們的存在樣貌進行「單純」的研究。從「所謂主體指的是誰？」的觀點來思考，就會發現這是非常重要的論點。

大家共同持有的默契是，反正哲學這種東西是閒人專門用來消磨時間或是專業性的研究。海德格顛覆這樣的想法，詢問「日常生活」的意義。這正是胡塞爾的現象學與海德格的存在論的接觸點。總之，就是質問眼前呈現的東西（＝存在）。而且，這也是海德格思想的氣勢與真實性，同時也是接近放棄的庸俗。

人類的說話內容分為場面話與真心話。另外，談到、想到漂亮東西時以及露骨地表現出討厭的感覺時，人類同時具有一點都不矛盾的兩面性。海德格將此定位為「本真性」（Eigentlichkeit）與「非本真性」（Uneigentlichkeit）。也就是說，哲學一直以「本真性」為理念而被談論。但是，海德格強調不是這樣的，所謂日常生活反而存在著大部分的「非本真性」。

「非本真性」是人類的常態。先認識這點之後才能為人類進行正當（現象學）的配置，接著才能夠開始展開「存在」的問題。

此在與死亡

所謂此在，指「朝向死亡的存在」。人生只有一次死亡，無法以別的東西取代，也無法體驗自己的死。無法逃避死亡，也無法知道死亡何時到來。死亡被視為具有這樣的特質。

假如死亡是人生完成的終點，那是多麼容易明白呀！或者，完全沒有任何感慨地、乾淨俐落地消失，那該有多好啊！但是，由於以上兩者都不是，所以所謂死亡、所謂自己的死，只要自己沒有賦予任何意義的話，就很難動手處理。因此，在死亡的問題上，人必須執著於「自己本身」。

正因如此，這就會讓人們思考，如果從未來的「死亡」地點折返，確實地重新檢視「現在」的自己，是不是就能夠找回真正的自己呢？還有，一旦自覺「與死相關的存在」的話，應該就有可能開啟本來的生存方式。這樣的假設也可能出現在我們的腦海中。

最後，「隨波逐流」地生存、被動地生存是「非本真」的，也是最糟糕的生存方式。感覺好像聽到海德格的責罵、教訓。還有，人或許會淹沒、「沉淪」（Verfallen）於日常生活中，不過如果稍為思考一下「未來」的話，就會做出「先行決斷」的行為。聽到這裡，也讓人稍微產生一點想努力的動力。

甚至，由於死亡是「未來」最終的地點，也是自覺人類存在之固有時間性的出發點，死亡也會帶來「無可替代的自己」與「無可替代的時刻」的自覺。所以，如果從未來的「死亡」處回頭，好好地檢視「現在」的自己，就可以找回真正的自己，也能夠看到「存在」的意義……想到這裡，就只能教自己更認真思考死亡了。

就像這樣地，我們自覺「朝向死亡的存在」、展開「本來的存在」之可能性。即便如此，我們還是免不了要擔心這些到底是什麼東西。雖然具體思考死亡，但是我們還是無法知道自己的死亡的真正意義。結果，最後甚至猜測如果把自己的性命奉獻給某個崇高的目的，例如「民族」的未來或是「祖國」、「故鄉」等，就會達到「本真」。海德格被人追究與納粹黨的關係，也就是因為有這種想法的連結之故。

此在中的他者

但是，要把「死亡」視為自己的東西還是團體或共同體的東西呢？或者也可能兩者都不是。這是與「他者」的關係上的「死亡」。

海德格是如何思考此在與他者之間的關係呢？在形式上，他使用「共在」（Mitsein）的概念，說明此在總是與他者一起存在。海德格認為只要存在世界上，此在就是與他者一起「存在」。不過，這樣的內容怎麼說都缺乏說服力。確實，在這個世界上與自己類似的此在到處都是，在世界上「一起存在」的這種情況也不是不懂。但是，相對於「此在」的各種現實上的糾葛被專心解讀，「共在」就只是非常簡單地帶過。

「他者」更是被逼到走投無路的地步。「他者關係」不是更能夠談論的主題嗎？不過，海德格似乎沒有那樣做。

本來的生存方式、死亡方式

在海德格的思想中，極少有機會夾雜著他者關係。他的主要著眼點：到達「死亡」的存在基本上也沒有他者關係的介入。自己的死亡是對於自己而言的死亡。如此說來，應該就是「死亡的存在」，而不是「到達死亡的存在」，不是嗎？相信我們都會有這樣的疑問。「到達死亡」既不是單純地不斷死去，也不是以死為目標。這個到達死亡的過程，與對於世界或他者之深切關注相關。朝向死亡的自己與他者同在，然後才可能朝向死亡。總之，對於「我」的死亡而言，「他者」是不可或缺的角色。因此，在海德格的思想中，他者的不在會帶來此在其實不是「共在」的疑問。喪失對於他者的關懷，如果可以說這是非本真的話，那麼從社會脫離，也就是「共同體外」的存在就絕對不是「共在」。怎麼也無法想像沒有「共在」還能產生對於生存的「執著」。缺乏這種與他者共生的觀念而談論「存在」，可以說是非現實的，或是超現實的作法。

或者應該說我們是「非本真」地存在，與他者一起生存。對於這個事實、這個情況，我們就無法對於海德格的說法唯命是從。當然，他的觀點很傑出，而且我們也不想全盤否定「非共在」的生存。不是的，如果是與「非共在」一起生存的「他者」的話，或是只有這種可能性的話，可以內含到什麼樣的程度呢？這裡就產生了最大的分歧點。這迫使我們思考對於脫離與他者共存的人，我們必須透過某種形式維持彼此間的關係。

此在與誰有關？

那麼，這裡又有個問題。雖然在世存有的此在概念有著非常清楚的定義，但是我們不得不問，具體來說這個此在，還有共同存在的「他者」指的是誰呢？於是，海德格的「此在」在定義上，就會成為「現在，在這裡」的「共同」存在。這只有指與自己一樣生存著的東西。「現在」的時間、歷史上的限制排除了過去與未來的他者。問題是，對於以前出生、死亡的人就沒必要進行假設嗎？還有，對於未來即將出生的人也不設定假設嗎？

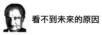

另外，對於「這裡」的空間及地理上的限制，也排除了地球以外的他者。說不定這種說法還限定以日耳曼民族或是歐洲人為主，日本人或其他民族都不被考慮在內呢。特別是海德格底下有許多日本留學生，但是感覺不到海德格與日本留學生的親密關係。甚至「此在」也限定「人類」而排除了貓、狗、其他動物、植物，以及地球以外的生命等所有的生命。這時，我們更應該追問區分兩者的理由為何。分析此在之後，也很想對海德格提出這個問題啊！

甚至，不清楚的是，雖然《存在與時間》的一部分魅力是對於「死亡」的探討，但是海德格自己最關心的是「存在」的持續。而且，比起把作為界線的「死亡」定位好以描繪「存在」的輪廓，海德格反倒是好像把煩雜的事情都處理好了一樣，在這之後致力於分析「存在」的研究上。人類存在的軟弱、面對他者的方法等，才是應該探討的問題吧。

對於存在的追問

海德格的代表作是《存在與時間》。不過，其實他本人不喜歡被列入齊克果或沙特等人的「存在」哲學系統中，反而強調探索「存在」是他自己的課題。當然，這也是當初撰寫《存在與時間》的目的。未來對於海德格的研究主題，不是追問一般人所認為的海德格思想中的「存在」樣貌，倒不如說是「存在」透過「時間」的概念分析而重新被檢視。

探討古希臘哲學以來對於「存在」的疑問。先以此為出發點，分析能夠追問存在的意義的「此在」，這就是海德格本人所認為的海德格哲學。結果，海德格沒有聽從害怕死亡、忽略死亡等，對於過度意識的「世人」的胡說八道，而是把焦點放在存在本身發出來的「聲音」，並且認真傾聽。然而，這樣做真的好嗎？

死亡，不是自己本身就可以完成的事情。就算是自殺也一樣，不想為別人帶來麻煩的自殺，在本質上本來就是錯誤的。如果死了的話，一定會為別人帶來麻煩。反而應該說若想要麻煩別人、想要從他者得到絕對赦免的話，那就可以考慮死亡。如果更冷酷來說的話，是希望藉由死亡讓別人深深地記住自己。

另外，把自己的死亡奉獻給共同體，基本上是無法給予肯定的。為了世界、為了人類而死，依照情況而定，或許不被認為是壞事，但也無法肯定是好事。應該是一再讓步，迫不得已才會發生的作法。

因為死亡是看不見的未來的事。

哲學史上最高齡 • 活到一〇二歲的伽達默爾

若想要瞭解某件事物時，必須擁有「既定觀念」。在進行客觀分析的時候，既定觀念會被排除。不過，伽達默爾（Hans-Georg Gadamer，德國，一九〇〇－二〇〇二）的想法剛好相反，他認為應該先清楚訂立既定觀念。清楚確定目前存在的自己的既定觀念，同時找出與過去的傳統、作品的既定觀念之銜接點或連續性。而這就是詮釋學（Hermeneutik）的目的。

伽達默爾把詮釋學視為「理解」的理論，所謂理解就是海德格所說的「此在」的存在方式，理解的方法受到當時的歷史性的約束。因時代、國家、土地以及民族的不同，價值觀或看待事情的方法也各有差異。伽達默爾稱之為「視界」（Horizons）。這個地平就是每個人擁有的既定觀念，既定觀念有可能產生偏見或是不良的影響。不過，沒有既定觀念的狀態就像是嬰兒一樣。如果是一般的成人，擁有既定觀念就代表這個人是活著的。

人類總是會受到時代的束縛。既定觀念有助於理解，同時也會產生限制。還有，地平是開放的，絕非處於封鎖狀態。透過瞭解過去的地平，可以影響與現在的地平相遇的機會並與之融合。

不過，必須注意的一點是，重視過去、傳統、歷史以及他者，跟盲目相信是完全不同的兩回事。

「理型」的力量與可能性 • 柏拉圖

蘇格拉底留給後人的是「提問」。相對於此，他的學生柏拉圖則提出「觀念」，也就是「理型」。在索緒爾的語言觀出現之前，人們注意的不是語言本身的問題，而是語言所象徵的「事物」與實際存在的「東西」如何結合，以及為什麼語言連不存在於這世上的東西都能夠用來象徵某「事物」等等難解的問題。這些問題是來自於柏拉圖的理型論。柏拉圖認為存在於世上的「東西」或「事物」，都只不過是不完全的狀態，而理型則是完全的狀態。

世人受到柏拉圖的影響，最後演變成現實世界是「夢幻泡影」，而神的世界、死後的世界或是天上的世界等，則是「真正」的世界。後來柏拉圖受到批判的也正是這一點。無論是「神」的世界或是「理性」的世界，都被另外假定為「真實」的世界。如果想要專心活在當下的話，這樣的想法將會造成阻礙。不過，另一方面，有時候我們不見得能夠接受目前的現實狀況，這時柏拉圖的「理型」反而成為我們面對未來繼續活下去的力量。這兩者的狀況都有可能發生，也不見得哪一方就是絕對正確。我們應該從柏拉圖身上學到生存所需的力量與可能性。

被迷惑的理由
「身體與互為主體性」

Chapter Thirteen

梅洛龐蒂
Maurice Merleau-Ponty

世間煩惱的聲音

*被你的外貌吸引，卻看不到你的內在，有人這麼對我說。

*雖然喜歡心地好的人。但是，也不可能因此就故意忽略外在。

*也有人斷言眼睛所看到的就是一切。心靈與身體，哪一個比較重要？

心靈與身體，應該重視哪一個？當你這麼想的時候，你就錯了……生於二十世紀的法國哲學家梅洛龐蒂應該會這麼對你說吧。你把心靈、身體當成「東西」對待，以「心靈這個東西」為前提進行思考。這麼一來，身體這個容器裡有心這個部位，而意識則從中流過。如果你是如此理解的話，那就太奇怪了。

確實，有人完全不知道你內在的一切，只以外在評斷你這個人，同時也可能有陌生人讀了你寫的文章後，寫信告訴你他覺得你寫的內容很棒。然而，當你對於某事物發揮意識作用時，你是透過身體與精神兩者的共同運作。光靠任何一方都不可能產生意識作用。你應該不會認為自己只是由心靈構成的吧。有身體，同時也有心靈，這才能夠形成「你」啊。分開心靈與身體討論只是權宜之計，在根源上兩者是不可分的。

這個你與其他的「你」因某種原因而被區分開來了。這裡用文字寫的「你」為什麼會成為現在閱讀中的「你」呢？

本章將透過「身體」、「互為主體性」、「幻肢」等關鍵字，為「被種種事情迷惑」而感到煩惱的你，介紹梅洛龐蒂的思考方式與生存方式。

梅洛龐蒂 Maurice Merleau-Ponty

一九〇八年三月十四日－一九六一年五月四日

強調互為主體性與身體的現代法國哲學家。雖然被沙特的光芒蓋過，但是卻展開極為感性且敏銳的論述。

出生
法國羅歇弗爾（Rochefort-sur-Mer）。

雙親
父親為海軍軍官，為私生子（後來才被告知）。

學歷
高等師範學校畢業。一九四五年取得博士學位。

兵歷
一九三〇年起服兵役一年。第二次世界大戰時從軍。接受過肌力訓練活動。

職歷
一九四八年里昂大學（Université de Lyon）哲學教授，一九四九年巴黎大學（索本大學）文學院心理學、教育學教授，一九五二年接任柏格森成為法蘭西學院最年輕的哲學教授。

政治
曾經加入共產黨。一九四五年與沙特共同編輯雜誌《現代》。一九五五年與沙特分道揚鑣。

宗教
虔誠的天主教徒。不過，接近馬克思主義後逐漸疏離。

交友
與沙特、西蒙・波娃（Simone de Beauvoir）、李維史陀等人同期。

婚姻・家族
最初打算結婚的女性以私生子的理由而拒絕結婚。後來交往的波娃與其他打算結婚女性也都被沙特奪去。最後結婚的妻子是精神分析醫生。育有一女。

病歷
一九五三年摯愛的母親去世，從此失去活力。

死因
在巴黎的自宅中撰寫《可見與不可見》時，因冠狀動脈阻塞猝死（五十三歲）。

著作
《行為的結構》（*La structure du comportement*），一九四二年
《知覺現象學》（*Phénoménologie de la Perception*），一九四五年
《眼睛與精神》（*L'Œil et l'esprit*），一九六一年

參考文獻
村上隆夫《メルロ＝ポンティ》（清水書院，一九九二年）
鷲田清一《メルロ＝ポンティ　可逆性》（講談社，一九九七年）
熊野純彥《メルロ＝ポンティ　哲学者は詩人でありうるか？》（NHK出版，二〇〇五年）

關鍵字
「身體」、「互為主體性」、「幻肢」

擾亂身體之謎

總之，身體是一直擾亂內心的東西。「肚子餓」、「想睡覺」、「想上廁所」、「想做愛」等，這些被稱為生理需求的欲望，是自己這個個體為了生存、為了留下個體的種子而不斷冒出來。還有，感冒、年老而無法走路甚至面臨死亡等，都是因為我們擁有這個身體才會產生的現象。無論如何，我們都不得不認真面對與身體相關的這些欲望或自然現象。也因此，我們的內心才會不斷地被攪亂。

這個「擾亂」的情緒正是證明我們是「人類」的證據。我們無法跟動物一樣依靠本能生存。因為這個「規則」，我們多多少少都受到束縛。不是探討在道德上是否正確地生活著？是否崇高？是否信仰虔誠？而是，既然生而為人，就不得不與別人有所糾葛。

不遵從來自「身體」的欲望或必然性的生物，迷戀「身體」生物，這就是「人類」。梅洛龐蒂的思考出發點緊密連結與人類本質有關的問題。

基本上，近代以來的哲學都以身心不相同為前提。但是，心靈會不斷被身體迷惑，身體也會被心靈所擺弄。兩者是不同的東西嗎？就算不作為哲學討論的議題，任誰也都曾經思考過這個問題。在這當中，梅洛龐蒂以「身體」與「互為主體性」

（Intersubjectivity）為關鍵字，把焦點鎖定在身心之不可分性與不分離性上。

雖然存在主義的沙特與結構主義的梅洛龐蒂幾乎是同時代的人，不過梅洛龐蒂看起來或許缺了一點存在感，可能是文體或氣質的緣故。但是，他的態度穩重、氣質鮮明不俗。不過，也可以說正因如此，他才能夠持續持有不被時代潮流吞沒的本質論點，而以「身體」為主要的研究內容，或是一貫地探究身心的哲學。

身心二元論的缺點

近代哲學創始者笛卡兒與培根各自從完全不同的想法，提出「思考的我的普遍性」與「知識＝力量」。兩者的共通點是，若要完成近代科學的話，區別「主體」與「客體」，並且從主體掌握客體的方法是必要的。

但是，同時這個二分法也區分了精神與身體，因而出現了「身心二元論」。把身心二分的結果是，思考與知識被置於優越地位，而肉體則有被輕視的傾向。而且，輕視肉體產生了似是而非的理論，那就是人體機械論。人類機械論認為，身體或是其中的一部分都是可以替換的，所以沒有必要重視任何固有性或關聯性。這麼一來，現在甚至有人認為在疾病的治療上只要能夠修補肉體就夠了，無需重視心靈。這樣的作法只是把治療的重點放在部分的處理上，欠缺整體的觀點。對於這樣的狀況，梅洛龐蒂以「幻肢」（Phantom Limb）的具體事實為基礎，批判這樣的二元論。

梅洛龐蒂首先提出知覺上的「錯覺」問題。就如同心理學上經常見到的「魯賓之杯」或「新娘與老太婆」的例子一樣，圖片中不只有一個正確的圖像，可能置放了兩個圖像。重點在於圖片的「模糊性」，也就是「曖昧」的存在，而不是追究哪個圖像是正確的、哪個圖像是錯誤的。笛卡兒與培根並沒有假設一個絕對的「主觀性」來掌握對象（＝客體），他們認為對象從一開始就不見得是單一一個定義。這樣的說法稱為「互為主體性」或「交互主體性」

主體的意識是獨立的，其能力能夠認知並且掌握世界上的對象。梅洛龐蒂批判這樣的認識模式。他透過時間軸說明相對於世界，人類本來就是以「身體」的狀態呈現，而「意識」被賦予在身體上。總之，思考正確認知的這件事本身，從一開始就以「正確的形象＝對象」存在為前提。其實應該摒除這樣的作法。

若要更加擴大討論的話，所謂互為主體性是由：①來自多數人的默契同意（例如「霸凌」）；②常識或面子；③嘲笑、笑話、說謊等成立。這些絕不是由單一一個主體性產生。即便如此，互為主體性控制著現場與狀況，宛如這是「正確事物」般地擾亂著我們。因此，這個「互為主體性」不是個人認知的問題，應該把視野擴及到某個時代、某個場所等整體的狀況。

自然科學的思考方式，以笛卡兒與培根的思想為依據。雖然這樣的思考方式被視為客觀而普遍正確，不過以梅洛龐蒂來看的話，這只不過是世界的一部分而已。世界是更複雜地融合而構成「生活的世界」與「生命的經驗」。在「我的身體」的整體性中「生活世界」中產生，然後生存於「現在的這裡」，而不是以精神與肉體、精神與物質等二元論為思考起點。

從身體發出來問題

梅洛龐蒂不以「意識」為優先討論的議題，而是先從「身體」開始進行思考。在「有的東西」也就是「存在」相關的問題上，笛卡兒把「我思考」置於絕對的基礎上。相對於笛卡兒的作法，梅洛龐蒂重新以「身體」為據點，作為能夠「思考」的存在基礎。

「觀察的主體」本來就應該存在於生活世界裡才對，在這個生活世界裡有自己的身體。捨棄這個理所當然的事實而進行談論的作法，梅洛龐蒂稱之為「高空飛行的思考」並且加以批判。那樣的思考方式以俯瞰的角度看待事物，以與己無關的態度談論事物。被視覺文化包圍的我們，更是與那樣的對象切割、觀望，而且對於這樣的態度與習慣視為平常。

以「目光」為標準掌握敏感的他者關係，針對這點，沙特與傅柯都曾經討論過。特別是被稱為主觀或主體的東西，一直都只能透過身體感受、思考或是行動。梅洛龐蒂的思考特徵是以此為前提，使用並且強調「被賦予的身體」或「道成肉身」等詞彙。

以「幻肢」為例，平常我們自己的意識與身體的動作之間，幾乎沒有任何不協調地具有連續性。即便如此，有時候還是會發生腦部下了命令（意志）而身體卻不動作，或是想做出什麼動作卻力不從心的情況。「幻肢」不應該視為只是患者的「認定」，或者只是物理性的因果所產生的結果而已。應該把「心理上的東西」與「生理上的東西」這兩個難以分離的因素也考慮進去。

雖然因為受傷而遭截肢，病患也會感覺到已經不存在的腳趾頭的疼痛，或者鼻頭上停了蒼蠅，我們會不自覺地想要伸手揮去蒼蠅等，這些動作都是很普遍的。但是，就算醫生已經告知患者這些情況，這樣的狀況也依舊會發生。就像這樣，身體與意識之間形成一個不可區分的領域。筆者自己則是經常在睡覺時發生手腕處的血液流動停止，導致無法感受到手掌的感覺。因為意識到本來應有的手腕空間，與自己的身體空間而產生不協調，無法只以視覺上所構成的身體（形象）來掌握。

什麼是互為主體性？

刺激－反應結構：二十世紀初由約翰．華生（John Broadus Watson）為代表的古典行為主義心理學中的說明結構。指刺激訊息從感覺器官到達大腦之後，身體會產生條件反射的反應。

梅洛龐蒂所說的身體，不是還原為生理學的對象，而是把焦點放在生存的經驗。另一方面，身體既是感覺或知覺意向作用的客體，同時也是進行此意向作用的主體。就如同實驗心理學（Experimental Psychology）的心理主義（Psychologism）的基本思考方法「刺激－反應」結構一樣，我們的身體與心理並沒有在運作。

由於把焦點放在身體上而強調了人類的自然性，或者說精神與自然或生理的連續性。同時，也強調人類在進行社會生活時與他者的關係中，透過或是伴隨著身體與他人接觸、親近或交往。總之，以個體來說「身心」不可分離，以社會團體來說「自他」具有連續性。在這兩方面上，對於「主觀－客觀」的結構可以發現「互為主體性」的範圍。

梅洛龐蒂說明，就算把身體「配置」在空間中，身體也不是「存在」於時間內，身體是「居住」在時間與空間之中的。

醫生與患者的關係通常被還原為觀察（實驗）主體與對象，那麼在看護與照顧上，一開始就不能忽視梅洛龐蒂所說的身體性（Corporality）、互為主體性。更何況是對於植物人狀態的患者或是失智老人的照顧上，反而只能從這個角度建構彼此間的關係。患者雖然沒有意識卻還會笑、以眼睛表示內心的想法、當家人來探訪時呈現放鬆的表情等，經常出現的神祕現象，在醫療或照護現場中經常出現這些顯然無法以一般的生理反應說明的現象。另外，就算被照顧者沒有反應，但是照顧者總是主動說話、觸摸身體等，單向地以愛為出發點與之接觸，這會帶給患者與被照顧者極大的影響。雖然我們還不十分瞭解，但是眼前卻經常發生這些現象。

自然科學對於身體只能賦予被動的角色。讓身體接受外在的刺激、讓意識產生運作等，這些都是以身體無法主動動作為前提。但是，梅洛龐蒂認為身體是曖昧的。也就是說，身體雖然有被動的部分，但同時也有主動的部分。總之，身體也會對外進行某些動作。

觸、看、聽、嗅、舔等，這些被稱為「感覺」或「感受」的動作，是「我」對於他者或世界所進行的作用，也是最根本的作用。另外，語言或聲音也夾在這個身體與世界，或是身體與意識（內心）之間擔任重要的任務。不知道誰寫的或是不知道誰說的話，原則上是不可能存在。

破壞唯我論的內部障礙

如果以起源學的方式說明，小孩在出生之前與母親同為一體，處於自他未分離的狀態。當然，對於胎兒而言，沒有世界等其他的對象。母親不只是母親而已，還是整個世界。也就是說，這裡不會發生自己與世界對立的情況。

相對於此，當小孩出生之後，一下子「自己」與世界或他者產生分離。不過，在這個時點，笛卡兒的「我思，故我在」還尚未成立。反而是在「身體」與「意識」尚未分離的狀態下，對於他者與世界產生「不協調」。在那之後，透過與言語而明確地區分他者、世界以及自己的形象，並且掌握一切。到了這裡，笛卡兒的學說結構才產生意義。反過來說，梅洛龐蒂指出在逼近這樣的原始部分的同時，更能夠掌握現實的我們的生存方式。

另一方面，對於唯我論而言，所謂世界就是「這個自己」。總之，「這個自己」以外的一切都是不確定的，「這個自己」是只有「這個我」自己而已，不包含除此之外的人們所用的「這個自己」。不過，以梅洛龐蒂的角度來看，所謂世界是從身體所發生的一切。也就是說，根據「身體」的特質不同，與世界的關係也會不一樣。所有的「自己」，總之，對於「這個我」以外的其他人而言，也確保了「自己」的特質。若要說的話，就是透過運用互為主體性或是身體的概念，而展開唯我論與泛唯我論。

只是，就算每個人都具有各自不同的特質，也或許會有人頑固地堅持「只有」自己才是一切，只有「這個我」的自己一個人是世界的全部。若是這樣就很難進行對話，也無法成為討論的對象。反過來說，因為我們擁有身體，所以唯我論成立。同時，唯我論也無法封鎖。

另外，與梅洛龐蒂同時代的最大對手沙特的思想是「實踐」主義，在實踐上也帶有理論（思考）的意義。沙特認為世界與思考是分離的，前提是由於思考對世界運作，所以世界產生改變。不過，梅洛龐蒂認為世界與思考不是清楚地分離，是透過身體而融合在一起。反應，也就是行動是身體與意識混合而產生的東西，這被稱為「行為的結構」（La Structure de comportement）。

更進一步地，傅柯重視馴服或監視等與身體相關的政治性與社會性，德希達強調「聲音」，德勒茲主張「無器官身體」等，這些都是因為身體具有模糊性的緣故。被稱為後結構主義的人們，也都被身體所困擾著。

在無法對焦的世界裡

一般來說，鎖定某件事物之後，「知覺」的意識才開始作用。也就是說，在看起來模糊的世界裡的種種東西中發現獵物、察覺危險，或是與身邊親近的事物在一起而感到安心等的感覺，從各種想法當中，把作為對象的「圖像」從「地上」的世界找出來。因此，梅洛龐蒂的探討進入靜止畫面的知覺。說真的，若要抓出梅洛龐蒂的「現象」觀點的話，光靠靜止畫面的理論是辦不到的。確實需要像海德格那樣引進「時間性」。

海德格所謂的時間性，在日常生活中不太常被意識到「起點」與「終點」。不過，一旦開始思考，就會被伴隨著不知去處的不安的「出生」與「死亡」的荒繆所束縛。確實，這意味著生命的過程中的極度不安。不過，海德格的現象學本來就不太注意細微的日常性。連試圖回到日常性的梅洛龐蒂假設微小的一個現實場面，卻也看不到確實掌握連續性。

總之，梅洛龐蒂的目標是在真正的一瞬間能夠掌握某事物的知覺現象學，與柏格森或是第十九章詳細討論的德勒茲所掌握的「變化」亦即「影像」的知覺現象學不同。

基本上，我們的日常生活空間是不可能真實重現。我們以這樣的生活模式為「基礎」，另一方面，我們的生活周遭又被眾多可能重現，或是正在執行重現的監視器包圍著。這樣的現象本身成為「圖像」，而與我們共存。

在此同時，後來經常可能重現的「現在」，在不知不覺當中被「監視器」錄影。在這樣的「現實」中，過去的記憶、現在所看到的東西、未來可能被掌握的事物等，都將處於混沌狀態。總之，這暗示了在時間上的混亂造成「錯覺」。

關於這點梅洛龐蒂並沒有深入探討。但是，這裡又產生更多的困惑了。

從同一性墜落●阿多諾的「否定辯證法」

以同一性為基礎的最極致思考方式，就是提出本真性的海德格的思考方式。有的人喜歡「探尋自我」，認為本來的自己一定存在於某處。雖然這樣說很失禮，不過所謂「我的本真性」是以同一性的思考，也就是以「（這個）我是（誰都無法替代的）我」的思考為基礎。這個「我」不見得是另一個個體，有時候也可以是「民族」。這與納粹主義者的思想，「（以日爾曼民族為主的）德意志國家是（沒有猶太人的純潔）德意志國家」相通。提奧多·阿多諾（Theodor Adorno）則批評這種「同一性」的思想，提出包含差異性的多種樣貌，這就是「否定辯證法」（Negative Dialectics）。

不過，這個「否定」並不是辯證法的否定，而是從「被否定的事物」或「同一化」墜落的辯證法。與異質的事物共存，而不是與整齊劃一的事物共存。這樣的思考方式正是「異文化溝通」、「異文化理解」、「與他者共生」等思想的理論支柱之一。因此，阿多諾的辯證法並不是像黑格爾所主張的，揚棄一個相反的事物而到達更高的階段，倒不如說是自蘇格拉底以來持續傳統意義上的「對話」。而「否定辯證法」就是「與尚未相等的事物的對話」。不過，由於阿多諾對於「理性」的堅持而做出矛盾的行為，也不得不追求應該否定的「本真」的理性。

不受雙親束縛的孩子●貝特森的「雙重束縛」

有時候父母會對孩子說：「你已經不是小孩子了，你自己要完成這件事」，也有的時候會說：「你還是個孩子，一個人沒有辦法做」。大部分的孩子都會乖巧地聽父母的話，安穩地過日子。但是，一旦認真接受父母的決定，就會陷入這兩種命令所造成的矛盾狀況。總之，對於「你已經不是小孩子了，你自己要完成這件事」與「你還是個孩子，一個人沒有辦法做」等兩個命令，只要孩子遵守其中一個，就無法遵守另一個。對於這樣的緊張狀態，葛雷格里·貝特森（Gregory Bateson，美國，一九〇四－一九八〇）稱之為「雙重束縛」（Double Bind）。

對於如此矛盾的兩個命令，呈現出來的就是第三個命令「不要遵守任何一個命令！」孩子對於父母既無法反抗也無法順從地懸吊在半空中。而這也就是出現極度心理衝突的原因。總之，孩子會遵守第三個命令，逃離雙重束縛的狀態。

具體來說，逃離雙重束縛之後所呈現的狀態有：①妄想型（逃避現實），②混亂型（如文字所述的那樣），③緊張型（往自己內心集中）等三種。認真接受這種矛盾命令的機會頻繁出現在親子關係中。不過，也可能出現在學校裡與老師的關係、在職場上與主管的關係、戀愛關係、或是朋友關係等。

Chapter Fourteen

結果，你想要做什麼？

「存在與自由」

沙特

Jean-Paul Sartre

世間反抗的想法

* 古老的想法、形式上的規矩、獲勝退場的大人、推卸責任的體制……這所有的一切都讓我產生不信任感。

* 父母、老師、前輩、上司擔心我而說了很多。但是，我無法接受我不信任的人所說的話。

* 只有朋友或情人會跟我說真心話。但是，最後還是只能相信自己。

的確，對你而言，世界是你出生之後才形成的。因此，你只能相信自己這也是理所當然的。不過，同時你也要知道，在你出生之前，這世界就已經存在。許多人各自過著不同的生活，每個人的世界都與你無關地存在著。因此，你說「古老的秩序」與你無關地存在這世上，意思就是，世間無疑地充滿著不信任感。

第二次世界大戰之後，曾經風靡一時的法國哲學家沙特可能就會對你說：「如果你對古老的秩序有意見，你可以透過言論或行動，靠自己的力量努力改變。」因為，「你被處以自由之刑」。你既沒有任何束縛，也不用接受別人的決定，你可以創造自己的人生。所有的一切都是自由的。自己的想法、自己的行動，都由你自己負責。就是這樣而已。

你追求自由，這點我懂。但是，我們會認為自由是永遠無法掌握的東西。因為，世界並不是由你一個人建立起來的。如果你瞭解這點之後，還是想要追求自由，那是為了什麼呢？

本章將透過「存在」、「自由」、「責任」、「目光」等關鍵字，為自問「結果，我想做什麼？」而看不見道路的你，介紹沙特的思考方式與生存方式。

沙特 Jean-Paul Sartre

一九〇五年六月二十一日－一九八〇年四月十五日

第二次世界大戰後影響世界思想的法國文學家、思想家。

出生
生於法國巴黎。

雙親
兩歲時父親去世，關係親密的母親再婚，與繼父不和（十二歲）。

學歷
高等師範學校（哲學）。

兵歷
服兵役時歸屬氣象部隊，第二次世界大戰時受徵召擔任醫護兵→被德軍俘虜。

職歷
高等中學哲學教授→作家→知識分子。

政治
受到梅洛龐蒂的影響接觸馬克思主義（一九五八年以後）。除了越南戰爭之外，也以一貫的態度批評歐美的殖民地主義。

宗教
無神論者。

交友
梅洛龐蒂、卡繆、西蒙・波娃、傅柯。

婚姻・家族
與西蒙・波娃建立傳統婚姻制度外的親密關係。

病歷
六歲左右時因右眼角膜的白斑導致斜視。六十八歲時左眼眼底出血，活動受到限制而終止作家生涯。晚年以僅有的版稅收入過活。

死因
肺水腫（七十四歲）。

著作
《嘔吐》（*La Nausée*），一九三八年
《存在與虛無》（*L'Etre et le néant*），一九四三年
《辯證理性批判》（*Critique de la raison dialectique*），一九六〇年

參考文獻
長谷川宏《同時代人サルトル》（講談社学術文庫，二〇〇一年）
澤田直《新・サルトル講義　未完の思想、実存から倫理へ》（平凡社新書，二〇〇二年）
海老坂武《サルトル　人間の思想の可能性》（岩波新書，二〇〇五年）

關鍵字
「存在」、「自由」、「責任」、「目光」

行動的知識分子沙特

當別人對你說你可以做任何你想做的事時，你會做什麼呢？這時，你的腦中會浮現各種「想像」畫面。然而，一旦付諸行動之後，最後卻可能無法完成。第二次世界大戰之後，沙特的思想帶給社會極大的影響。他主張做自己想做的事，本身也付諸行動。總之，他認為光靠嘴巴說還不夠，必須與行動連結，是一位罕見的哲學家。

第二次世界大戰之前的哲學家，無論是海德格或柏格森等，就算再怎麼有名也只是歐洲內的「地區型」哲學家，或者只不過是一部分的知識分子或哲學領域中的龍頭而已。不過，沙特的言行卻超越哲學的框架而傳播到世界各地，如美國、非洲，甚至到達亞洲等。無論是文字、聲音或影像，都看得到他所帶來的影響。沙特強烈地自覺到自己的立場，扛起如此的「重責大任」。因此，他對於世界上所發生的事情會認真發言、付諸行動。在沙特之前，沒有出現過這樣的哲學家，在沙特之後，恐怕也不會有。沙特是最早具有國際性、某種「普遍性」的知識分子。

一般來說，沙特的思想以胡塞爾的現象學為起源，並且被涵蓋在海德格存在主義的系譜內。沙特認為人類的生存方式不是一開始就決定好的，而應該確實過好自己所選擇的生存方式，也應該反抗束縛與壓抑。沒有其他哲學家能夠像他那樣適合「存在」、「自由」與「責任」等詞彙。而且，沙特這個哲學家認為比起思考，書寫、談論等「實踐」才是一切。

沙特的功績

那麼，沙特到底有什麼功績呢？寫過小說、戲劇，也留下許多政治性言論的沙特，我們應該如何看待他呢？要掌握這位哲學家之前，必須先知道沙特當時是如何被看待的。在此，先大致簡單歸納沙特的思想。

第二次世紀大戰之後，相信「世上沒有上帝」、「看不到未來」的年輕人們雖然不甚瞭解這些主張的內容，但還是往沙特的「存在」思想靠攏。或者可以說，在這樣的意義之下，沙特是他們的「救世主」。不知道自己該做什麼的人們認定不僅是上帝或宗教，凡是包含既有的秩序與風俗習慣的「古老事物」都是不好的。特別是應該反抗世界上的威權與權力，父母、社會或大學等統統是「體制那一方」。這樣的思考風潮席捲整個社會。

象徵這種思想的就是新潮男女的樣貌，也就是沙特與西蒙．波娃的關係。他們沒有依循社會慣例舉行結婚儀式，重視不互相束縛的關係，也強調忽視制度或習慣的關係，因此他們訂下了婚姻契約。對於當時的「年輕人」而言，他們的「契約婚姻」的這種關係極為新奇。總之，沙特被要求擔任未來時代「嶄新」的生存方式，或思考方式的指導者。「嶄新」正是沙特的特色。

另外，把哲學這玩意從大學或研究室傳播到街上的，也是沙特的功勞。哲學面對「世界」而遭到質問。事實上，沙特大部分的著作都是他在巴黎一家經常光顧的咖啡館裡完成的（或是在戰爭中的軍營裡完成）。就算胡塞爾在大學的研究室裡不斷強調「追究現實本身」，這也只是做學問的態度，以及以學者為對象所發出的訴求而已。相對於此，以現象學的方向性來說，在現實中寫文章、行動、思考的沙特風格不見得是錯的。而且，說是偉大的事業吧，沙特只是為哲學提供前所未有的獨特個性而已。總之，沙特把哲學解放到「世上的一般人」與「日常的世界」中。

另一方面，有人斷言沙特的哲學沒有獨創性，是文學而不是哲學，以哲學來說是三流的哲學等。如果說哲學是堅固的結構、精緻的內容，確實，沙特所留下來的著作是粗魯的，沒有學院「氣息」的。因此，一邊把沙特的作品限定在「哲學」領域中，一邊要重新「詮釋」是相當困難的工作。

不過，在他生存的年代中，他的發言、他的行為，以及他所留下來的作品等整體的「運動」確實是哲學式的。

至少，在一九四五年到一九六〇年當中，沙特背負了「戰後」的責任。這點是確認無誤的。我們應該瞭解沙特的哲學是適合那個年代的哲學。不過，在那之後，沙特卻得到極低的評價。因此，我們必須再度讓沙特回到公平的位置上。

存在與自由

聽到沙特的名字首先就會讓人聯想到「存在」這個詞彙，以及「存在先於本質」的主張。在戰後，人們開始要在新時代重整人生的腳步時，沙特根據「存在」這個詞彙強調過日子的是存在現實中的人類，而不是抽象的理想人類。而且，所謂「存在」不是只有現實，面對「外界」的意識也很重要。意識是會變化的，不是簡單地固定「在那裡」。這個變化是面對外界亦即他者的那個社會，而不是「內在」或「內部」。

海德格所說的「本真性」是位於「應該存在」的東西的「內部」某處。但是沙特認為「存在」不是追求那樣的東西。甚至，也不是假設「死亡」這種難以逃避的地點，透過自覺其絕對性而確實地活在「當下」。沙特反而強調存在完全沒有（＝無）本真性，不，沙特稱之為「本質」。隨著自己創造自己，也透過他者創造自己。

然後，沙特指出不要完全接受既有的價值觀。在進行批判之後，每個人各自進行主體性的思考與行動，與他者或世界（狀況）積極產生關係，以各自的方法追求自由。

總之，所謂存在不是主張「我是～」。從一開始就不是已經決定的存在，也不是已經被決定的存在，而是自己選擇、創造自己的樣貌。若非如此，「自己」就無法存在。另一方面，沙特強調有別人之後才有「自己」，被他者的目光束縛而生存也是既定的宿命。

談到存在，或許會讓人容易以為「我就是我」的思考態度。不過，倒不如說沙特批判的對象，就是這種固定的「主體」，或者「主體」自動存在而且能夠獨立的思考方式。雖然與他者或世界連結時，「主體」逐漸形成，但是主體也不斷被來自他者的運作所影響，只有在這樣的過程中「我」才可能存在。這就是他所說的「自我解構」（Self-Deconstruction）的機制。

如果不瞭解這點，就會以為沙特的哲學很膚淺。

另外，沙特所謂的自由強調由於「自己」要為自己選擇的方向負責，所以受到限制，也因此對於只有一次的人生要過得毫無遺憾。「自己」是如何構成的？先不論是自己創造的還是透過他人形成的。總之，是關心「存在」的「樣貌」。結果伴隨而來的，就是接連不斷的責任、選擇、決定與行動等「行為」。

確實，所謂自由並非「任性」或「什麼都有」，反而是雖然套上各種腳鐐也還是能堅持生存下去。由於真的被腳鐐束縛，所以明確地知道自己的「樣貌」。這個強度正與「自由」連結，這點與以往的自由論有著根本上的差異。什麼都不是的自己，以「無」的身分加入世界的自己存在這世界上，這就是「自由」。

因此，沙特所說的「被處以自由之刑」，並不是指「自由」獲得勝利，而是自覺到自以為獲勝的意識其實是受到束縛，也暗示了我們積極地行動、生存得像是被束縛一樣。在這世上有許多無法理解的拘束與束縛，「令人生氣」的事情堆積如山。這正是你是「自由」的證明。這大概會是沙特想說的吧。雖然經常會被弄混，不過，總之「來自某處的自由」不是這裡所說的真正的自由。

沙特生存的時代，特別是第二次世界大戰之後的「冷戰」時代，在蘇聯與美國兩大強國的對立中，任何人都強烈感受到，不得不生存在這兩大陣營的框架中的痛苦。在這當中，「核心」象徵著從根本否定我們的生存之強大「權力」。但是，同時每個人也都想脫離那裡。脫離其實是不可能的。但是，我們「還是」相信可以透過我們的手改變世界。在那樣的時代背景中，沙特的任務是強調個人不可能與世界無關地生存著，反而應該是與他者密切接觸，與各種「外界」共同生存，自己擔負起責任才對。

聽起來會讓人感到士氣高漲吧。不過，不安或是因前途未明卻不得不擔任領航員的苦惱也一定同時產生。然而，從當時一直到現在，這樣的狀況也很難說已經充分得到世人的理解。還有，很遺憾的是在那之後發展了反動式的、結構主義之類的相對主義式的多元價值觀。結果沙特的思想被視為過去時代的遺物，也成為想要宣傳自己的主張是新思想的人之批判對象。總之，沙特被人任意奉承，也被人任意貶損。

他者的目光

以現象學的發展來說，胡塞爾試圖掌握事物原有的狀態，所以必然也將「他者」包含在內。不過，在他自己本身的探討過程中，「自己」的「知覺」是中心。相對於此，海德格認為「共在」只是抽象的存在，以「此在」為中心，沒有討論所有具體的他者，更別提家族等其他關係。至於梅洛龐蒂則把關係性置於討論的重點，所以他把焦點放在「他者與自己」而不是「自己」。與現象學以及從現象學衍生的哲學相比，沙特對於「他者」的思考又是如何呢？

沙特的每項議題都非常生動，或者說多半表現得比較生動。在這當中，對於他者的探討要特別注意的是「目光」論。若要露骨地說，對於目光的探討也可以說是對於「偷窺」的探討，確實瞭解為什麼偷窺會伴隨著「羞恥」。以顯微鏡或望遠鏡窺探的「觀察者」的主體，沒有任何不安或擔心地持續著「主體」的身分。但是，在日常生活中與他者的關係上卻沒辦法這樣。在對方與世間（或者第三者）毫無察覺的情況下注視對方，這本來就不是受歡迎的行為。如果「看／被看」的關係永遠固定，或許還不會產生什麼問題，也不會有人感到困擾。不過，「看」的人有可能突然變成「被看」的人，「被看」的人也可能變成「看」的人。在「看」者意識到「被看」的那一瞬間，自己內心產生了極大的變化。那就是發現自己不見得永遠是「主體」，也可能會成為「客體」。同時，視自己為「客體」的「他者」，也就是「主體」也跟自己完全一樣，一起存在這世界上。

在這裡，關於「主體」與「他者」的關係有兩個重點。第一是，有了「他者」之後才自覺「主體」的存在。如果光靠主體自己的意識運作，主體無法成立。透過來自他者的目光，主體形象才得以形成。第二是，既然我們擁有「羞恥」心，我們就會假定世界上有多個「主體」存在。總之，從自己的角度看到世界中存在著無數個「他者」，這表示這些無數個他者也可能是無數個主體。

另外還有一點也應該注意的是，自己不見得永遠是「主體」。另一方面，「主體」也會成為神聖的領域。在這裡隱含著自己一直都是以主體的身分而成立。他者不僅以客體存在，同時也是主體形成的必要條件。在那個不穩固的基礎前面，其實存在一個如果沒有「他者」主體就不成立的前提。

總之，「他者」與「主體」是同時發生的。沙特區別了「對於他我的自我」的「他為」（Pour Autrui）以及「對於自我的他我」的「自為」（Pour Soi）。不過，這還是在「主體」中取回「他者」的結果。還有，相反地現在「他者」已經不見得意味著擁有明確輪廓的複數個「主體」，只是無數個「目光」存在於生活世界中而已。沙特所說的「目光的牢獄」指社會關係的本質，而不單單只是眼前來自「他者」有企圖的注視。

特別是，在處處設置監視器的現代社會中，認定自己總是被某處的監視器監控著一舉一動的想法反而還比較「健全」。還有，在這樣的狀態下，人會開始產生某種惰性的感覺。甚至，不只是這樣的「窺視」，現在連操作電腦的過程都會在當事者不注意的情況下被監控，在網路上搜尋也可能蒐集到意想不到的資訊。在高度資訊化的社會中，不是只有「看」被特權化，連「窺探」所有累積的「資訊」與網路也都成為可能。

如前所述，對於沙特而言，他者是對自己投射目光的存在。無論何時、用什麼方法，只有透過與「他者」這個外界連結，主體才能夠成立。我們很容易把重點放在「我的自由」上。但是，與「他者」的關係裡才有沙特的思想核心。

荒謬與反抗

就像這樣，比起「自由」、「存在」，其實沙特更強調「他者」論，以及只有無法還原「目光」的「他者」的絕對性，並且在這方面開闢了新的領域。極端來說的話，自己想做什麼必然是透過他者決定，而不是自己決定。雖然沙特經常被指摘是任性的人，倒不如說，他完成了眾人所期待的任務。他想做的事是寫文章，除此之外他沒有任何執著的事。

不過，事實上在那個時代能夠接受沙特思想的人，可說是相當特別的人。如果想明白沙特當時的定位，可以舉同時代活躍的作家卡繆來進行對照。

卡繆的代表作《異鄉人》以「今天媽媽去世了」這句話開頭。實際上，書中的主角殺害了沙灘上的阿拉伯人。但是，在法庭上宣稱那是「因為太陽的緣故」的「我」，並未清楚解釋自己是被什麼支撐著而活到現在，故事就結束了。那樣的不透明性不就正是真正的「存在」嗎？卡繆要表達的似乎就是這點。

另一方面，沙特的存在主義被迫不斷地做決定，而且是做出歷史上的正確抉擇。沙特認為人應該清楚主張自己的意見，對立時要勇於爭辯，自己認為正確的事物也要堅持到底。這就是責任與自由。如果想要與「外界」共同生存，以結果來說，必須確實

阿爾貝・卡繆（Albert Camus，阿爾及利亞，一九一三－一九六一）小說家。從共產活動、抗德活動等經驗，自稱是與革命、虛無主義不同的反抗「人類」。《鼠疫》（一九四七）描寫對於社會惡的部分之集體對抗。

《異鄉人》（L'Étranger，一九四二）主角莫梭對於母親的死、對於自己犯下殺人罪的審判，以及接受的刑罰等，完全不表關心。透過這樣的描寫，探討對於現代社會的絕望，以及追求無宗教的幸福。

「表明態度」、「表明立場」。但是，從堅持「歷史的正確性」的沙特的心情，可以窺見他強烈認同馬克思主義的歷史觀，也看出他試圖看清楚某種「正確」的東西。但是，我們可能擁有歷史上的「正確性」嗎？

至少在當時，對於沙特以及其他一部分的知識分子，而且是絕大部分的知識分子而言，他們確信他們不會看錯「未來」的「正確」方向。以現在來說，這是無法想像的事。甚至，讓人覺得疑惑的是，先不管他們確信的是什麼事，但是一旦確信動搖時，應該採取什麼樣的態度應對？對此，他們似乎沒有多加思考。緊抓著一個確定的信念，不持有其他任何可能性，如此的確定信念只不過是迷信而已。卡繆的「荒謬」思考方式，與沙特的存在主義式的思考與實踐完全不同。可以說，卡繆不追求正確，而是從持續面對荒謬以及從糾葛本身中找到意義。

喔，不，當沙特發現政治上的意見不合時，連交往多年的好友都可以完全斷絕來往，像這樣的生存方式反而可以說是更為「荒謬」吧。而且，生前與沙特絕交的朋友梅洛龐蒂與卡繆死後，沙特寫了極為感人的追悼文。總之，對於沙特而言，一旦絕交的好友，只有在死亡之後才能找回原來的友情。他到底以為他自己是誰啊？

我們會認為，既然沙特自己創造自己的生存方式，那就更應該清楚地與馬克思主義絕交，再度與卡繆、梅洛龐蒂和解（或是建構新關係）吧。喔，不，其實就像他與西蒙・波娃的關係一樣，他能夠返回他的自由論的基礎，也就是回到來自他者的規定性上。不是簡單的絕交，而是抱持著複雜的心情，以共同奮鬥、建立與他者的新關係為目標。

不過，在此必須言明在先，沙特所支持的共產主義與歷史發展主義，特別是殘殺大批人民的史達林主義，並不是「歷史上」唯一正確的方向。這是眾所皆知的事實。大部分的知識份分子不是保留支持的態度，不然就是改變方向等。對於曾經支持那樣的想法，到最後他還是沒有做出清楚的說明。關於這點，真教人感到納悶。如果要活出「沙特」這個人的話，就要在自己的能力範圍內，一直到最後都要對自己本身嚴格追究「責任」才對。

相對於沙特總是追求正確的「革命」的作法，卡繆則是透過「不協調」與之對抗。他認為團體的美德或是歷史主義的使命不是絕對的，任何理由殺人都不應該視為合理。

不過，沙特所支持的共產主義把馬克思提升到神的地位，認為任何反抗都不可原諒。同樣地，他也不接受卡繆的想法。沙特認為如果是根據馬克思的崇高理念，任何野蠻行為都是可以容許的。這樣說來，也不得不說沙特迷信地把馬克思主義視為神，責備卡繆沒有任何正當性。即便如此，或許當時就是有很多人的意志如此感動沙特的。

結構主義誕生

更嚴重攻擊沙特的是李維史陀，以下稍為提一下他們兩人的關係。

如果沒有他者或世界，就不會有「主體」。自己存在的基礎、立足點不在於自己的內在，而在於外在。另外，人類以創造出來的事物為媒介，透過生產物＝勞動而明白自己是什麼。事實上，這既是沙特的想法，也是批判沙特的李維史陀的想法。在這個觀點上，兩者之間沒有任何不同。但是，他們的想法在根本上也有不同點，那就是對於「自由」的想法。

沙特認為，人類自由地思考事物、行動，也能夠產生欲望，而且也應該如此。不，是天生就擁有自由。但是，以李維史陀為首的結構主義認為，人類（或是主體）無法自由地思考事物、行動或是產生欲望。

還有，兩人對於「主體」與「歷史」的看法也大為不同。沙特認為，主體參加歷史性的狀況，也就是介入（Engagement）是有正確答案的。而且，也應該經常選擇正確的政治選擇，而這個正確性則得到馬克思主義的保證。這種想法的背景是來自於第三世界的發展落後。解放第三世界的作法就是正義的行為，住在歐洲的自己必須正確地引導他們。由於沙特的想法潛藏著這樣的態度，所以李維史陀視沙特的想法為歐洲中心主義。後來，沙特學說的價值驟降，也被批評不是「哲學」或被貶為三流哲學。結構主義的出現對於沙特的模糊態度與想法並不造成攻擊。不過，存在主義連重要論點都感覺有點模糊。特別是對於自由的想法，無法簡單做出結論。因為，從我們的角度來看的話，有時候人是自由的，也有的時候人是不自由的，不是永遠都處於特定的某一種狀態。

自由與他者

我們生在一個充滿著歷史、傳統，以及一個人完全無法改變的他者的「世界」裡。一邊與這些事物保持關係，一邊生存下去。我們與筆或杯子等工具不同，不是本來就具有某種既定的「本質」。不過，即便如此，我們也不是生來就是全新的存在。我們在關係的網絡中思考其中的關係、行動，並且一點一滴重組這些關係。這就是存在的自由空間吧。因此，這樣的存在與結構兩者的摩擦，就會導致你產生「不知道自己想做什麼」的想法。

簡單來說，沙特太過於執著「存在」了。雖然他單方面地意識與「他者」的關係，但是卻過於拘泥於主體給予世界意義的這種想法。如果存在的形式是可能的，就應該

披頭四樂團（The Beatles）一九六〇年代成立於英國利物浦的搖滾樂團。往美國發展後，得到世界各地的樂迷歡迎，連帶地引領時尚界的風潮。一九七〇年解散。團員中的約翰・藍儂於一九八〇年在紐約遭人槍殺身亡。

反問真的只有「我」這個主體而已嗎？主體有沒有構成各種關係的經驗？主體是不是有無法面對自我同一性的經驗？

不一定有必要把想要自由的這件事固定成主體的形式，反而應該從主體瓦解的經驗、破壞對於自我關係的經驗，以及失去自我同一性的經驗中，找出自由或自我風格或是自己想要做的事，而不是維持被制度化（條例化）的主體，或是利用既定的方法建構主體。

或許所謂的「我的自由」就是一個生命能夠保有的最低限度的自由，不受到干涉、不被壓抑，也沒有差別地能夠保有固有樣貌的自由。這與沙特的自由在根本上就不一樣。沙特的自由具有正面地接受來自他者的從屬關係，透過自己而付諸實現的意義。也就是活出「透過他者而被實現的自由」。很遺憾地，沙特自己本身並沒有察覺到這點。

一九六六年沙特與披頭四樂團在同時期偕同西蒙・波娃來到日本，受到日本民眾熱烈的歡迎。沙特一直到最後都以一個「普遍的知識分子」的身分背負著時代的任務。不過，令人覺得不可思議的是，沙特與約翰・藍儂死於同一年。約翰・藍儂被喬裝成樂迷的歹徒槍擊致死，他的死對許多人造成重大的打擊。約翰・藍儂唱出「愛與自由與和平」，他的音樂至今仍被世人傳唱著。相對於此，沙特則是逐漸被世人淡忘，他的思想似乎變得沒有價值，真是令人感到遺憾。

不過，沙特過世之後，巴黎的市民沒有被誰要求而「自由」地現身街頭。總之，他們自發性地目送沙特的棺木以表達哀悼之意。如果沙特能看到這一幕，或許就會知道自己追求的是什麼了。他受到巴黎市民的敬愛。但是很可惜的，他永遠無法知道這一點。

不是生而為女人，而是成為女人●西蒙·波娃的「第二性」

西蒙·波娃（法國，一九〇八—一九八六）很容易只被視為沙特的「伴侶」。不過，她提出重新檢視「女性」的重要觀點。另外，她也留下關於「老化」的許多優秀著作。西蒙·波娃嚴厲批判哲學或是世間所說的「人類」指的都是「男性」、不知老死，以為自己永遠健在等。另外，西蒙·波娃本來的伴侶是梅洛龐蒂，後來沙特介入兩人之間的關係。從這層意義來說，對於他們而言，她是無可替代的談話對象。

不過，近年來的女性論開始批判波娃的生活方式是依附著沙特的生活方式。雖然似乎很矛盾，不過，女性論對於因「女性」類別構成的事物，而產生的歧視與壓抑進行批判。但越是如此，就越必須依賴「女性」這個類別。關於這點，結構主義、詮釋學等都曾經分別提過。如果把無視不變的體系，或歷史背景的單純存在作為「我」的自由，並把這樣的自由視為只是完全空虛的想像產物的話，我們反而應該問，既然有這樣的關係，那麼在這樣的脈絡關係中，我們想要追求何種樣貌？

存在主義的工具在這裡●齊克果的《死病》

雖然「存在主義」是沙特的代名詞。不過，最重要的人物其實是齊克果。除了沙特之外，海德格、維根斯坦等哲學家受他的影響也很大。齊克果反對黑格爾哲學的抽象性與整體主義的傾向，以及審美主義的態度。另外，他也批評現實的基督教與教會。他一味地追求自己純粹的生活方式，把重點放在普遍理性所無法涵蓋的「存在的人類」。他強調單獨者、主體性、絕望以及存在思維的意義，這對於後來的存在主義影響很大。以往的近代哲學都以世界、自然、社會等普遍的問題為中心課題進行探討。相對於此，齊克果根據「人如何成為基督徒？」的問題探討人類，這也是特定個人的「我」的生存方式的問題。齊克果當時以丹麥語寫下這個哲學思想，但是完全未受到重視。不過，有位牧師對於這樣的思想大為著迷，自行將其翻為德語，齊克果的思想因而得以傳諸後世。後來齊克果的思想被稱為存在主義，雅斯培、海德格、沙特等人陸續成為存在主義的繼承人，齊克果的問題意識被視為「哲學」的代名詞，也普及到一般人。如果對照斯賓諾沙的整體性與要素的關係論，齊克果的思想應該能夠探討肩負整體性的神與單獨的自己等，兩者之間的存在關係。

結果，你想要說什麼？

「體系與任意性」

Chapter Fifteen

索緒爾

Ferdinand de Saussure

世間的爭吵

* A「唉，為什麼聽不懂呢？
明明我就已經很努力說明了。」

* B「聽不懂就是聽不懂嘛。」

* A「我只希望你好好地聽別人說話。」

* B「不，我真的試著去瞭解別人的話啊！」

* A「不，你的想法一定是哪裡有問題。」

語言的本質具有任意性。因此，在本質上無法期待真正的意義或是正確的傳達……十九世紀後期活躍於日內瓦的索緒爾如果聽到你們的爭吵，一定會這麼說吧。雖然索緒爾通常被視為語言學家，不過，在大部分的哲學都依賴語言的情況下，主張語言的不確定性將會推倒哲學的根基。另外，也不能忽視他從根本批判西洋文化的「太初有道」的想法。

同樣的一句話，如果情境改變，意義也會跟著改變。雖然話聽起來都一樣，但其實卻很麻煩。但是，如果沒有語言又將無法傳達任何訊息。由於我們過著依賴語言的社會生活，所以如果無法放心地使用語言，我們將會感到手足無措。

這跟國文的理解力好壞完全無關。因為語言本身的結構就無法讓人完全互相理解，更何況在這世界上有各種不同的語言。語言本來就有很多種而且是流動性的。因此，只要使用語言，自己的想法也就不能期待正確性。那麼，我們該以什麼為依據呢？

本章將透過「共時」、「任意性」、「體系」、「關係」、「所指」等關鍵字，為不曉得「自己到底想說什麼」的你，介紹索緒爾的思考方式與生存方式。

索緒爾 Ferdinand de Saussure

一八五七年十一月二十六日－一九一三年二月二十二日

瑞士語言哲學家，近代語言學之父。語言學後來成為結構主義的基礎。

出生

生於瑞士日內瓦。

雙親

生於學術研究世家，祖父是化學家，父親是昆蟲學家。

學歷

日內瓦大學（自然學科）。

兵歷

二十二歲時服兵役。

職歷

加入巴黎語言學會，對於語言學有極大的興趣。在日內瓦大學教授普通語言學。死後學生將上課內容編纂為《普通語言學教程》出版，得到世人的注目。

婚姻．家族

三十四歲結婚，有兩個兒子。妻擁有城堡，社交圈廣泛。

病歷

一九一二年夏天因身體失調接受療養（也有傳說是酒精中毒）。

死因

喉頭癌（五十五歲）。

著作

《普通語言學教程》（*Cours de Linguistique Générale*），一九一六年（索緒爾本身沒有留下任何著作，只有學生們編纂的作品）。

參考文獻

丸山圭三郎《ソシュールの思想》（岩波書店，一九八一年）

町田健《ソシュールと言語学》（講談社現代新書，二〇〇四年）

加賀野井秀一《ソシュール》（講談社選書メチエ，二〇〇四年）

關鍵字

「共時」、「任意性」、「體系」、「關係」、「能指／所指」

說了就明白嗎？——語言的任意性與文化體系

大家都說，講了就懂了。但是，越聽就越不明白。語言就是這樣的東西。雖然我們都這麼認為，但是除了語言之外，沒有其他的工具可以傳達自己的想法或是互相瞭解對方。當然，肌膚接觸在性行為或是親子、友情，或是其他親密關係中是不可或缺的。不過，語言的魅力確實超越了身體的界限而普及眾人，而且也能夠超越時間與時代而達到傳遞的效果。語言確實也是很重要的。

但是，就算我們如此肯定語言，語言本身還是很麻煩的。我們應該仔細思考語言所具有的複雜性。而這就是日內瓦的天才語言學家索緒爾的研究重點。

然而，如果說因為這是「語言」的學問，所以不是哲學，這樣想就麻煩了。因為，佛洛伊德如果沒有語言就沒辦法進行精神分析，馬克思所提出的貨幣或商品事實上也是談論語言與溝通的主題。還有，尼采所執著的「系譜學」是關於語言的使用方法與意義的政治學。索緒爾的語言論可以回溯而清楚解釋以上這些學說。同時，我們也能夠以清楚的「功能」、「結構」、「體系」等，掌握「他者」的模糊與想像。總之，我們以為「語言」從根本影響了我們自己本身的想法，而索緒爾的語言論道破了這點。只是，隨之而來的是，一旦我們全面性地認為人類受到語言束縛，我們也要注意，只能從語言的觀點掌握人類界限的作法是有其界限的，千萬不要囫圇吞棗才是。

無論如何，我們還是會使用「語言」。關於這點，自古代哲學以來就已經被談論過無數次，也被視為與其他生物的差異而被討論。但是，所謂「語言」到底是什麼？我們重新來思考這個問題吧。

舉一個簡單的例子來說，當孩子指著一個東西問父母「那是什麼？」時，父母就會回答「那是～」。在這當中，「語言」的「指示」功能就出現了。另外，當我們與別人說話而想表達心情或感情時，由於使用「語言」所以可以互相理解，也可能會更無法理解。相信大家都曾經有過這樣的具體感受。

思考「我」時需要語言，思考、討論「他者」也需要語言。甚至，我們能夠知道過去、歷史等，大部分也都是依賴語言。如果沒有語言，我們就無法清楚確定歷史的經過或社會的影響。語言必定與社會、文化性以及歷史性有關。索緒爾強調這點，結構主義也是。身處現代的我們聽到索緒爾的說法，在某種程度上或許會覺得這是很理所當然的論點，那是因為這樣的想法已經深深地在現實中扎根的緣故。我們重新來檢視索緒爾是如何掌握這個「理所當然」吧。

在索緒爾之前的哲學或語言學的傳統中，語言始終是被附加在事物上的名稱。真正實際存在於這世上的是那個「東西」（＝唯物論的觀點），或是透過語言而呈現的

理型：指個體的背後有個本質存在，是由柏拉圖所提出的抽象觀念。對於柏拉圖而言，只有理型才是實際的存在，透過感覺掌握到的事物只不過是本質的影子而已。

「理型」或「精神」（唯心論的觀點）。這樣的討論總是難以避免地存在著，而索緒爾則提出跟這種二分法思考完全不同的見解。索緒爾停止物質與精神何者為真的討論，他提出物質與精神唯有透過語言才能實際存在，或者才能「現前」或「再—被象徵」。所謂語言就是「被賦予意義的東西」，「物」這種「具有意義的東西」是不同的東西，也是任意的東西。但是，相反地，在任意性上，語言又具有重要的意義。總之，語言始終就像是函數般地介入其中。另外，由於這樣的介入，才能夠對他者表現出物質或精神的意義。

蘋果與Apple——共時性的語言分析與音系學

在索緒爾之前的語言學，所感興趣的主要都是找尋自己語言的工具、從文獻回溯語言在歷史上的變遷等，特別是研究詞彙的意義、拼法或是發音的變化。以歐洲來說，例如德文跟英文是在近代國家成立的過程中分化出來的結果。兩者都是源自於日爾曼語。如果更進一步回溯，就會回溯到拉丁文、希臘文，甚至遠古印度的梵文。總之，西方的語言工具要向印度尋找。也就是以單字為主找尋語源。索緒爾稱這樣的作法為「歷時性」（Diachronic）語言研究。

相對於歷時性的語言研究，索緒爾不管歷史性的變遷，而把重點放在某個時代、某個文化的語言之間所建構的關係上，稱為「共時性」（Synchronic）語言研究。總之，索緒爾指出，詞彙並不像是柏拉圖所說的理型狀態那樣地存在這世上，語言與事物不是一對一的對應關係。索緒爾是開啟這樣的語言研究觀點的優秀語言學家。

索緒爾的分析對象，大致上分為語音跟意義兩種。

語音方面整理出能夠發音的最小單位，同時分析使用的語音之間如何區分。在不同的語言圈裡可以聽出不同的發音規則。例如，在日文中的母音就是「あ、い、う、え、お」等五個音，而英文的母音則有更多。在日文的片假名中，藝術「アート」與蘋果「アップル」的第一個字都是「ア」（/a/）。但是在英文中，「art」與「apple」的第一個字母雖然都是「a」，但是兩者的發音就不同。總之，以蘋果為例，日文的「アップル」的/a/與英文「apple」的/æ/是完全不同的。

就像這樣，語音之間的區分方法並不是絕對的，因著語言的不同而有所差異。所以，以實質來說，不是每個音都有各自的語音存在，關係上的考量是必需的。總之，索緒爾的主張完全異於以往人們對於語言的理解。關於語音的深入研究，後來經由布拉格語言學派的成員之一羅曼．雅克森並且由李維史陀繼承，成為結構主義學說的一部分。

布拉格語言學派：結構主義的語言學、美學的一個流派。活動於一九二六年起的三十年之間。研究在利用二元對立分析的語言體系的內與外當中，語言所具有的活躍功能。

羅曼．雅克森（Roman Osipovich Jakobson，俄國，一八九六－一九八二）文學研究家、語言學家。受到索緒爾的影響，專注於語言的一般結構與功能，而非各種語言的歷時性改變。後來對於資訊理論（Information Theory）、符號論（Semiotics）也很感興趣。

名稱與意義的分歧

共時性語言分析的另一個對象是「意義」。你如何稱呼某個對象物？這不僅僅是因語言不同，而產生不同的稱呼而已。像那種目錄式的語言觀，每發現一個對象物就會為這個對象物命名為A、B……。每一個對象物都套用一個單字的結果，就形成現在的語言。不過，這樣的作法無法說明由於每種語言的不同，意義範圍也有極大差異的事實。索緒爾認為，根據各種文化的不同，必須採取不同的分類方式。以這樣的觀點為前提，才能思考語言的意義是如何被分類的。

無論是語音的分類或是意義的分類都是任意的，在歷史或文化上也不一樣，並非固定或普遍的。總之，語言是一個具有任意性差異的體系。

實體論（Substantialism）的說明，採取「所謂～就是～」這種詢問真假的命題方式。不過，索緒爾則提出「A與B的關係等於C與D的關係」，這種函數（關係）的說明方法。這種「關係」的說明，其實與馬克思思考貨幣跟商品的問題時是相同的想法。總之，馬克思在當初的物物交換原理中發現，由於某物與某物具有同等的價值，所以能夠交換。然後，能夠與每樣東西交換的，必須是與其他物品不同、具有疏離價值的東西才行，而那就是「貨幣」。一輛保時捷九一一的價值不是來自車輛本身，而是以二千萬日幣的價格為媒介，保時捷九一一才具有頂級名車的交換價值。所謂貨幣就是某個社會共同體的「規定」、「規則」的象徵。如同馬克思所說的，語言與貨幣具有共同性。也就是說，使用某種語言、某種國語意味著承認該語言體系本身，或者是以某種形式遵從該項規則。

某物藉由語言重新呈現，這表示把這「物」從世界分割並與其他事物分割。語言透過分割「事物」而產生。「事物」分割世界，透過是～、不是～等二分法所組成的集合體而成立某種「世界觀」。

語言的多元性

索緒爾指出語言具有三種不同次元。首先是人類所擁有的語言運用能力，稱為「Langage」（語言活動）。其次是日常的會話，稱為「Parole」（言語）。最後是在各個社會・文化中被視為「國語」的語言體系，稱為「Langue」（語言）。在索緒爾之前的語言學，並沒有做出這樣的區別，因為以前的語言學都視Langue為語言。索緒爾思想的有趣之處，在於他將語言分割為能力面與日常的運用面。

思考語言時，我們不知不覺地會以「國語」為思考對象。但是，「國語」並不是一開始就有的東西，「國語」是後來完成的東西。總之，語言可以說是模式化的東西的集合體，也就是國語以及每個人適當地運用語言等，兩者所形成的運動。只採用其中任何一項都是不足夠的。

甚至，麻煩的是，「國語」涵蓋了「母語」與「國家語言」等兩種意義。「國語」混合了數種不同的意義，可能指維繫國家這個領域的一個制度，也可能指近親家族中的文化傳承之一，也可能指為了社會性的結合而由父母創造出來的人工產物。

另外，把語言視為「符號」（Signe）思考時，存在著透過語言表示的對象（＝具有意義的）與被表示的對象（＝被賦予意義的）。索緒爾稱表現面的「具有意義的」為能指（Signifiant），內容面的「被賦予意義的」為所指（Signifié）。這兩者都是任意性的，同時也具有相互依賴的「關係」。相對於以往實體論的語言學，索緒爾根據這些定義展開關係論的語言學。翻譯時或許譯為「意符」與「意指」，不過這非常不容易理解，因此採用「有意義的」、「被賦予意義的」的說法。

索緒爾的哲學意義

笛卡兒從「懷疑的內容」劃分出「懷疑的我」。他開啟這樣的思考方法，同時也重新捏造了「懷疑的我」。甚至，把這個「懷疑的我」視為不能懷疑的「固定點」，得到分析「懷疑的內容」的權利。相對於此，因為索緒爾把「表現的東西」視為「消失點」，所以就不會採取這樣的「權利」主張或「固定化」。也就是捨棄被實體性影響的思考，而能夠提出「被表現的東西」在各要素間的關係性上成立的關係論。「表現的東西」不見得是「正確的」。若真要說的話，這完全是不確定的東西。倒不如說，把「表現的東西」視為確定的那一瞬間，「被表現的東西」就化為實體。不過，索緒爾認為「被表現的東西」也不是實體的東西，而是力量、向量或是各種關係。

再度對於「懷疑的我」提出疑問，這是結構主義最重要的問題。特別是拉康連結「能指」的場所，與海德格的存在論做出清楚的解釋。「懷疑的我」的場所，是「存在的欠缺」或是「不存在的出發點」。我們總是希望找出根據，但是無論如何探求，最後還是只有「虛點」、「虛無」、「零度」。

再度重複一次，笛卡兒抽出主體，以「實體」固定。不過，索緒爾抽出「被賦予意義的」，也就是「所指」，在那裡發現體系或說結構，並且在關係上賦予任意性。近代哲學觀根據主體與對象（客體）兩者來掌握事物，索緒爾以此為依據並且又加上語言這個新媒介，這是無法估量的重大改變。唯我論在語言上不成立，這是主體不可能單獨成立的根據。因為，語言不是在某個同一性上完成的，而是不斷形成外部，同時構成語言共同體。如同維根斯坦所說的，語言在本質上不可能成為私人的語言。

如上述這般，索緒爾的語言學不是單純的「語言研究」，而是世界觀。索緒爾認為，無論是音素的區分或是意義的區分，都不是固定的而是任意的，而且也呈現出歷史、文化上的差異。語言分析是永無止境的。而且，使用語言並不容易。語言明顯受到歷史、文化的影響，同時也產生各種微妙的變化而重新創造改變。

語言是一種體系，但是其內容只不過是任意的東西。索緒爾發現這點，並且斷言以往的哲學思考某種普遍事物而加以論述，其中的大部分都是不具意義的任意內容。姑且不論索緒爾是否從事哲學的研究，不過他的語言研究無疑地帶給哲學極大的影響。

談論某事物就是要遵守某特定語言體系的規則。不過，在此之外還有其他無數種語言。由於每種語言都具有各別的體系，因此要依據個別的體系談論探討的內容。既然思考必須透過語言進行，我們就不能忽略語言在本質上所具有的限制與界限。

你有「想說」的話，但是無法清楚表達。這是理所當然的。不是因為你心中「想說」的話一開始就沒有清楚的形態，而是你只能接受語言體系的限制，勉強地表達而已。

路易十六被處死刑的原因 ● 奧斯丁的發話行為論

以往的邏輯學或是分析哲學都以探討句子的「真／假」為主進行分析。相對於此，約翰・奧斯丁（John Langshaw Austin，英國，一九一一－一九六〇）則是把焦點放在日常生活中的對話。除了檢視發話內容是否正確之外，還要觀察此發言是否能夠達到命令、委託或是承諾等目的。他也是最早有系統地進行這種討論。他的研究由約翰・羅傑斯・塞爾（John Rogers Searle，美國，一九三二－）繼承，得到更深入的探討，後來成為英美哲學的主流之一。

「我賭一百萬！」這句話的目的不是確認事實，而是話被說出口時，「打賭」這個行為就已經同時進行。發話者或是身邊的人對於這句話的理解是「打賭」的這個行為。另外，我們說「對不起」與「謝謝」、「早安」時，實際上就同時進行「道歉」、「感謝」、「打招呼」等行為。甚至，「內有惡犬！」的招牌不僅可以確認「這戶人家養狗」的內容真／假之外，更重要的是這句話含有「擅自闖入可能會被狗攻擊」等「小心」或是更進一步的「禁止擅自闖入！」之「警告」意味。

語言不僅僅用在陳述或是報告，也呈現了發話者的情緒與意志狀況。奧斯丁認為發話行為也內含了命令或承諾等行為。

符號的帝國，日本 ● 羅蘭・巴特的文化符號學

羅蘭・巴特（Roland Barthes，法國，一九一五－一九八〇）與李維史陀幾乎在同時期以類似的方法論發展「文化符號學」（Cultural Semiotics）。不過，他所謂的「符號」與「符號邏輯學」所使用的「符號」意義並不相同。他探討的不是「？」或是「△」等符號，而是具有意義作用或是象徵效果等意義。例如，他為了讀取文化現象中隱藏的意義或意圖而進行研究，把文學、電影、舞蹈、宗教儀式、判決、時尚、汽車、廣告、音樂、料理、職業摔角等當成文化符號進行分析。以往這些都只被視為次文化，而羅蘭・巴特確實地將這些當成學問的研究主題。羅蘭・巴特曾經針對日本寫了《符號禪意東洋風》（*L'Empire des Signes*，台灣商務）。他以自己的方式論述對於日本一些文化的片斷想法。羅蘭・巴特內心清楚這是帶有文化偏見而寫成書，也是非常不可思議的一本書。

我們總是會執著於「自我風格」。為了語言、髮型、服裝、飾品、興趣等種種事物煩惱，最後隨便選擇了現有的東西。在什麼都沒選的情況下，其實自己選擇了什麼都沒選的選項。不過，我們選擇的東西真的符合「自我風格」嗎？羅蘭・巴特指出，就算我們希望自己活出自我風格，我們還是會被社會、文化束縛。因為文化、社會等擁有一切隱藏的訊息，而這些訊息與習慣這一切的當事人的意圖完全無關。

Chapter Sixteen

結果，你想成為什麼？
「結構與野性的思維」

李維史陀
Claude Lévi-Strauss

四處旅行者
的聲音

＊世上沒有什麼是絕對的。

＊一件事有各種解釋，從別的角度來看，也可以有另一種說法。

＊每種說法都沒有錯，但也不能說是對的。

＊雖然很模糊，但是也沒有辦法。因為在這世上什麼樣的人都有。

對於你的說法，李維史陀一定也會發表相同的意見，「任何人都會被自己生存的社會習慣約束。如果沒有寬廣的視野，將會變得自以為是。」李維史陀本來專攻哲學，但是卻進入文化人類學的領域。遠赴巴西進行田野調查的他，反省了自己以往狹隘的想法，進而對西歐中心主義的思想進行徹底的批判。

西方文明在每一方面都走在前端，其他國家都是落後國家。世人對於這樣的說法視為理所當然地普遍流傳。但是，每種文化或社會都各自有堅定的體系。每種文化或社會都有自己特有的價值，沒有所謂的好與壞。李維史陀的結構主義思想，也是主張這世上沒有絕對的價值相對主義（Value Relativism）。

現代人可以很自然地接受這種想法。不過，如果是以前的話，大部分的人都會予以排斥。這就是人類的特質，總是認為自己比別人優秀。也就是這種想法造成歧視與社會差異。

不過，價值相對主義所主張的，都是好的嗎？那倒也不盡然。就像你一樣，永遠有人會因為不確定、不知道要成為什麼而感到不安。該怎麼做才能忍受這樣的不安繼續活下去呢？

本章將透過「二元對立」、「結構」、「體系」、「野性的思維」等關鍵字，為「最後還是不知道自己想成為什麼」而迷惑的你，介紹李維史陀的思考方式與生存方式。

李維史陀 Claude Lévi-Strauss

一九〇八年十一月二十八日－二〇〇九年十月三十日

批判沙特的存在主義，發展結構主義。第二次世界大戰之後代表法國的民族學家（文化人類學家）。

出生
生於布魯塞爾（比利時），法國國籍。

雙親
猶太裔法國籍（阿爾薩斯出身），父親是畫家。

學歷
高等師範學校。在巴黎大學攻讀哲學，但是無法融入哲學的世界，於是轉向民族研究。

兵歷
從巴西回國後從軍加入西部戰線，因戰敗而遭除役。

職歷
一九三五年在新成立的聖保羅大學（Universidade de São Paulo，巴西）授課（社會學）。戰爭中在紐約參與創辦新學院（New School for Social Research）。回到法國之後，一九五〇年擔任高等研究實習院研究指導教授，一九五九年起擔任法蘭西學院教授（社會人類學，－一九八二年）。

政治
參加社會主義運動，學生組織書記長（高中－大學）。

宗教
一九四一年因猶太人血統遭受迫害而移居美國。

交友
與沙特、西蒙·波娃、梅洛龐蒂等是大學同期的校友。

婚姻·家族
再婚。結婚三次，最後一任妻子莫妮卡·羅曼（Monigue Roman），二子健在。

病歷
無特定記錄事項。

死因
自然死亡（一〇〇歲）。

著作
《親屬關係的基本結構》（*Les structures élémentaires de la parenté*），一九四九年
《憂鬱的熱帶》（*Tristes Tropiques*），一九五五年
《野性的思維》（*La pensée sauvage*），一九六二年

參考文獻
吉田禎吾・板橋作美・浜本滿《レヴィ＝ストロース》（清水書院，一九九一年）
橋爪大三郎《はじめての構造主義》（講談社現代新書，一九八八年）
內田樹《寝ながら学べる構造主義》（文春新書，二〇〇二年）

關鍵字
「二元對立」、「結構」、「體系」、「野性的思維」

文化人類學與哲學

「你將來想成為什麼？」大概每個人都曾經被問過這個問題。還有，每個人應該都曾經想過好幾次「將來想成為~」。那麼，實際上你已經達成目標了嗎？或是你已經決定將來想成為什麼樣的人了嗎？「成為」究竟指的是什麼呢？只是單純指職業嗎？還是指社會地位或社會階級？或是指人性？越深入思考就越弄不清楚。若要重新檢視「成為」的意義的話，可以從文化人類學家李維史陀的生存方式與思想中學習。

認為只考慮語言問題的索緒爾不是「哲學家」的人，一定也會對以索緒爾思想為基礎的李維史陀的文化人類學抱持懷疑。實際上，李維史陀的研究多半放在分析特定地區的社會、文化結構上。這裡面有何哲學可言？

總之，李維史陀針對「哲學」的立足點進行批判。李維史陀認為，或許你想從「哲學」中找尋可以引導自己生存的方向，但是「那些」絕對不是普遍的，也不是獨一無二的，那些只是文化或社會所形成的東西而已。或許你認為自己想成為什麼樣的人是你自己個人的問題，但是李維史陀明確指出事實並非如此。從這裡可以窺見他的哲學動機。

批判存在主義的結構主義

李維史陀受到眾人矚目的契機，是他以嶄新的手法批判沙特的存在主義。他根據文化人類學（在法國稱為民族學）進行調查與分析，以此批判沙特的「哲學」。其實他們二人從學生時代就已經認識。而且，李維史陀最早還跟沙特一起學哲學。即便如此，後來他還是走向民族學的研究。當兩者都往知識界的菁英方向發展時，李維史陀放棄與沙特站在同一個競技場而轉移到另一個領域，並且虎視眈眈地找尋動搖沙特的哲學的機會。

如此根深柢固的對立到底在哪裡呢？簡單說，相對於「分析理性」，沙特提出「辯證理性」的優勢。對此，李維史陀提出強烈的質疑。沙特提出分析理性與辯證理性的對立概念，而且提高辯證理性的價值，貶低分析理性的價值。然而，李維史陀質疑沙特的論述並不是透過分析理性完成的。

就算沙特沒有把這兩種理性放在對立的位置而是互補地使用，我們也還是無法理解如果兩者都擁有相同意義的話，為什麼還要故意區分兩者的差別呢？

在這裡所說的「分析理性」也能夠以「實證主義＝Positivism」表示。這是康德排斥的十七世紀的思考態度。相對於「分析理性」，「辯證理性」是「結構理性」。

「結構」聽起來很難懂。簡單說，就是「對話式」的理性。在這裡一定會夾雜著「他者」。藉由他者，這個契機才可能發展、策劃。分析理性能夠在自己與對象兩者間形成。相對於此，對話的＝辯證理性則包含了自己與對象之間作為第三者的他者，或者作為第三項的他者，甚至他者的介入使得互相對立的兩者「成為」統合的狀態。

沙特所提的內容至今仍有討論的空間。不過，從李維史陀的角度來看的話，辯證理性只不過是分析理性的亞種而已。沙特認為，當歷史開始之時，「未開化」與「文明」就原封不動地落入馬克思主義的發展計畫中。「未開化」始終被視為「尚未開發」，被要求「開發」，早晚都要經過「文明」這個點而迎向未來（不過，「後開發」無法超越「已開發」）。

不過，李維史陀認為對於「歷史」的這種想法是錯誤的，最後都只是自己創造出來的價值標準而已，而且還以這種價值標準加諸在他者身上。

還有，李維史陀譴責沙特的學說最後陷入近代西歐的中心主義，毫無反省地信奉歷史發展。關於這點是沙特的不對。社會與文化的結構成為各自的生活基礎，生活在其中的人無法逃脫出來。當然，不加省思地接受，並且生存下去不見得就是正確的作法。但是同樣地，視這種前提毫無根據而加以廢除，這也是愚蠢的作法。儘管如此，沙特徹底擁護主體自由的想法，不知不覺被解釋為所有人類的使命是以絕對的自由為目標。

沙特的存在主義陷入難關。另一方面，李維史陀則運用了索緒爾的語言觀，巧妙地使用「差異」、「關係性」、「二元對立」、「變換」等操作概念，分析第三世界的社會、文化系統的樣貌。其中一個具體的例子，就是關於「親屬結構」的分析。

為什麼近親結婚是禁忌？

李維史陀思想的有趣之處在於他針對社會、文化制度進行民族學的研究調查，同時他的目標是分析其中的實際情況，也就是沙特所說的「整體的日常行為」。不管他們之間的差異是「存在」分析或是「結構」分析，研究的對象並沒有太大的差異。

不過，在存在分析中，就算能夠印象深刻地談論表面「看得見的東西」，但是卻無法掌握「看不見的東西」的機制。我們能夠精準傳遞鮮活的現實感覺，卻無法到達其內部或深處或更深層的部分。方法論上的差異，形成兩者之間的差異。

舉例來說，存在主義始終以男女自由的性關係為大前提，因此對於結婚這種平常舉辦的習俗，存在主義認為只是阻礙自由的性關係。不過，結構分析則把結婚視為一種體系，把最大的課題放在為什麼全體人類以及任何社會，都把「近親結婚」視為禁忌的研究上。相對於存在分析追求自由，結構分析則把焦點放在人類不自由的主要因素上，不認為自由的可能性是無限的，重點在與不可能互相爭鬥。決定性的差異於焉產生。

那麼，實際上結構分析提出什麼樣的答案呢？一直以來，關於近親通婚的禁忌問題經常被提出討論。不過，大部分的答案都離不開以下三種模式：

1. 為了避免可能產生的遺傳性結果。
2. 高親密度的關係反而會造成家庭形成的困難。
3. 強者奪取弱者的結果必然會向外發展。

相對於以上三點主要說明，李維史陀只下了一個簡單的結論，那就是為了維持共同體的「體系」。以某種意義來說，這是遺傳學的另一種說法，也可以說是象徵情感或道德的基礎。總括來說，人類為了社會的持續存在，其最根本的文化裝置就是禁止近親通婚。若從結構分析來看，人類的存在無法逃脫這個社會制約，而非自由的狀態。

李維史陀以「女人的交換」來表現這個裝置的基本概念。或許這種說法容易招致誤解，不過，李維史陀的結論就是，如果不交換女人就無法保持共同體之間的穩定關係。這意味著，某個團體把自己內部有價值的東西提供給外界，藉此維持該團體的存在。具體來說，為了延續共同體，男人不得不把身邊最重要的女人送給外部的男人。

假如這種說法聽起來像是單方面把「女人」的弱勢立場合理化，其實也可以用「孩子」來替代說明。把自己親手拉拔長大的孩子送給別的共同體，這是最極致的贈與形態。而且，有了如此極致的贈與之後，每個共同體才能夠維持下去。從這裡確實可以發現「交換」的起源。還有，不僅延續共同體，也創造該共同體的特有基礎。

在索緒爾那一章曾經提過，由於這個確實證據是關係論的，絕非實體的東西，所以這個根據也只能作為「體系」的說明而已。關於這點請務必注意。總之，自索緒爾以後，哲學越來越難以確認實體為出發點進行探索。不過，相對可作為補償的是，對於社會或文化體系、結構以及各種關係的探索則成為可能。

就像這樣，李維史陀認為無論是什麼樣的社會都會藉由禁止近親通婚、一定要在共同體之間進行人類交換而使得體制能夠維持（成長）。那麼，對於提出這種觀點的李維史陀而言，從學生時代就看到眼前的沙特的男女關係，特別是與西蒙·波娃的關係，他又是如何看待呢？

野性的思維

就像我們看到禁止近親通婚的例子一樣，李維史陀強調無論「共同體」是未開發社會或是像法國一樣，都是根據相同的原理成立的。另一方面，他也提出兩者之間的差異。特別是他稱未開發社會的文化與技術為「野性的思維」，呈現了相當正面的評價。

如果你認為「未開發」、「野蠻」或是「低度開發」等詞彙，帶有歐美社會的優越感，那麼「野性」倒是一個能夠正面表達的詞彙。如果與現代的科學技術相比，在野性的思維中，確實有可以稱之為「技能」的東西。不能說「技能」只不過是原始的東西，有科學技術就夠了。即便是現在，壽司師傅或是木工師傅等都還是以經驗或感覺進行工作。烹飪不是只要簡單地照著食譜就能夠做出美味的料理。就像是我們經常說的「斟酌」，加上一點點的調味與巧思才是那人的真功夫。李維史陀稱這個「技能」為「修補」（Bricolage）。總之，在「野性的思維」中的「修補」與在「現代西歐的思維」中的「科技」（Technology）都各自具有固定的價值。兩者呈現共存關係或互補關係，而不是「修補↓科技」、「野性的思維↓現代西歐的思維」這種歷史性的轉變模式。

野性的思維與現代西歐的思維沒有優劣之分。也沒有歷史上的序列關係。如果為這兩者排順位或是訂優劣，那就是「民族優越感」（Ethnocentrism）。各種文化都以自己為思考中心，以自己為優越的地位。或許沒有試圖瞭解他者，也或許總是以自己的方式理解他者。這樣的情況是必然的，也是隨時隨地發生的，因此更不能置之不理。李維史陀出現的意義就是強調對於這種世界規模的文化衝突與偏見、歧視等，應該保持理論上平等的思考方式。

所謂的文化只不過是任意性的東西。不過，同時索緒爾也提出文化是由體系＝結構所構成的。李維史陀的結構以此為基礎，提出理解新次元文化之可能性。這與以往主觀的、唯心的、沒有根據的文化論，以及只根據統計的事實或調查結果的資料為基礎之客觀文化論，完全不同。

一個人無法「成為」任何東西

如何呢？「成為」與「我是～」這種簡單連結主語跟謂語的說法不同，也跟西蒙．波娃所說的「我不是生為女人，而是成為女人」這種假設來自他者的強制力量的「成為」也不一樣。

思考自己想成為什麼之前，如果不先想想「成為」意味著什麼，將會找不到答案的。在邏輯上，先有「是」與「不是」，然後才可能有「成為～」的說法。有自己、有他者，只有在互相的往來中才能夠「成為～」。成為什麼就是這麼一回事。

舉例來說，在太平洋與大西洋之間的大島是因為被哥倫布發現才成為「美洲」的。同時，住在這塊大陸上的人們也因為哥倫布從海的那一邊過來，因而發現「歐洲人」，並且將自己訂為「非西方人」。假如著重「成為」某一方的是西蒙．波娃的話，那麼強調這種互相規定的就是李維史陀。

從李維史陀的觀點來看，人光靠自己是無法成為什麼的。自己反而一直都是被他者決定的。「成為」需要他者的存在、相遇，以及來自他者的規定。因此，「你想成為什麼」的問題，倒不如說是：「自己有沒有成為什麼的可能性？他者又是如何看待這個可能性？」

自我風格由誰決定？● 布赫迪厄

皮耶．布赫迪厄（Pierre Bourdieu，法國，一九三〇－二〇〇二）是法國的社會學家，他批評李維史陀的客觀化，同時也質疑沙特追求主體性的自由與責任的作法。

在文化人類學的田野調查中，調查者對於調查地區的人們採取觀察者（主體）的立場，這是觀察者應該採取與對象分離的「神的觀點」之默契。但是，布赫迪厄認為，雖然說是觀察者，其實也與對象的世界緊密連繫，兩者的相互作用也應該列入討論才對。在調查現場中，要看清楚自己採取的策略。總之，調查者不應該把調查地區的人視為觀察對象而置之不理，應該同時思考他們面對什麼問題、應該朝往哪個方向努力等，也就是試著採取「化為客觀的主體」之「客觀化」與「主體化」。

另外，布赫迪厄主張除了金錢與人脈之外，個人在家庭或學校中所學到的、累積的，都可以視為文化資產。這些不只是知識、教養或技能而已，還包括興趣、志向等化為個人特色的事物，以及書本、繪畫、工具等因擁有而化為客體的事物，以及資格或學歷等制度化產生的事物等。布赫迪厄極力主張當我們努力掌握社會與文化的整體結構時，同時社會、文化所建立的結構與體制也大大地影響了每個人的思考方式、行為、我們非常在意的生存方式、我們的生活，以及「自我風格」等。

壞事受歡迎的理由 ● 巴塔耶的「色情史」

李維史陀認為過群體生活時絕對必要的條件，是每個人把「不准～」等禁止視為「規則」（宗教戒律、道德約束等），並且接受、遵守。而喬治．巴塔耶（Georges Albert Maurice Victor Bataille，法國，一八九七－一九六二）認為除了「遵守」這類的規則之外，「打破」規則也是維持人類欲望以及共同體時，所必須做的。

巴塔耶認為，如果希望規則在真正的意義上發揮功能，必須同時加入「例外」或「打破規則」的要素。本來延續每個個體與人類族群的色情，最後變成侵犯被禁止的事物的快樂。人類的存在不是單純遵守社會的規則而已，還包括打破規則時感到興奮的存在。另外，打破規則是在一開始以善惡的標準進行判斷之前，就與生存的欲望有密切的關聯。

如同佛洛伊德提出「自我毀滅的本能」（Thanatos）與「性愛」的共通性，人不只希望活下去，也暗自期盼死亡。在性方面的快樂，就實現了這種「小的死亡」。不過巴塔耶更進一步認為，擴張、破壞、暴力、消耗、侵犯等一般被視為負面的想法、行為之根源，其實都是人類被誘惑的結果。

二十一世紀哲學（後結構主義）

你的未來無法改變
「知識—權力與生存美學」

Chapter Seventeen

傅柯
Michel Foucault

世間剎那的聲音

＊總有一天人類跟地球都會毀滅……自己活著也沒有意義……什麼夢想、什麼希望（笑）……都是沒有用的謊言……不可能會有的……既沒有活下去的方法也沒有樂趣……但是，自殺很可怕……反正也只是驚動社會吸引世人的目光而已……

代表二十世紀後半的法國哲學家傅柯，是一位找資料的名人。如果他對你有興趣，他大概會說：「你已經是一個事件了。我看到你小學的畢業紀念冊跟孩童時期得到的獎狀，我也讀過你放在書桌抽屜裡的筆記。你確實曾經存在過。」

傅柯是因為罹患愛滋病過世，他是同性戀。年輕時經常感到煩惱，曾經有過多次的自殺記錄。不過，他還是設法活下去。結果他接連不斷地寫下許多撼動世人的著作。

傅柯是哲學家，卻不顧忌地說自己是「歷史學家」。他關注的焦點是那些被歷史擺弄的無名人士，與被世人冷漠對待的少數人的生活樣貌。比起大事件或知名人物，傅柯更把研究的目標放在無聲的意見，或是小人物的生活上。

本來你為了看不到未來而感嘆。但是，你必須做的是重新檢視你自己的生命過程，以及日常生活中的小地方。傅柯就是從這裡看到未來。

本章將透過「知識型」、「知識—權力」、「考古學」、「系譜學」、「生存的美學」等關鍵字，為「無法改變自己的未來」而死心的你，介紹傅柯的思考方式與生存方式。

傅柯 Michel Foucault

一九二六年十月十五日－一九八四年六月二十五日

法國哲學家。雖然被世人歸為結構主義或是後結構主義，不過他本人堅持自己是歷史學家。

出生
生於法國普瓦捷（Poitiers）。

雙親
生於雙親均為醫生的醫生世家。

學歷
高等師範學校↓哲學・心理學士↓精神病理學學位、實驗心理學執照↓文學博士學位。

兵歷
因為視力不良而免除兵役。

職歷
心理學講師↓法國文化代表（瑞典↓波蘭↓德國）↓哲學教授↓法蘭西學院「思想體系史」教授。

政治
加入共產黨（一九五〇－一九五四年）。成立監獄訊息小組（一九七一年）、健康資訊小組、精神醫院資訊小組等。

宗教
無神論者。

交友
阿圖賽、拉康、布赫迪厄、德希達、羅蘭・巴特、塞杜（Michel de Certeau）。

婚姻・家族
同性戀者。終生伴侶是丹尼爾・德菲（一九六〇年－）。

病歷
多次自殺未遂。曾經因車禍而經歷瀕死經驗（一九七八年）。

死因
因AIDS引發敗血症（五十七歲）。

著作
《瘋癲與文明》（Histoire de la folie à l'âge classique-Folie et deraison），一九六一年
《詞與物》（*Les mots et les choses*），一九六六年
《性史》（*Histoire de la sexualité*）（共三卷），一九七六、一九八四年

參考文獻
中山元《はじめて読むフーコー》（洋泉社，二〇〇四年）
田隆三《ミシェル・フーコー》（講談社現代新書，一九九〇年）
今村仁司・栗原仁《フーコー》（清水書院，一九九九年）

關鍵字
「知識型」、「知識－權力」、「系譜學」、「考古學」、「生存的美學」

生存在沒有未來的社會中

二十世紀後半，傅柯是「哲學」領域中達到最頂端位置的人物，至少他也可以算是法國知識分子的代表人物之一，因罹患愛滋病短命而終。不過，他拚命奉獻，為世人帶來極大的影響。他的研究非常周詳，感覺讓人無法隨意批判。還有，只要見過一次面就難以忘懷的手采、稍微高亢的聲音、獨特的歷史文獻研究方法與嗜好、極有美感的文體，以及穩健的政治行動力等，這些因素形成他的個性，同時也造就了他的世界級名聲。

對於現代社會的問題，傅柯從歷史、政治以及文化背景著手探討。為了看清楚現在發生的問題，傅柯不斷尋求處於「現在」能夠做什麼的可能性。他的著作多半主題具體而具有個別性。例如，「精神疾病」、「臨床醫學」、「瘋癲」、「監獄」、「性」等。他以自己身邊的鬥爭為中心，限定地、局部地活動。另外，他也支持與監獄相關的政治活動組織，以及同性戀組織。他喜好以自己相關的問題為起點，進行歷史性的根源探索。

傅柯與前一個時代的知識英雄沙特大不同，他的研究中心以「歷史」為據點。簡單來說，傅柯試圖挖掘西方過去與現在不同的文化，或是外在思考的痕跡。

在美蘇對立的時代，資本主義國家與社會主義國家都共同面臨現代社會制度的問題，特別對於管理社會的批判（及其分析）與理解都深有同感。不過，最重要的是，由於傅柯的出現，我們不得不深信自己的未來是無法改變的。

你的未來不會改變。我們的未來沒有明確輪廓的原因是，社會上本來就沒有未來的形象存在。舉例來說，馬克思主義擁有一個未來的景象，那就是建設一個每個人都是自由、平等而且沒有壓抑的社會。在某一段期間之內，這樣的說法具有說服力，也產生了幾個社會主義國家。但是，不知不覺地大多數的國家都還沒成功實踐這個夢想，就已經瓦解消失了。

科學技術也受到期待。人類或許可以脫離地球而在其他行星中生活，新發現或新發明也許可以拯救人類。在二十世紀裡，人們談論著各式各樣的夢想。然而，顯然這些想法都只不過是「作夢」而已。事實上，雖然令人感到驚奇的工具或技術不斷被製造出來，但是，同時也可能對於人類的生存或是地球的生命，產生令人擔憂的致命傷害。實用與危險，我們只能生存在這種危險的平衡狀態中。

因此，沒有人能夠預測未來。大家都察覺到這點。那麼，該怎麼辦呢？傅柯似乎要搶先解開這個窘境而對歷史進行探討。

我們平常所想的未來本來就沒有那麼誇大，應該是更簡單的事物。例如，你可能想過如果考上那所大學、如果到那家公司上班、如果跟那個人共組家庭、如果生在別人家裡，那麼我的未來一定會不一樣。

沒錯，所謂思考未來，就是為過去感到後悔、在反省中看到問題。而且，你目前的生活是以極度討厭的消去法所做出來的選擇結果。如果是這樣，將無法對未來抱持夢想。夢想從一開始就要先設定一個固定框架，雖然自己被那樣的框架束縛、不覺得愉快，但是也不會想逃離框架、破壞框架或是冷漠不關心。最後，感到死心而設法在框架中面對一切。

不知不覺中建立的「框架」，傅柯稱之為「知識型」（Episteme）。他的研究就是企圖以具體的形式表明知識與力量複雜的糾纏關係，更進一步地，找出在這當中能夠生存的可能性。

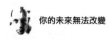

沒有被選上的可能性

傅柯對於進步歷史觀的批判極為明確。他把研究焦點放在某個進化過程的位置上，而不是像歷史觀那樣，從現存的某種生物的進化過程回溯過去。同時，他也分析為什麼在各種變化的可能性中這個物種會被選上，而其他的可能性卻未被選上。除此之外，他也將直系之外的旁系列入考慮，驗證多數可能性存在的現場。總之，「現在」在「這裡」的「我」不見得是必然的結論，傅柯的研究就是從這樣的問題意識開始發展。誇張點說的話，如果你回頭挖掘你的過去，你會發現你的可能性以及未來的種子。

傅柯稱這樣的問題意識為「系譜學」，這個詞是由尼采提出，被傅柯積極使用。傅柯這種以系譜學看待歷史的方法，與對於「我」的同一性的批判有著極大的關聯。當我們說自我風格時，應該是想要呈現你自己獨有的特性、個性以及存在感。總之，你想表達的是你的獨一無二。

這就是追求「同一性」的意思。不過，從傅柯的角度來看，所謂同一性是割捨各種不同可能性之後的結果，只不過這是完全的任意性所造成的結果而已。而且，或許有人會認為這個同一性從生到死都不會改變，但是傅柯卻不這麼認為。假使從生到死始終如一，反而必須要問為什麼不會改變？這是傅柯的思想特色。

因此，比起能夠談論的，更重要的是那些無法被談論的。不僅個人的生存方式是如此，知識世界或是制度世界也是如此。

橫斷面的考古學

傅柯除了提出「系譜學」之外，還提出另一個掌握歷史的方法，稱為「考古學」。所謂考古學就是與「地層」相關。對於歷史的厚度、龐大的累積資料，考古學是看清楚「斷層」的作法。傅柯以挖掘遺跡的態度，探究西方的近代文化。

透過斷層而被分割的「知識」就是「知識型」，所謂「知識型」指因時代的不同，知識的基礎也會不一樣。

雖然某一層跟某一層依照順序而產生前後關係，不過他們之間卻不是連續性的關係，視為「空間橫斷」（Synchronic）狀態。傅柯認為歐洲文化總共有四個斷層，分別是：①文藝復興時代，②古典主義時代（十七－十八世紀），③近代（十九世紀），④現代（二十世紀）等。雖說如此，不過傅柯也沒有以整體史或通史為研究目標，端看時機與場合來決定要把焦點放在哪個斷層上。倒不如說，由於特意圍繞在限定的區域與時間，詳細地觀察其樣貌，而把現在明顯的事物相對化，這樣反而強調了斷層間產生的明顯差異，並且呈現出其他的可能性。傅柯所做的是重現歷史現場複雜的模樣，而不是從合理化的既成事實回顧過去。

請試著運用這樣的方法，想像自己以考古學的方式來挖掘自己的過去。結果，你會

知識型：在《詞與物》（一九六六）中，透過討論主體、理性的概念而呈現存在。認為每個時代、、每個文化都有完成的知識之認識體系。

發現與先前的系譜學完全不同，你不是探尋某事物與某事物的分歧點或接續點，而是勉強地把原先以為毫無關係的事物歸納為一個印象。不，更精確的說法是，你以為是這樣的過去，現在已經改編為完全不同的故事了。而且，還可以編出許多不同情節的故事，這就是考古學。

「同一者」與「他者」

我們來看看論述關於事物秩序的歷史《詞與物》，這是傅柯實際進行考古學的其中一例。這本書在既存的領域中討論近現代思想史。不過，除了哲學之外，還探討經濟學、生物學、語言學等多種不同學問的歷史變化。這本書極為特殊，內容不能說簡單易懂。不過，即便如此，這本書卻是結構主義的代表作，在巴黎、加州、東京等地，創下此類書籍異常熱烈的銷售成績。

《詞與物》把焦點放在十六世紀到二十世紀的西歐文化中，各類學問裡出現的事物之配置方法及其歷史性。而且，可以看出其配置結構都是根據各自特定的「秩序」而成的。事物是實際存在的東西，是藉由語言表現而存在的東西，也是被稱為印象或影像的東西，而且分散在世界各處。然而，對於這些應該分在各處的事物，雖然各自被賦予其他名稱而加以區別，人們有時候還是會認為「相似」或「一樣」。也就是說，當某事物與某事物被視為「相同」東西時，那就是行使了某種「秩序」的緣故。

若要將本來完全無法以等號連結的不同事物歸納在某種同一性，則需要符合分類的基本原則或秩序。當然，反過來說，如果產生「不像」或是「不一樣」的印象時也是一樣，前提是要具備讓人產生不像、不一樣印象的基本原理或秩序。

傅柯追求的是像這種「同一的東西＝同一者」與「其他的東西＝他者」的區分裝置、機制、結構特異性，以及不可思議的地方。追問某個時代、某個社會根據何種同一性，而整理出特定的秩序。描繪出同一性的構成方法與變異，也就是寫出「同一的東西＝同一者的歷史」。而且，在各種印象與語言散落世界各處當中，人們會把某語言跟某語言連結某印象與某印象，把這種連結的狀態視為「同一的東西＝同一者」。另一方面，也清楚呈現不涵蓋在內的「其他的東西＝他者」之存在。

從文藝復興時期到古典主義時代

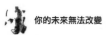

在這裡可以看到歷史上從文藝復興時期把「類似」與「徵兆」放在同一個空間裡，進行連續性的配置之思考方式，轉移到古典主義時代根據「同一性」與「差異性」進

行認識。文藝復興時期的思考，遵循根據眼睛所見到的類似性來並列事物之原理。也就是說，在那裡的事物以連鎖形態構成整體，所以無須提出「外部」或「他者」的秩序。以現在的觀點來看，文藝復興時期的知識是在一個平面上，為各種不同的事物進行「各式各樣」的配置，因此沒有「排除」的機制。不過，由於後來轉變為根據功能或原理、機制，區分「同一的東西」與「其他的東西」，並且把「其他的東西」當作排除的對象，因此而出現了以前不曾存在的「同一的東西」。

舉例來說，以往的科學史上的植物學是被放在文藝復興時期發展的分類學，或是古典主義時代的博物誌的位置上。不過，傅柯不認為這些是連續性的東西。文藝復興時代的分類學的目的，是統括對事物命名（＝語言）的方法，以及視覺上被看待的方法（＝目光）。其中並沒有區分「同一者」與「他者」。不過，古典主義時代的博物誌在區分「同一的東西」與「其他的東西」的同時，會先將這些東西歸類在同一個空間之內。總之，清楚標示「同一者」的這個時代的「知識型」的特色，是一定需要一個「他者」。而且，這個「他者」始終被視為「同一者」的附帶產品、附屬品。

接著轉移到近代知識

在近代知識的框架上，古典主義時代的「同一者」與「他者」的配置原則又產生了變化，博物誌轉變為植物學。把人類置於最高點，把「生命」視為共同因素，為植物進行排序，植物學因此而成立。另外，在與人類的關係中，「不被思考的東西」、「非思考」、「被置放於思考之外的東西」被視為「他者」。雖然有自己，但是不是「自己」。還有，沒有出現在表層或現象的（真正的）自己成為「他者」。

在黑格爾的思想中明顯看出由於把「人類」放在「起源」位置，而確保了「同一性」。這個「起源」與「人類」同時發生，有了這兩者之後才開始產生效力。A是A的同一性的前提是，把所有作為起源的人類（或是自己）的誕生，視為世界的誕生。「起源」不是「已經存在」的東西。透過總括、收斂、開始等人為的運作構成「起源」，各種事物才能夠進行排序。因為有了「起源」，近代知識的框架中的「生命」與「人類」才被連接起來。

然而，所謂「人類」的存在都是有了「他者」之後，才能夠瞭解自己本身。讓人類擁有起源、把起源放置在人類身上，這表示一開始就不可避免地把人類與「其他的東西」連接在一起。再怎麼把「人類」與「同一的東西」集中在一起，也無法形成「起

傅柯的「知識型」

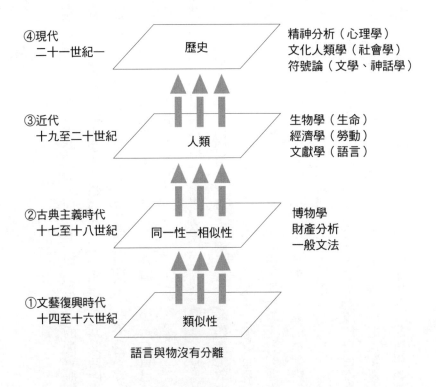

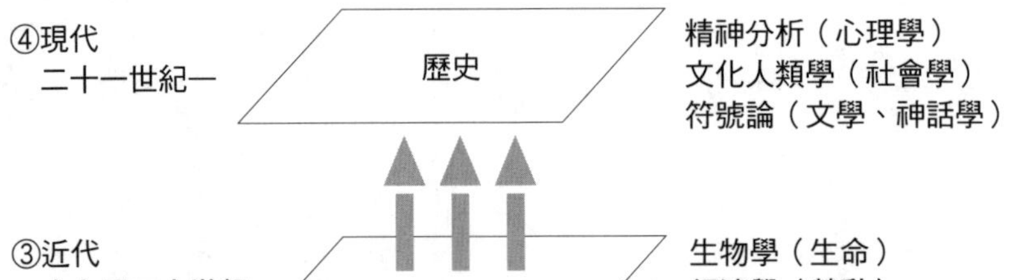
④現代
二十一世紀—
歷史
精神分析（心理學）
文化人類學（社會學）
符號論（文學、神話學）
③近代
十九至二十世紀
人類
生物學（生命）
經濟學（勞動）
文獻學（語言）
②古典主義時代
十七至十八世紀
同一性—相似性
博物學
財產分析
一般文法
①文藝復興時代
十四至十六世紀
類似性
語言與物沒有分離

源」這個最高點。

因此，傅柯認為對於近代思考而言，經常成為問題的是，「其他的東西」或「有距離的東西」能夠如何呈現「類似的東西」或是「同一的東西」。從前是以「差異性」為原理，在知識空間上配置物品。跟這樣的思考相比的話，公開表明「同一性」的近代思想則是，清楚說出這個A是A，那個A還是A……。雖然一個一個結束，但是這個工作本身卻只能不斷地重複。所謂「他者」說起來就是「人類」的分身、影子。

傅柯更關心的不是「同一性」，而是外部、「自己之外」、「自我解構」。傅柯從一開始就迴避針對「人類」的同一性的探討，反而走向解剖「同一性」的方向。

作為他者的瘋狂歷史

對於傅柯而言，近代西方只想把自己視為具有一貫性的東西，所以排除其他的可能性、其他的臉孔，以及對自己而言的他者性。例如，相對於「理性」的「非理性」，就是與對自己而言的「其他東西」有關，同時也是自己的鏡子。因此，傅柯不僅單純探討同一者成立的契機，也探討關於他者的歷史，其中之一就是「瘋狂」。

例如，笛卡兒沒有把瘋子視為他者。應該說，沒有那個必要。在笛卡兒的時代，

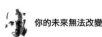

「他者」不是必要的。相對於此，近代思想認為把瘋子視為跟自己完全分別的異常「他者」是重要的。也就是說，為了規定「理性」，所以作為「他者」的「瘋子」是必要的。

瘋子屬於非理性的一方。不過，在本質上應該也有理性的一部分。笛卡兒之後的人認為，對於自己本身而言，瘋狂是「其他的東西」、「不同的東西」，應該從自己的性質中排除。傅柯從根本上質疑笛卡兒如此精煉出來的主體。說不定主體就是非理性存在，或許這樣還比較好。不過，在歷史上，笛卡兒以後的人們都不思考這樣的可能性，而把主體與理性的存在視為一同。結果，主體的同一性被強化，而同時，瘋狂被隔離在那個同一性的外部。

另外，把瘋狂定義為「他者」，這本來就潛藏著重要的問題。因為，瘋子不會定義自己是瘋子。醫生、理性等把瘋子區分開來，命名並且監禁、監視。始終把對於社會內部的人而言的外部東西定義為瘋子，並把那樣的他者放置在明顯應該注意的醫療設施中。而且，這個設施的功能非常齊備地可以進行全面性監控。被監視的對象不被視為靠自己的意志生存的主體，而被視為觀察對象。在某種意義來說，被監視的對象是需要小心對待的。表面上有時候也需要訓育＝調教，但是始終都是把他們當作「他者」。這對於社會或共同體而言是最重要的事。總之，代表「正常」的專家們把「異常」的東西定義為「其他的東西」，視其為不可摻入自己內部的東西並且加以排除，藉此維持自己的「同一性」。

不過，「同一的東西」與「其他的東西」之間的爭鬥，不正是人類所具有的特色嗎？例如，對於理性而言的其他人的非理性，也就是瘋狂；對於過著一般的日常生活的人而言的其他人的犯罪；對於過著極為普通家庭生活的人而言的其他人的同性戀等。這些在本質上都不是其他的東西，只不過是被「知識—權力」安排在那樣的位置上而已。傅柯反而質疑為什麼要做出這樣的分別，應該這樣追究嗎？

任何人都會從自己的內在看到另一個自己。這是本性嗎？還是雙重人格？我們不是很清楚。但至少我們會看到自己討厭的一面，不過這討厭的一面也是自己。而且，自己的未來或許就是從那一面開始發展也說不定。

優雅地生存

就像這樣，傅柯提出以下各種問題：人類是以什麼為依據來確定自己是「正常」的人？如何把「異常」的人安排在社會中？如何區分正常的想法與不正常的想法？如何把正常的想法制度化？他根據「瘋狂」這個具體的主題進行歷史性分析。而且，傅柯想對我們說的似乎是應該從正面面對，而不是簡單地排除那些對我們而言的異質的東西、無法理解的東西等瘋狂經驗。

事實上，傅柯的思想一直與傅柯個人的人生痛苦緊密結合。由於自己是同性戀，因此他對於世人對同性戀的偏見與誤解、歧視等，一直很敏感。

對於傅柯而言，理解其他的東西、異質的東西而不是同一的東西，與生存上的「自由」連結。特別是當他知道自己罹患AIDS之後，他的目標是「把自己的人生視為一項藝術品」。

傅柯認為，「優雅地生存」就是「好好地」生存，傅柯稱「優雅地生存」為「生存美學」。所謂「美」既不是「正確」也不是「善良」，而就是「美」。

「生存美學」的反應，讓人感覺某種程度區別了解釋的一方。不過，其實也很難清楚說明。若真要說的話，傅柯的目標是更進一步地推動沙特存在主義的生存態度。簡單說，就是過著不後悔的僅有一次的人生。

另外，傅柯也以蘇格拉底的「自我鍛鍊（care）」為基礎。傅柯努力地活出他自己優雅的生命，對於排除、隔離、壓抑、否定等的思考，他總是會問：「為什麼？」但是，與他對話的並不是眼前活著的人類，而是被歷史化的論述世界。而且，他實際上描繪出來的是把監獄、學校或醫院等「制度下的關照（care）」，放在「生存美學」的對立位置。這點是傅柯的思想特徵。如果極難避免「制度下的關照」，例如自己變成植物人的狀態，其實傅柯也留下了希望能夠安樂死的遺囑。

在某種意義上來說，制度下的關照是尊重主體，促使主體對於自己的行為進行反省。監督就是一個最好的例子。不過，「security」是由「care」加上「se」這個否定詞而組成的。總之，就像是無須關照的意思一樣，基本上與蘇格拉底所進行的靈魂的鍛鍊不同，也不是自我磨練。「制度」提供各種欲望。但是，依賴制度就真的能夠知道自己的欲望嗎？這是傅柯所要追問的。

另外，從傅柯的角度來看，蘇格拉底所指的「靈魂的鍛鍊」事實上與身體是不可分開的。不只是單純的「精神」或「內心」的問題，謹慎地注意身體的管理與監督也是不可或缺的。總之，生存美學在社會、歷史、制度、文化等各種關係，也就是在「知識—權力的網路」中成立。傅柯非常小心地掌握住這點。

就像這樣，所謂生存美學指對於制度的介入設定某種界限。這方面在與他者的關係上，是極為重視身體次元的享受與欲望的。也就是說，除了重視自我鍛鍊之外，實際上他的注意力也放在面對他者或制度，在與他們的糾葛中創造自己的生活模式。

自我鍛鍊與友愛

而且，傅柯生前所追求、實踐的不只是自我鍛鍊而已，還有透過友愛的「靈魂」鍛鍊。而且，這是不均衡的關係而非互惠的友愛。

傅柯非常重視性關係。他武斷地說，性關係的本質不是插入就是被插，就這樣而已。也就是說，如果某一方擔任主動角色，另一方就是被動的角色，在根本上具有非對稱性的關係。更進一步來說，假如自己總是希望擔任主動角色，就必須找到承認其主動性的存在。傅柯強調，因此而形成的關係絕對不是暴力的關係。主動與暴力經常容易被混為一談，不過所謂主動並不是強迫地把對方據為己有。

傅柯認為自古希臘以來，在個人的自由當中，作為愛情關係的友愛，在經濟、政治的意義上具有最重要地位。不過，近代以來，由於軍隊、官僚制度、行政、大學以及學校制度的介入，導致這個友愛被視為危險關係而遭責難、排除。直到現在，日本在小說或漫畫中，還經常看到「Yaoi」、「Boys Love」（BL）的稱呼。相反地，這也意味著「禁止的關係」被制度化了。男性朋友總是膩在一起、交換眼神、牽手、撫摸頭髮、摟肩等，這些本來是基於友情關係所做出來的行為，但是現在卻被視為可疑的、不正常的。關於這一點，傅柯的「生存美學」強調應該重新創造自己的風格，以

Yaoi、Boys Love：描寫男性之間的性愛關係作品中，包含二次創作（Re-creation）的所有作品都稱為「Yaoi」。特別是二次創作或是被理想化的同性戀關係，都稱為「Boys Love」。

及他者關係的風格，以這樣的倫理態度處之。

從傅柯的思想可以知道，如果想要改變未來，與其面對未來，不如詳細確實地檢視過去與現在。不是鞏固同一性，反而要倒過來破壞「自我風格」的一貫性，以脫離自我為目標才有機會改變未來。不過，這麼做我們的未來就真的會改變嗎？沒有人知道答案。

科學已經不再發展了？● 孔恩的「典範論」

最接近傅柯的知識型是湯瑪斯．孔恩（Thomas Samuel Kuhn，美國，一九二二—一九九六）的典範論（Paradigm）。孔恩對於以往連續性的科學發展史提出疑問，發現某個理論與某個理論之間存在著非連續的跳躍狀況。歷史並不是藉由單純的累積而發展的，而是因為某種強大的力量與某種異質性的作用而發展成新次元。孔恩根據這樣的想法，為科學萬能主義制定界限。例如，在物理學的歷史上，牛頓力學（十八—十九世紀）與相對論（二十世紀初）之間並沒有相似性，而是有差異的。

以時代來說，地球環境剛開始突然惡化時，我們就應該同時認真地思考自然科學是否真的可以豐富人類的社會，是否真的完全沒有缺點等問題。至少，在開始耳語著依賴自然科學很危險之際，提出這樣的理論根據是很重要的。

另一個重點是，很明顯地，以自然科學為首的學問、知識等，並不是像笛卡兒或培根等人所想像的那樣，是普遍真理的累積。對於黑格爾或馬克思等人所支持的進步史觀，這種說法也給予重重的一擊。因為從歷史上來看，進步史觀也十足受到質疑。

週日歷史家與傅柯的奇妙關係 ● 阿利斯

傅柯的研究與當時以法國為中心的歷史學新潮流年鑑學派（Annales），特別是其中的菲利浦．阿利斯（Philippe Ariès，法國，一九一四—一九八四）有著相互的關聯性。

在大家都不知道該把傅柯的研究放在哪個位置上時，最早給予傅柯的處女作《瘋癲與文明》合理評價的正是阿利斯。

阿利斯在學術界之外進行活動，因此被稱為「週日歷史家」。他在主要著作《〈小孩〉的誕生》（*L'Enfant et la vie familiale sous l'Ancien Regime*）中發掘近代「小大人」的兒童樣貌，區分出與古典主義時代不同的兒童樣貌。這本書的出現使得菲利浦．阿利斯的思想大受矚目。相對於此，傅柯在《規訓與懲罰：監獄的誕生》（*Surveiller et punir: Naissance de la Prison*）一書中，討論學校教育中關於「訓育＝調教」的問題時，前者成為重要的參考文獻，兩者的主題也有緊密的連接。

另外，阿利斯透過《面對死亡的人》（*L'Homme devant la mort*）留下與「死亡」有關的大量研究資料。阿利斯強調，由於近代醫學的發展，人們對於人類的死亡態度產生極大的改變。從身邊的事物開始轉變為被隱藏的東西，也就是看不見的死亡。

二十一世紀哲學（後結構主義）

Chapter Eighteen

你的想法無法傳遞

「延異與款待」

德希達
Jacques Derrida

世間焦急的想法

* 感覺模模糊糊地。腦子裡明明有事想說，但是卻無法清楚表達。

* 既有的語言與概念無法置換，沒有整理。

* 就是這樣、那樣地不停地說，終於覺得好像傳達了些什麼，但是覺得真麻煩。

你是不是總想表達些什麼，但是對方卻不理解。對此，你經常感到焦躁而嘆息……生於阿爾及利亞的猶太裔法國哲學家德希達徹底探討說話、聆聽以及書寫的困難。所以，他應該會瞭解你的煩惱吧。

人們總是要求你好好地解釋或是不要狡辯。但是，無論如何你就是沒有辦法馬上說出清楚的答案。德希達說其實這並不容易，但也不要放棄。就算是這樣更要繼續說，以別的方式說。如果從別的角度去理解，就算是同樣的語言也可以發現不同的意義、不同的情感，以及不同的意志。總之，多元化的努力就是他研究的基礎。

但是，如果你是在尋找真正的「自我風格」，那你就錯了。你自己的個性，自己的特徵或是自己的語言等，這些東西根本不存在。德希達的詮釋學主張專心、不斷聽取他人的聲音，而不是追求「自我風格」。良好的生存方式是從被動與接受對方開始的。

本章將透過「解構」、「延異」、「聲音」、「款待」等關鍵字，為「自己的想法無法傳遞」而迷失方向的你，介紹德希達的思考方式與生存方式。

德希達 Jacques Derrida

一九三〇年七月十五日－二〇〇四年十月八日

現代法國哲學家，後結構主義者。

出生
生於阿爾及利亞（當時是法國殖民地），國籍法國。

雙親
生於猶太家庭。

學歷
高等師範學校（哲學）。

兵歷
因服兵役前往阿爾及利亞（一九五七年）。

職歷
索朋大學（Université de Sorbonne）助教→高等師範學校講師→社會科學高等研究院「哲學制度」研究指導教授。

政治
擔任支援捷克反體制知識分子的「約翰胡斯協會」副會長。在捷克遭到逮捕，也因此而聲名大噪。

宗教
猶太教。

交友
與布赫迪厄同年，阿圖塞的學生，傅柯的對手。與列維納斯（Emmanuel Levinas）是朋友關係。

婚姻・家族
與高等師範學校同期的捷克女性結婚。

病歷
二〇〇三年發現胰臟癌。

死因
因胰臟癌病逝於巴黎市內的醫院（七十四歲）。

著作
《聲音與現象》（*La Voix et le phenomene*），一九六七年
《書寫與差異》（*L'ecriture et la différence*），一九六七年
《友愛的政治學及其他》（*Politiques de l'amitié*），一九九四年

參考文獻
高橋哲哉《デリダ　脱構築》（講談社，二〇〇三年）
上利博規《デリダ》（清水書院，二〇〇一年）
林好雄・廣瀬浩司《デリダ》（講談社選書メチエ，二〇〇三年）

關鍵字
「解構」、「延異」、「聲音」、「款待」

德希達的想法是否被瞭解？

你的想法是什麼呢？是稱為欲望或是欲求的東西嗎？是疼惜他人或什麼事物嗎？是祝福嗎？我們從德希達的思想學到的是以他人的想法為優先，自己的想法都先往後移。他者的想法要謹慎地從聲音、文字等各種跡象尋找。還有一個，那就是無條件地款待他者。

不過，即便如此，或許你還是「希望表達自己的想法」。不，無論是誰都是如此的。但是，這應該不容易辦到。因此，雖然德希達說話總是拐彎抹角，我們還是仔細傾聽。

在結構主義與符號邏輯學在哲學領域中具有極大影響力之下，德希達像是走回頭路似地專心一意徹底解釋、論述文本。在美國，德希達以一個後結構主義者的身分，特別在文藝評論上引發某種風潮。另外，德希達在日本也因為使用「延異」、「解構」等獨特的用法與艱澀的文體而知名。不過，總覺得他的存在隱藏在傅柯與德勒茲的背後。

原因之一是，從他的文體來看，有人認為他是文學家而非哲學家。其實也可以這麼說。不過，那主要是對於文體或書籍的秩序，進行實驗性的嘗試所產生出來的文體。如果慢慢閱讀，其實並不像世人所說的那麼難懂。而且，仔細想想，無論是傅柯或德勒茲，他們的作品也都是不容易理解的。

另一個原因是，德希達所想的比傅柯或德勒茲還更難化為結構，也更難歸納整理。甚至，前面提過，傅柯與德勒茲明確地批判「近代西方」。但是，德希達的表現則是更加的纖細、涉及的範圍也更大。或許就是這樣而造成讀者的閱讀困難。德希達以古希臘時代以來歐洲文明整體所擁有的「視覺中心主義」（Ocularcentrism）、「陽具中心主義」（Phallocentrisme）為例，破壞規格化或統一化的解釋與分析。同時，他也企圖找出各種讀解與各種主體的可能性。的確，「閱讀」他的書籍之後才能夠接觸他的思想。

不過，儘管如此，德希達的研究不只是徘徊在過去的歷史累積中而已。他還不斷追求未來的哲學、未來的他者關係，以及未來文體的「可能性」。

聽不到自己的聲音

當你聽到自己錄下的聲音時，會不會感覺聽起來好奇怪？所謂「奇怪」就是這聲音與自己平常所聽到的聲音完全不一樣。從內在發出來的自己的聲音與從外在，而且是透過機器經由耳朵進入的聲音，對於本人而言具有決定性的差異。依照場合的不同，應該有很多人會覺得錄音的聲音不是自己的聲音。不過，如果說一直以來熟悉的「內在發出的聲音」就是真正的聲音，那也不能這麼說吧。因為「來自外在的聲音」也不是真正的聲音。

還有，透過鏡子、相片或是影像所看到的自己的身影也是如此。盯著自己臉或姿態看，一定有很多人會懷疑那真的是自己嗎？本來鏡子或相片就是還原為「二次元」的東西，所以在那個時點上就已經產生變形了。而且，我們對於自己的面貌與姿態已經有了既定印象，我們的面貌與姿態也反映了時間與記憶等各種影響因素，因此而更加有「距離」感。這時，無法斷定哪一個是「正確」的自己，因為無論是哪一個都是自己。

人們以現在的自己所看到的、感受到的為原點，把語言視為中立的工具而用來講述些什麼。而且，這時自己以「知覺」，特別是以「視覺」為中心而能夠描繪自己所看到的世界。不過，自己與他者或對象之間不是只有單純的「看」與「被看」的關係而已。無論如何排除多餘的事物也很難成立純粹的「主觀」。這點我們很容易想像，例如，自己的身體有「看」的部分，也有「被看」的部分。有了身體之後，主觀才能夠與世界或他者、對象保持關係，同時也能夠認識。從直覺來看也知道只把「意識」從「身心」分離出來，是不可能的事。

基本上，德希達也同意這種想法。不過，一旦以這樣的形式掌握這種情況，恐怕會淪為簡單的「關係」與「一體化」。聽聲音、看鏡子或相片等，再怎麼利用技術處理，或做各種努力與巧思也無法除去這些體驗到的「偏差」。因為發出聲音那一瞬間，聲音就已經消失在某處了。就算再度聽到那聲音，聽到的也永遠不是當時的聲音了。

延遲與痕跡

以德希達有名的「郵件」比喻來說明好了。「郵件」有可能送到對方手上，也可能沒送達。「聲音」，就算是錄音或是使用麥克風、喇叭等工具，不僅會產生時間差，而且再怎麼利用類比或數位方式處理，也不可能「原音」重現。若是如此，無論做什麼努力，我們還是無法達到自己本身的聲音。更何況如果對象是他者時，一開始是什麼？在哪裡？什麼形態？所有的一切都是不確定的狀態。

下一章即將介紹的德勒茲認為，在傳達神經性感覺的資訊的過程中，「主體」「意識」或「認識」的這種說法，本來就只是方便行事的作法而已。應該從「自動裝置」與「過程」瞭解世界才對。不過，德希達始終以自己的「意識」為據點。這與他不輕視以前哲學所精鍊出來的所有成果有關。同時，他探究其內部複雜細微的部分，同時也提出他的疑問。

以自己的「意識」為據點，指主體接受能夠擁有作為主體的明確輪廓的前提。另一個前提是，那個認識的世界或對象也能夠獲得確實性。不，就算認為自己的存在是清楚而確實的，也幾乎無法相信看到的東西。或許有人會認為最好是假設有一個東西在背後統括所有看得見的東西，這樣就可以迴避這個問題。不過，德希達不採用這樣的解決方式，他反而試圖在語言的現場中，確實看清楚現實世界裡發生了些什麼事。

結果，德希達認為現實世界裡發生的情況，可以用「延遲」與「痕跡」來形容。關於「延遲」，如同前面說明的，就是「表現過程的偏差」。所謂「痕跡」指我們察覺、認識、表現或是做出什麼時，所有的一切都不是原封不動的「呈現」，只不過是我們看到、聽到、感受到的事物「痕跡」而已。「痕跡」是伴隨不斷「延遲」的「再－呈現」。某事物的「出現」，也就是「現前」對於我們而言，都是「再現前」。

德希達合併這個「延遲」與「痕跡」，造出一個新的詞彙「延異」。

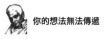

何謂「延異」？

差異是個名詞，指實體的「差異」彷彿是從一開始就存在般地論述。男與女、內心與身體、自己與他者、自然與文化、西方與東方、近代與前近代……當我們說「A」與「B」兩者之間「有」差異的那一瞬間，「A」與「B」在一開始也就存在了。除此之外，也就不再多問。結構主義應該停止了這類的實體論思考方式，把探討的重點放在差異或關係上。不過，現在整體性、體系、結構在不知不覺中被固定下來，也就是以「狀態」被談論。連本來我們說有普遍性的結構時，這個「結構」應該是「函數」的發現才對，但是現在卻變得不是如此。這就是德希達擔心結構主義的思想部分。

關於這點，德希達舉出幾個例子。在這裡以語言為例，所謂語言指現在、這裡發聲、聽到、書寫、閱讀，一定是「現在在這裡」的「呈現」。而且，不僅如此，既然這個語言是從以前就已經存在，那就會保留「曾經在某處」被使用過的痕跡（過去的樣貌在現在呈現的「過去的保留」）。同時，在語言的運用上也一定會內含了意義的偏離、變音等變化的可能性（未來在現在呈現的「未來的保留」）。就像這樣，既然有過去保留—發言．書寫．讀解—未來保留等關聯性，語言就會一直以「這樣的東西」而沒有固定的形式，反而一直處於懸在半空中的狀態。

雖然德希達非常重視每一個詞彙或是語意、內容。但是，他也不會全面性地依賴語言，而是以絕佳的平衡感注意語言的可能性與不可能。

特別是對於二元對立，無論在哲學上或是日常的思考中，二元對立都會造成極大的影響。因此，德希達認為不應該隨便使用，他對於李維史陀所提出的問題也與這個課題有關。批評近代西洋文化或思想時，把「野性的思維」置為對立項時，這個「野性的思維」並不是單純的對立項，而是必然且理想的位置。另外，作為批判手法的二元論或是二元對立結構，可能會看不見除此以外的任何選擇項，同時也會陷入固定的思考模式。

即便如此，這個對立本身不是沒有意義，倒不如說，這個對立本身是最大的前提。不過，應該注目的焦點是兩者間的關係。就像陰陽兩面，陰與陽是相互依賴的狀態，而不是完全不同的兩個東西。兩者如何支持彼此的存在？也就是說，招待他者的同時，要如何讓自己的形象具體呈現出來？這才是德希達的意識所面對的問題。

這裡也使用「延異」的詞彙。不是強調二元對立也不是試圖去除對立，而是一方作為他方的延異而呈現出來。例如，不讓精神與感性產生對立，而是把從感性延異出來的東西視為精神。概念與直覺也是一樣，概念是從直覺延異出來的東西。還有，文化與自然也是相同，文化是從自然延異出來的。

正義與解構

「解構」是德希達所造的詞彙，把「建構」與「解體」兩個完全相反意義的詞彙組合使用。一般來說就是指「創造性的破壞」。喔，不，有點不一樣。據說，德希達是為了清楚呈現隱藏在一般稱為哲學領域的文本裡的形上學目標，同時也為了證明無論如何這是不可能的任務，因而進行解構的研究。不過，解構並不只有簡單地破壞、解剖等負面批判的面向而已。而且也不是陷入沒有任何事物是值得建構的悲觀主義。倒不如說，解構是把比重放在相反的面向，也就是「破壞性的創造」上。還有，解構既不是想丟掉過去，也不是想動搖、擺弄現在，甚至也不是隨便把新的、代用的東西「再度」建構。德希達強調解構絕對是以未來為目標，因此是朝向「正義」的。

重要的是，未來是非決定性的東西也具有多種可能性，並不是只朝單方向發展。然而，即便如此，由於把「正義」安排在未來的基礎上，因此德希達啟發了某種決定性的方向。無論如何，解構絕對是確實「肯定」的思想。在這個觀點尚未表面化時，德希達的研究當然會被視為古怪學者的強詞奪理。不過，一旦他提出「款待」與「友愛」的觀點之後，其論點就馬上變得很明確，德希達的解構研究也驟然成為我們身邊的問題。總之，在非決定性、對於未來具有開放性的意義上，以及解構不是同一性，而是何時、如何款待「他者」時的思考面向上，解構是非常重要的。但是，為什麼正義會跟解構有關呢？

當德希達考慮正義時，提出解構「法律」是有可能的。所謂「法律」是我們把日常的行為蒸餾、抽象化，以及一元化之後所產生的結果。在法治國家裡，制定法律意味著在法律之下每個人都必須遵守法律的規定。不過，這個法律是各個共同體內部通用的「決定」，因此，在永遠的未來中不見得就會被遵守。

還有，當法律動搖時，也就是在這法律中的「他者」出現的時候，他者可以說就是「假定」外的。面對原則上不被編入法律中的他者時，有時候也需要解構舊法律的結構。因此，法律必須不斷被解構。而且，德希達認為這種持續的運動是朝向正義的。既非原封不動地接受法律，也不是無視法律而為所欲為。在這裡就清楚顯示出第三條道路。

只要如此思考，「解」確實具有從「建構」更往前邁進的積極性。不過，雖說如此，實際上不是「脫離」「建構」，也不是以建構為目標或追隨已建構的東西。倒不如說，是不以建構為目標而停留在建構的場所以及其歷史過程中，嘗試與自己產生的意義對話。

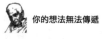

在他者之間思考

就如同我們看了聲音跟語言的例子一樣，德希達的延異思想基本上是來自於胡塞爾的現象學。同時，關於語言所具有的「偏離」是來自於海德格、意識的多層性來自佛洛伊德，甚至關於真理與解釋的系譜學是繼承尼采的想法。不過，這些不同點都化為德希達的個性。

特別是海德格的解釋方式、論述方式，強烈影響了德希達。沒有其他任何方法可以勝過海德格小心謹慎地回溯語言的系譜的作法。不過，對於海德格堅持要從古希臘等傳統文化中找尋「正確性」，德希達並沒有輕易地接受。海德格回溯過去，在那裡發現「森林」、「家庭」、「住處」、「本真性」等，看起來好像是滿足的姿態。相對於此，德希達則對於海德格在自己清楚呈現的「現在、這裡」懸吊地生存的「此在」之非本真性樣貌與未來性等，兩者間的對抗進行極為詳細的分析。這正是語言與文化兩相交織的結果。

而且，重要的是，像這樣的思考是受到相信未來、對於生存在未來的他者談論自己思想的強烈意志的支持。海德格面對一定會來臨的「死亡」時，又反過來朝向原點的方向。而德希達則是對於「死亡」本身，甚至連「死亡」的另一邊也設法深入研究。

因此，德希達與尼采的永劫回歸一樣，不是單純地反覆，也就是說，不是重複同一性，而是延異。不是假設只有簡單的循環而已，而是不把循環視為不動、不變，找尋每次都會產生變動的解釋、思考以及想法等之可能性。做出相同的行動，也不見得就會抱持相同的情感。就算是以同樣的語調、抑揚頓挫或是意義使用相同的語言，也不見得會產生相同的表現。若是如此，的確是會產生「差異」。就算其差異極為細微，在產生差異的延長線上，也會發展為不是「同一個」瞬間、不是「同一個」循環、也不是「回歸」，也說不定。德希達傾注全力找尋那極為細小的開端。

連在尼采簡單地斷言「這樣，可以了」的地點上，德希達不僅以「確實如此」的態度接受，同時也試圖展開「不過，或許……」的可能性。這樣的態度是來自於「小心」、「執著」，絕不是草率的讀解或解釋就能夠得到。他面對的是非常細微的事物而非大膽。不過，事實上在那樣的思考中，如果察覺到時，也可能會跳躍或轉移到其他的可能性。

因此，無論是海德格的詮釋學、尼采的系譜學等，在德希達的思考中那些都是「走鋼索」時用的「鋼索」。不過，德希達還加上佛洛伊德。他引用佛洛伊德的想法，同時針對延異所具有的差異化、延遲、迂迴等三個契機加以說明。如果人類想滿足想做這個、想要那個等，直接的、一次性的欲望的話，由於從經驗知道這樣會提高生命、財產的危險性，所以會盡量採取各種措施以避開危險、保護生命財產的安全。佛洛伊德針對「意識」，提出「潛意識」的觀點。對於德希達而言，潛意識不是「意識」的「延異」，也不是支持意識的基礎或原因，潛意識是解構意識的東西。

另外，傅柯把依循某種規則的事物視為相同的東西，著眼「同一者」的樣貌，同時也平行描寫「他者」的樣貌。事實上，德希達著重「差異」多於完全相同的「同一性」。不過，重要的確實是傅柯與德希達的「差異」。傅柯對於來自他者的「差異化」或「差別化」視為強化統一性。他重新檢視歷史上「知識－權力」的同謀＝殘暴，以自己獨自的力量開拓自己的生命。而德希達則是先接受來自他者的「差異化」或「差別化」。總之，在發展自己的想像之前，他先接納難以逃避的他者，或是他者所加諸的意義以及他者的眼光。仔細研究、玩味其意義或力量的大小，同時一邊傷害自己，一邊解剖當初統一的規定性。

德希達就像這樣地從排斥原點、據點開始，小心提出雜亂且複雜的真實樣貌。不過，坦白說，德希達的方法經常可以找到把柄。另外，即便德希達執著於細微之處，還是有難以掌握整體的缺點。因此，有時候越讀就越產生無法掌握核心的焦慮。閱讀德希達的思想時，一定要注意這點，應該努力地專心且纖細地閱讀。這既是德希達的魅力，也是其危險之處。

款待

當別人要求借宿一晚時，無論對方是什麼樣的人或是任何時候、任何場合，我們都應該會迎接他者（也就是禮遇）。對於這樣的他者關係，德希達以「悅納異己」（Hospitality）的概念表現。

當德希達以「款待」為探討問題時，法國這個國家正面臨著移民與難民的「應對＝責任」問題。以「自由」為立國基礎的法國憲法（一七九三年）中，載明要庇護被祖國放逐的外國人。另外，生於法國殖民地阿爾及利亞的猶太家庭的德希達，也有過被視為外國人的親身體驗。甚至，除了法國內部的問題之外，全世界都發生恐怖的「文明衝突」。在這樣的時代中，德希達特意提出「款待」的問題。還有，在網路與行動電話頻繁使用的高度資訊化社會中，德希達也探討「款待」與「應對＝責任」的具體樣貌及其課題。

「款待」一詞是借自於耶馬紐耶爾．列維納斯的詞彙。接納他者的人實際上在這之前就無條件地被他者接納。最初發出接納承諾的通常是他者，也就是說，與他者的相遇中，經常是他者比「我」先行動。對於列維納斯而言，款待是掌握進退不得的人際關係的根本。

耶馬紐耶爾．列維納斯（Emmanuel Lévinas，法國，一九〇六－一九九五）哲學家。從胡塞爾與海德格的現象學與猶太律法等兩者構思倫理學。在面對自我與他者所產生的倫理中，探討絕對的他者性。

德希達所發現的款待，與以往的他者關係或是針對同一性與差異的思考大不相同。首先，款待的根本一定會有「主人」與「他人的客人」，也就是主人款待客人的架構。既非主體與客體或主觀與客觀，更不是主人與奴隸的關係。還有，要透過款待，所謂的主人才會成立。或者說，要款待客人之後，主人才被命名。或是，透過款待的行為而重新確認自己是主人的事實。主人的同一性只有透過款待之後才形成，款待他人就是主人的證明。

有趣的是，從語源來看，客人與敵人是同義的。被款待的客人是他人，也就是與自己不親近的人、完全不知道來歷的人。不，倒不如說，連看起來很難款待的打扮或樣貌的人都能夠歡喜地招待，這才是款待的真意。絕對的款待指無論對什麼樣的他者、在什麼樣的情況下，都能夠開門接納。就算沒有報上姓名或是沒有名字，就算無法說話、看不見東西或是精神錯亂的人，也都應該予以款待。

確實，我們重視與他者共同生存。但是另一方面，在我們的生活中，他者越來越具有匿名性，與他者的共生也很難單純且全面地肯定，這也是今後要面對的課題。因此，一般來說社會上傾向於加強防止他者入侵的安全系統。不過，「款待」的概念認為我們不應該只是單純地加強安全保護。只是，難道我們就要無限制地款待他者嗎？我們在這樣的糾葛中度過一日又一日。

德希達認為，從歷史或地理上都可以看到提供他人或旅人食宿的習慣。以此為例，款待被視為傳統的他者關係，或是對於人類而言的普遍他者關係、某種規則。而且，在現代社會中，款待也是重新檢視他者關係的手法。「悅納異己」就是在他者關係中「被延異化的解構」。

還有，假設「款待」是最初相遇的「責任＝應對」，那麼，「追悼」就是最後的「責任＝應對」。德希達晚年的工作幾乎都是對死者的追悼，他接連不斷地寫下對於羅蘭．巴特、傅柯、德勒茲以及列維納斯的追悼文。宛如就是為了追悼而生存、思考一般。

事實上已經沒有什麼話想對死者說，但還是勉強說些什麼，那樣的痛苦、悲傷、苦惱完全無法傳遞給死者知道。即便如此，還是得說，德希達拚命地進行這樣的工作。對死者傳遞自己的想念，這真的不可能嗎？想念無法傳遞嗎？這樣的行為是白費的嗎？不得不問，也不得不說的「想念」。德希達的思想都是從這個「無法傳遞的想念」為起點。

我們明白那樣的「想念」。然而，活著時應該做的事真的一件也沒有嗎？我們禁不住還是想問。

最謙虛也最謙卑的哲學家●列維納斯

耶馬紐耶爾·列維納斯不說「我」、「我自己」等，而是以「您先請」、「如果您不方便的話，需要我借你嗎？」等態度面對他者與自己。日本社會中的「關懷」與列維納斯的他者優先的思想似乎有點類似。不過，這兩者間的決定性差異是，「關懷」只限於身邊的親人朋友，而列維納斯則是假定完全不認識的他者。他的想法在西洋哲學中相當奇特。看起來是完全的被動（＝外力），但是事實上，在這當中可以發現人類擁有的主動能力、可能性或潛力。

另外，列維納斯著重「他者」的「不在」，如果沒有他者就無法好好生存的是「自己」。同樣地，他者也證明了我真正的存在。特別是，比起自己的死，他者的死，特別是心愛的人的死嚴重影響自己的存在方式。隨著對於他者的「非存在」（Non-being）之悲傷，自覺到（只有）自己不得不生（殘）存下去，而這正是人類存在的根本。

基本上，自由的主體、主動的主體的思考方式，就是否定他者、同化他者並且擴大自己。極端來說，就是成為征服的主體、具有極限的暴力。因此，列維納斯構思了一個有責任的主體，關懷受傷、生病的他者，對他者做出「我不殺你」的承諾。

沒有朋友之後對於朋友說的謎樣的一句話●亞里斯多德的「友愛」

蒙田（Michel Eyquem de Montaigne，法國，一五三三－一五九二）在《嘗試集》（*Essais*）的〈關於友愛〉篇章中，提到亞里斯多德（Aristotélēs，希臘，西元前三八四－西元前三二二）喜愛的謎樣的一句話：「啊，我的朋友們呀，一個朋友也沒有。」德希達針對著這句話完成《友愛之政治》（*Politique de l'amitie*）。康德、尼采以及莫里思·布朗修（Maurice Blanchot，法國，一九〇七－二〇〇三）等人，均根據蒙田的引用各自展開自己的友愛論。其中德希達還對於這些針對友愛的解釋史料進行檢視，做出決定性的解釋並建立解構式的解釋空間。

若要做出結論並不容易。在這裡要討論的是，這句話是對誰召喚？被稱為「我的朋友們」的「們」是複數詞，這代表什麼意思？還有，逗點之後「一個朋友也沒有」的這位朋友指的是誰？這個朋友與複數的朋友們又是什麼關係？最後是，目標是與朋友（們）一起生活。

但是，這個朋友（們）好像已經不在，也好像還在自己眼前。總之，德希達認為不在的事物呈現眼前，這正是「朋友（們）」的本質。

最後，「朋友」指的是什麼人？這裡並未明確限定。有可能是情人，也有可能是老師、父母或是自己的孩子。在這裡存在著許多可能性。

你的日常生活沒有結束

「重複與欲望機器」

Chapter Nineteen

德勒茲
Gilles Deleuze

世間奢侈的煩惱

*並不是有什麼特別的不滿，
也不是不自由。

*雖說沒有十足的充實感，
但是也討厭深究事物或是拚命努力。

*不過，就算只有一點點也好。
想要得到一些「就是這個！」的觸動反應。

真是貪心哪。你哪邊都不是嗎？你沒有任何煩惱地跟著別人生活嗎？你是不是以執著或糾葛等為據點，忠實自己的欲望活下去？……德勒茲可能會這樣回答你吧。簡單說，什麼也不做而只會苦惱是成不了什麼事的。

我們的社會裡充滿著人們的欲望。在這當中，不管是否願意，包含你的所有人都被捲入這些欲望之中。而且，無論是物理上的或精神上的所有欲望都無法到手。每個人都像是運作著整部機器的齒輪般不斷向前推進。你是德勒茲口中「欲望機器」的一個零件，是構成這個沒有入口也沒有出口的龐大系統的一個零件。你只能擔負著運作機器的一部分力量不斷生存下去。

因此，你所說的「反應」並不是什麼偏離常軌的事。反而要建議你小心檢視沒有終點的日常生活。

總之，你想要「中樂透」，一心想要突然從天而降的亮麗人生。日常生活中的小細節或思考等都是線索或答案，然而你卻讓機會從你手中溜走。

本章將透過「差異」、「重複」、「生命」、「欲望機器」、「無器官身體」等關鍵字，為總是覺得「日常生活沒有結束」而半放棄的你，介紹德勒茲的思考方式與生存方式。

德勒茲 Gilles Deleuze

一九二五年一月十八日－一九九五年十一月四日

代表現代法國的後結構主義哲學家

出生
生於法國巴黎。與康德一樣，終生未離開出生地。

雙親
父親是工程師。兄長參加反抗活動，在被押送至收容所途中死於列車上。其他事項均不曾提及。

學歷
索朋大學（哲學）。

兵歷
納粹入侵巴黎時十五歲。

職歷
巴黎第八大學教授。

政治
與傅柯同為監獄訊息小組成員進行活動。

交友
瓜達希、傅柯、德希達。

婚姻・家族
與芬妮・葛蕾朱安結婚（三十一歲），育有一子一女。

病歷
肺病惡化，手術後裝人工肺（六十六歲）。酒精中毒。

死因
從自家公寓的窗戶跳樓自殺（七十歲）。

著作
《差異與重複》（*Différence et répétition*），一九六八年
《資本主義與精神分裂症：反伊底帕斯》（*L'Anti-Oedipe, capitalisme et schizophrenie*，與瓜達希共著），一九七二年
《資本主義與精神分裂症：千高原》（*Mille plateaux, capitalisme et schizophrenie*，與瓜達希共著），一九八〇年

參考文獻
小泉義之《ドゥルーズの哲学　生命・自然・未来のために》（講談社現代新書，二〇〇〇年）
檜垣立哉《ドゥルーズ　解けない問いを生きる》（ＮＨＫ出版，二〇〇二年）
船木亨《ドゥルーズ》（清水書院，一九九四年）

關鍵字
「差異」、「重複」、「生命」、「欲望機器」、「無器官身體」

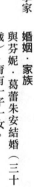

二十一世紀的開端

我們對於自己活著的這件事，其實是極為遲鈍的。雖然會注意到重大變化或是不尋常的事件，但是卻不注意看起來平凡的日常生活。細微的變化、些許的差異，其實是足以掩蓋日常生活般的龐大。每一個小細節有時候也會出現不尋常的意義，這就是德勒茲所關注的地方。

如傅柯所說的，二十一世紀可說是德勒茲的世紀。德勒茲的思想內容到底是什麼呢？他喜愛尼采、斯賓諾沙、休謨、柏格森等哲學家，可以算是一位哲學史研究者。除此之外，他跟精神分析家菲利克斯．瓜達希共同發表的激烈且奔放的政治宣言造成極大的影響，被稱為是年輕人生存的指標。他的思想具有某種大師般的氣勢，這些都是一般人所認識的德勒茲。不過，他還有重要的另外一面，那就是他從年輕時就不斷針對「本能」與「制度」提出疑問。硬要說的話，是以（分子）生物學、遺傳學以及生態學為基礎的生命哲學家。如果不清楚他的這個面向，可能會覺得他的思想內容幾乎都是無意義的抱怨。

菲利克斯．瓜達悉（Pierre-Félix Guattari，法國，一九三〇－一九九二）精神分析家。離開拉康學派後遇見德勒茲，兩人以共同著作的方式出版思想方面的作品。個人著作方面有精神分裂症分析，另外也參與救濟政治犯的運動。

重複是革命

我們經常說日常生活是重複的。不過，德勒茲對於這樣的說法提出異議。如果沒有以「生命活動」的角度確實觀察我們的日常生活，世界或社會的變革、哲學的探討等，都將只是膚淺的表象而已。把海德格形容的「非本真性」的懶散日常生活「微分」或「積分」，是有可能讓其產生重大改變的。沒有止境的日常生活是日常生活沒錯，但是其中也潛藏著極大的可能性。

所謂「重複」就是自然科學實驗中所進行的「一般性」。總之，不是能夠跟任何項目或其他項目交換、取代，而是不可能交換、不可能取代的「行動」、「觀點」。德勒茲強調不只是觀點，也包含行動在內。雖說是行動，如果一般性的指標是「交換」，那麼重複的指標就是「剽竊」與「贈與」。而且，不是談論類似或等價的標準，而是談論無法取代、無法代替的事物、反應、回想、分身或是靈魂等「某種東西」。

這麼一來，這個「重複」就好像接近沙特的「存在」。不過，重複與存在並不相關。沙特的存在確實強調存在的特異性，也就是每個人獨自的存在。這點與德勒茲的「重複」概念相去不遠。不過，若談到關於「行動」的實際內容，兩者則大為不同。

沙特強調，存在是負起責任與世界密切接觸，是政治實踐上的決斷，具有把世界變得更好的可能性。歸根究柢，「革命的實踐」正是沙特所努力的「行動」目標。不過，德勒茲的目標不是像這樣被限定的「行動」。反而是與「日常生活中的實踐」、「日常生活中的行為」等整體相關的事物。每天、每小時、每秒反覆進行的事物，這就是「重複」，也是「重複」上的「革命」。

還有，所謂「反覆進行」不是多次進行「完全相同的行動」或是「完全等價的行動」。反覆是有差異的，即便那差異極為細小。因此，反覆進行的前後行動既不是類似，也不是等價的關係。所有的行動都可以視為獨特且特別的行動。因此，德勒茲視這樣的「重複」為「革命行動」。

正因為如此，「重複」與（極限的）「類似」之間存在著「差異」。

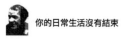

習慣、記憶、永劫回歸

德勒茲提出的「重複」，會讓人想起被稱為存在主義之父齊克果的「重複」概念。關於這點，這裡以尼采的「永劫回歸」代替「重複」。如此一來，幾乎可以用跟德希達相同的觀點來思考差異的問題。只是，兩者間的決定性差異是，德希達的討論始終圍繞在「語言」上的差異。相對於此，德勒茲則沒有被限制在「語言」的框架中。

總之，德勒茲的「差異」有兩個面向。一個是「習慣」（Habitus），由於「習慣」使得第一個重複成為可能。另一個面向是「記憶」（Mnemosyne），由於「記憶」使得第二個重複成為可能。

身體呈現的「表象＝重現」就是習慣。以什麼樣的姿勢睡覺、做什麼樣的動作、以什麼方式走路、以什麼方式說話、怎麼笑、做出何種表情等，這些都是「重複」的累積。

另外，觀念或精神所累積的東西與記憶緊密結合。恍惚的感覺、尖銳的刺痛、酸酸甜甜的思念等，各種內心感覺的重複構成了記憶。

無論是習慣或記憶，都可以大致歸納在「經驗」之下，經驗就是連結現在與過去的東西。

第一個重複、第二個重複之後，與未來連結的第三個重複就是永劫回歸。伴隨著現在或已經消逝的過去，同時在「今後也會生存下去」的未來狀態中，有著永劫回歸的「重複」的位置。要在差異的極限、到達那樣的最前端之後，才能說「所有的一切都相等」、「所有的一切都將回歸」。

而且，這個「重複」被假設存有某種的「飛躍」，德勒茲根據這個飛躍而肯定「重複」。強調同一性時，無論如何都會偏向於一元化的方向，對於「差異」的意識也容易減弱。相反地，強調差異時，很容易對於一樣的東西感覺遲鈍。在談論傅柯時也提到，「同一的東西」與「其他的東西」是互不可分的，所以單獨支持任何一方都是不對的。肯定「同一性」、否定「差異」，然後使其逆轉，否定「同一性」、肯定「差異」。以上這些都是尼采所說的，只是成為道德的奴隸而已。

從傅柯的系譜學來看，「同一性」與「差異」只是簡單的分化結果而已，而德勒茲認為重要的是清楚顯示形成「同一性」與「差異」的同一個場合。也就是掌握這些是在什麼樣的情況下發生的？又是如何分化的？還有，同時看清楚被分化的「同一性」與「差異」兩者間的「隔閡」又是什麼？這才是德勒茲的著眼點。

與「他者」生存的方法

若從德勒茲的角度來看，所謂「他者」並不是指誰，不是「我」也不是「你」。所謂「他者」只不過是「結構」，「我」或「你」能夠交換內容的「項目」而已。由於在「我」的認知世界裡，我根據「你」這個項目，以及在「你」的認知世界裡，「你」根據「我」這個項目，使得這個結構得以實現。作為「結構」的「他者」以整

個認知世界的功能為基礎。若要「我」或「你」等個體得到保證的話，「他者—結構」是不可或缺的。

所謂「他者」是對象與主體的界限，或者是在縫隙中透過「微分—積分」作用所產生出來的東西。總之，並不是從一開始就有明確的「他者」，而是看到、談話、接觸之後，「他者」才現前的。

然而，以往的哲學都是朝以下的方向進行思考：

1. 以實現「他者—結構」的主體為出發點。

2. 回溯結構本身。

無論是哪種方法都進行得不順利。重要的是，他們到達了「他者—結構」無法運作的領域。在這裡，被稱為「我」的個體化的種種因素，才開始能夠擁有確實的強度。

德勒茲與瓜達希同著的《資本主義與精神分裂症：反伊底帕斯》就明確指出這點。這本大著既不是為了做學問而寫的書籍，也不是哲學的理論書籍，而是倫理書籍、藝術書籍。更坦白點說，這是一本生活模式的指南。自己要求自己，嚴加監控潛藏在身體裡法西斯主義的細微痕跡，這就是這本書的目標。依照傅柯的說法，可以歸納為七個項目：

1. 無須統一感或整體性。

2.以繁殖、並列、分離為目標而行動、思考，並且增加欲望。

3.肯定所有的一切。

4.對於第一手的現實產生欲望。

5.用以作為思考或分析的工具。

6.解＝個人化。

7.不被權力誘惑。

這裡歸納了生存在現代的「指南」項目。雖然沒有具體描述些什麼，不過，「如何」生存是每個人各自的問題，只要把這本書視為與他者共同生存的基本指南就可以了。

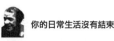

欲望機器與無器官身體

德勒茲與瓜達希「二者」的思想，不是用一般的方法產生出來的。這「二位」「作者」本來就是合在一起進行寫作的。書中的內容摧毀一般書籍所具有的一貫性、秩序性，以及邏輯整合性等。

而且，這本書破壞以往的「主體」、「身心」、「自然—人類」等既有的思想框架。書中所使用的是「欲望機器」、「無器官身體」等，更為奇特的語言。

特意要使用欲望機器這個詞，是為了除去麻煩的情感與情緒以簡單掌握人類之故。

而且，一般來說，雖然有身心二元論把身體當成機器討論對錯，不過沒有人也一樣地把內心當成機器討論。而這裡把包含內心活動的整體都當成機器。

不把整個複雜的內心當成神聖的東西。如果組合某幾個零件的話，可能可以運作，也可能故障。

甚至，把人類丟擲到自然界的生命體中的同時，也把兩者都視為機器。然後，也把因集體行動所形成的社會視為機器。總之，德勒茲與瓜達希把所有的東西都視為機器，而且認為所有的一切都是連鎖運作的。

也就是說，他們不把人類視為特別的東西。不過，他們也不崇拜自然或尊崇泛生命主義，也不是單純地一直進行社會批判，主要就是強調欲望機器。

因此而產生的結論是，「無器官身體」只不過是一個以滿足內心、身體、社會、自然的「欲望」為目標的機器而已。雖然內心、身體、社會各自是由無數個不同的小零件組成，但是整體也只是這些零件所組成的而已。

無論是「欲望機器」或是「無器官身體」，聽起來都讓人產生恐怖的印象。不過，德勒茲更以不順暢的唯物論（或是讓「唯物論」一笑置之）次元進行討論。嚴格來說，所謂「機器」不是「齒輪」等內部的「機制」，而是「函數」。「欲望的函數」。或許內部「緊密」地放了很多莫名其妙的東西，不過，就是為了故意不討論內容物而使用這個詞彙。

另外，無器官身體與欲望機器幾乎都一樣地不討論有機的種種關係，也就是不討論具有不可思議機制的人類的存在，而是除去不需要的東西，只留下構成身體的最底限的零件。

那麼，或許你會以為如果欲望機器與無器官身體，還原以前的刺激與反應的結構，那就簡單多了。不過，事情並沒有那麼單純。即便如此，也不要想成太複雜的關係。倒不如說，就算沒有刺激與反應的連鎖、各自不具有某種意義的必然連鎖，也確實存在著關聯性。而連結這些的就是欲望機器。相對於海德格的「現在，在這裡」的靜態存在論，德勒茲則提出唯物論、動態的、生成論（Becoming）的存在論。因此，「欲望機器」結合佛洛伊德跟馬克思的思想，並且是來自於尼采的想法。

生命＝現實

如上所述，德勒茲的思想特徵是不以自我同一性為前提，反而是以「差異」為中心去理解。可以說，到此為止都還跟結構主義抱持相同的思考方式。不過，可以更進一步地說，自己從生命這個理所當然的現實經驗開始思考時，就有自己的獨特性了。同一性與差異的同一，指的就是「生命」。生命必然是以「整體性」或「感覺」、「欲望」為前提。自然與人類、身體與精神是不可分的。同時，這也不把「我」或「自己」視為統一體。德勒茲與柏格森都一樣，利用資訊論或生命論等自然科學最前線的成果，提出社會與人類的印象。德勒茲的研究通常被稱為「後結構主義」。這是因為他的思想確實與結構主義一樣，把主體概念解體，在「制度」之下看每個個體的狀況。不過，他不只停留在「制度」的分析上，他也清楚確認個體的流動性與漂浮性，以及個體的生存方式。

德勒茲的思想中，首先承認自己是生命、他者也是生命的現實，同時全面性地給予肯定的態度。如果這樣說的話，這種想法很容易被認為是要把人類融合在自然之中。以結果來說，這樣恐怕是根據「自然」或「生命」來談論人類的作法。不知不覺當中，德勒茲的哲學就簡單成為自然哲學、生命哲學了。不過，這樣的想法應該也不奇怪吧。生命哲學是談論包含人類的生命，既然把人類放在生命的框架之中，就無法充分地談論人類。當然，我不是說人類的價值比其他生命的價值高。而是，正因為人類瞭望整個生命體的活動時，人類擁有獨特的領域。就算在這獨特領域內部結束生命是沒有益處，我們更應該在生命「與」人類的「差異」上，思考「連結」兩者的相關性。

不過，強調「差異」的思想往往容易成為「重視個性」、「重視差異」等社會的道德、政策口號。雖然這應該不是德勒茲所樂見的，不過，的確恐怕人們不認為有多大的差別。但是，這個差異卻是很重要的部分。應該把兩者視為完全不同的東西思考才對。德勒茲所注視的個體的差異，與世人所說的個性本來就沒有任何共通點。

另外，最困擾的是「自己的意見」在這邊，「他人的意見」在那邊，從頭到尾完全沒有交集，只是存在著而已。總之，差異是固定的、不變動的。或許提出「別人有別人的想法，自己有自己的想法」以避開討論的態度，是逃離單純、簡單的同一化、統一化以及均一化的正確態度。我不是否定這樣的態度，不過，停留在那裡不動是完全沒有意義的。像這樣差異的固定化就是保持差異狀態的同一性，所以，也只是同一性思想的亞種而已。

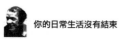

蛋與地下莖

確實，實體論有具體性，所以容易說明，而關係論是抽象的，所以不容易明白。不過，在德勒茲的思想中，這個二元對立分別有其不容易理解的部分。這是因為他把焦點放在「過程」的緣故。德勒茲的過程主要是來自於柏格森。不是依附某個定點、某個固體、某個同一性以抓取某事物或是追問數個該事物存在的關係性，而是著眼於「生成」、「成為」的經過，也就是力量而不是結果。

另外，黑格爾的辯證法克服正與反的對立、糾葛而達到了「合」的階段。不過，從德勒茲的角度來看，這時最重要的是不把合看為固定、完結的東西，而是一個過程。還有，在辯證法中，與「正」、「反」的對話與格鬥是最重要的部分。不過，德勒茲認為「生成論」最重要。勉強來說，就是「正－反」與「合」的微積分學，著眼於變化與差異。

比較黑格爾的哲學與尼采的哲學時，可以用「大人」與「小孩」來比喻。不過，這樣容易產生誤解。把「大人」跟「小孩」對置時，一般人容易覺得「大人」居於上位。不過，德勒茲認為既不是「小孩」的印象也不是「大人」的印象。倒不如說，是用「老人」、「廢人」清楚的眼睛看透一切。當然，「老人」既不是在上位，「廢人」也不是在下位。

德勒茲的態度總是觀看整體的狀況，同時探索細微的東西而不是整體化，慎重地看待「差異」。

不過，在這裡要強調德勒茲好用的「蛋」這個關鍵字。如果把蛋看成是孵化為雞的過程，很容易把蛋視為達成目的前的不成熟狀態。不過，德勒茲口中的蛋卻是「正—反」朝向「合」的過程。什麼都不是、尚未成形，內部潛藏著各種向量（動力）。他也以「地下莖」（Rhizome）作為模型而不是樹木。樹木有清楚的開始與結束，不過地下莖沒有中心，進行的方向、力量的大小也沒有一定的秩序。這樣的感覺或許與東京的地下鐵、網路上所發展的各種連接方式很接近吧。

結構主義以社會的連結、親屬的系統樹為基礎。相對於這樣的思考方式，德勒茲重視的是同盟的連結而不是血統。族譜的目的是為了讓自己看到現在的自己擁有多麼優秀的祖先，進行「我是～」的自我主張。不過，地下莖則是連結，某個東西連結某個東西，主要的著眼點放在中間、之中。「～與～與～與……」，像這樣無限地連結最後就成為對於樹木的破壞力。

如何？無論是傅柯、德希達還有德勒茲等人，都與「現在」的我們共同分享生存的感覺、空氣。特別是德勒茲的目光，作為二十一世紀的哲學以及作為生在這個時代的我們的行動指南、處事方法等，應該是很有幫助的吧。

當然，即便如此，我們的日常生活還是沒有結束的。

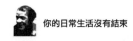

人有n個性・德勒茲

德勒茲對於「家族」的功能提出批判。他對於佛洛伊德所描述的以「父－母－子」關係為基礎的家族，與「男－女」單一性關係提出疑問，同時探索各種樣貌。就算佛洛伊德的思考對象不是實體的男女，也是鎖定男性或女性的思考內容。確實，在把性視為性欲（精力）這一點上，兩者的位置接近。但是，德勒茲認為以「力量」看待人類的思想，是來自於尼采。互相相愛並不是成為一體或是成為兩人，而是有可能化為成千上百個個體，這就是n個性。還有，一個人的內在也存在著「n個性」。甚至，除了生命之外，其他的事物也存在著各種性。

德勒茲的「n個性」主張大大受到同性戀者等性的弱勢族群，或是性別認同障礙者（Gender Identity Disorder）的支持。雖然榮格的阿尼瑪與阿尼瑪斯是以男女等性別差異為前提，不過，原型不是這兩者的觀點則接近德勒斯的想法。伊萬．伊利奇把均等化的「性」與多種「性別」相對置放，這個方向與德勒茲相同。不過，伊利奇在歷史發現可能性，德勒茲則傾向於近未來。雖然他宣揚創造與既存的「家庭」不同的人際關係。不過，這樣的主張並非期望家庭從這個世界上消失。批評家庭的專制，把家庭同時置放在各式各樣的關係中也無所謂。

宴飲之所以有趣的原因・伊利奇的「互利共生」

所謂「互利共生」（Mutualism）指人類與人類或環境自律且創造性的相互關係。這是伊萬．伊利奇（Ivan Illich，奧地利維也納，一九二六－二〇〇二）使用的詞彙。互利共生的工具簡單說就是讓「自由」「具體化」的東西，從剪刀等小工具到腳踏車等，甚至也可以包括制度。

伊利奇認為，若要脫離無限成長、發展或開發等近代產業社會的規則，成立新社會並且想像社會關係圖，先決條件是「劃定界限」，之後才有可能構思「人與工具與新的共通性」。伊利奇最厲害的地方是，他不把「互利共生」這個詞彙用在人際關係上，而是用在「工具」（Tool）上。英語的互利共生以現代的語言解釋是「宴會氣氛」的意思。伊利奇想表達的是以工具為媒介伴隨著節制的嚴厲關係。只是，以意義來說，這是友愛或喜悅結合、伴隨著「快樂」，與我們所想的「禁欲」的意義有點不同。這也不見得跟「宴飲」的歡樂無關。而且在今日，比起「工具」跟工具的關係，「媒介」而且是在網路上出現又消失的接觸，與分離上又發現新的「互利共生」現象，也發現了與德勒茲的地下莖説法之相關性。

何謂結構主義？• 傅柯篇

由於傅柯的結構主義具有「懷疑主體」的方向性，因此，他認同以其他的方式重新探詢主體存在的其他研究。以下是其他學者對於主體的研究內容。

拉康從精神分析出發，明白表示潛意識理論與主體理論無法並存。他的結論是如果不放棄主體的哲學，就無法開始進行潛意識的結構分析。李維史陀進行語言學、語言之相關分析，對於重新檢視主體哲學提供極為合理的高度觀點。另外，由於法國的馬克思主義受到現象學與人文主義（Humanism）嚴重的侵蝕，馬克思的政治、經濟分析與人類主體的異化理論（Theory of Alienation）結合而被改編為哲學語言。因此阿圖塞也對於主體重新提出質問。同樣地，如果歸納傅柯的研究，可以說他在《瘋癲與文明》中，以只能被視為脫離理性與正常的瘋狂為主題，質疑以正常人為前提的理性主體。

如果把索緒爾放在直系上，結構主義好像提供了嶄新且客觀的方法論。但是，以其背面之政治傾向來看，倒不如說是馬克思主義或「左派」思想的亞種而孕育出來的思想。李維史陀年輕時也曾經被馬克思主義吸引，而參加政治活動。

• 德希達篇

為什麼李維史陀視結構主義為必要方法？德希達嘗試檢視這個前提。這是為了要迴避民族學在論述內容與方法論中隱藏著的民族優越感（Ethnocentrism），達到相對性（Relativized）的目的之故。然而，無論是民族學或是其他任何科學都一樣，無法逃脫語言的限制。再怎麼客觀地記錄分析，只要使用既有的語言，論述中就會存在著歷史的脈絡。因此，我們永遠無法做出最後的解釋或提出絕對的答案。

德希達認為結構主義這個方法論只不過是個武裝而已，一旦解除武裝之後，只能呈現純潔與純粹的態度。不過，他並不是批評純潔與純粹的倫理不好。他認同近代西方實現價值相對化的意義，也主張應該深切關心在這延長線上，所啟發的第三世界單純價值之絕對性。

德希達認為，如果你不參與某個遊戲就可以說是否定該遊戲本身。更違論如果你談論其他遊戲很有趣的話，就不能怪別人要如此認定你。還有，假使李維史陀不期待這樣的結果，就只能貫徹不把任何解釋帶進遊戲之中。或是只能不否定近代西方的這個遊戲，並且處於這個遊戲之中，然後把這個遊戲改變成其他東西。後者的作法就是德希達的解構思想。

結語　希望與夢想

二十世紀初，在日本談論宗教、療癒、自我啟發以及心靈的人比談論哲學的人還更具有權威。如果真要用一句話來歸納，其實這些都是為了再度確認「我」的同一性。總之，就是對你說「只要你是現在的你，那就夠了」，以此安慰你或激勵你。

確實，當有人這麼對你說時，你會覺得鬆了一口氣。但是，如果反過來有人說，「你這個人啊，活在這世上根本沒有意義」，聽到的人一定會感覺很悲哀吧。不過，更讓人感到痛苦的是，沒有人對你有任何反應。

因此，我明白每個人的內心都希望他者對我們說話、他者對我們說「你沒問題」等全面性肯定自己的心情，而不是否定我們。只是，希望各位好好地想想，你的不安或煩惱應該不是那麼容易就能夠解決。就算暫時感覺輕鬆，潛藏在內心深處的糾葛或煩惱也不會那麼簡單就消失，一定還存在內心深處的某個地方。

當然，想找線索解決並不是壞事。不過，想以太簡單的方式逃避就不好了。筆者個人想推薦其他的方法。那就是暫時與所有的煩惱和負擔斷絕關係。或許斷絕關係會感到不安，但是，請試著不畏懼地活下去看看。

本書介紹的十九位哲學家都是選擇這種方式的熱情人物。他們帶著勇氣，試著與既有的思考方式與生存方式「斷絕關係」。就算醒悟了，也磨練出更堅強的生存力量。他們的思想內容是如此，生存方式同樣具有吸引人們的「力量」。

特別是，其中最強而有力地活出未來的可以說是傅柯、德希達以及德勒茲等人，從他們身上應該可以學到「未來」的希望與夢想。

盡量與階級、階層、順序、金字塔或是位階等劃清界線，不被大眾傳播媒體等「大眾」所擺弄，不沉溺於網路或行動電話所流傳的傳言或謊言，不盲目接受常識或習慣。著眼於分散、擴散、並列地存在以及平常被細分的每個事項，不任意地相信。不滿足於簡單的相對化事物，不集中在自我的同一性中，不陷入不自覺的利己主義。同時，以正面的態度生存下去，因為未來有「希望」與「夢想」。

經常有人感嘆這是沒有「希望」與「夢想」的時代。不過，現在有更多的希望與夢想存在於這世上。在你的內心裡，就算是極微小，也有「希望」與「夢想」存在。如果本書能夠激發讀者內心的連鎖反應而產生「希望」與「夢想」的話，本人當甚感欣慰。

謝詞

本書的內容是國學院大學文學院哲學系以及神奈川縣立保健福祉大學的學生們的努力成果，在此無法一一詳述所有學生的姓名。不過，至今筆者腦中仍舊浮現出許多學生的面孔，非常感謝各位。另外，從學生時代以來以及在民間研究機構工作時，受到山本哲士老師諸多指導，在此也向老師表達誠摯的感謝之意。本書的內容可能與山本老師所指導的方向不同，懇請老師能夠見諒。由於有 Friedlin Rummel 以及 Jag Yamamoto 所帶領的 G DATA Software 株式會社所有同事的幫忙，筆者才能夠一邊工作一邊完成本書，在此也致上我最真誠的感謝。透過谷川渥老師的推薦，本書得以在東京書籍出版社出版。筆者在各方面得到古川老師的照顧，在此也致上鄭重的謝意。真的非常感謝！最後，最要感謝的是由於東京書籍出版事業部藤田六郎先生的引導，本書終究能夠順利出版。對我而言，與藤田先生的對話是最大的收穫。再次感謝。

國家圖書館出版品預行編目資料

去問哲學家吧！/瀧本往人-- 初版. -- 臺北市：麥田, 城邦文化出版：家庭傳媒城邦分公司發行, 民99. 03
面；公分.--（哲學小徑）
譯自：哲学で自分をつくる — 19人の哲学者の方法
ISBN 978-986-173-626-6（平裝）
1. 西洋哲學 2.傳記
140.99 99003325

哲學小徑
去問哲學家吧！——十九位大思想家教你的生存之道
原著書名／哲学で自分をつくる —— 19人の哲学者の方法
作者——瀧本往人
譯者——陳美瑛
選書人——陳蕙慧
責任編輯——劉素芬、林毓瑜
封面設計——蔡南昇
總經理——陳蕙慧
發行人——涂玉雲
法律顧問——台英國際商務法律事務所 羅明通律師
出版者——麥田出版
104台北市中山區民生東路二段141號5樓
電話：（02）2500-7696 傳真：（02）2500-1966
blog：ryefield.pixnet.net/blog

發行——英屬蓋曼群島商家庭傳媒股份有限公司城邦分公司
台北市104民生東路二段141號11樓
書虫客服服務專線：（02）25007718・（02）25007719
24小時傳真服務：（02）25001900・（02）25001991
服務時間：週一至週五09:30-12:00・13:30-17:00
郵撥帳號：19863813 戶名：書虫股份有限公司
讀者服務信箱E-mail：service@readingclub.com.tw

香港發行所——城邦（香港）出版集團有限公司
香港灣仔駱克道193號東超商業中心 1 樓
電話：（852）25086231 傳真：（852）25789337
E-mail：hkcite@biznetvigator.com

馬新發行所——城邦（馬新）出版集團【Cite(M)Sdn. Bhd.(458372U)】
11, Jalan 30D / 146, Desa Tasik, Sungai Besi,
57000 Kuala Lumpur, Malaysia.
電話：（603）9056 3833 傳真：（603）9056 2833

印刷：前進彩藝股份有限公司
總 經 銷／聯合發行股份有限公司
電話：（02）2917-8022 傳真：（02）2915-6275
初版一刷：2010年3月初版
定價：360元
ISBN：978-986-173-626-6（平裝）